01.
不死探偵・冷堂紅葉
君とのキスは密室で
零雫
絵 美和野らぐ
JN131680

「よろしくお願いします」
冷堂紅葉

天内晴麻

「……どうかしたか？」

これはまるで磔刑だ。
――七月八日（金曜日）十八時
『究極の密室殺人』より

「冷堂……冷堂！」

「天内くん――」

「私を、助けてください」

Contents

The Immortal Detective, Momiji Reidou

Shizuku Rei & Ragu Miwano presents

不死探偵・冷堂紅葉

01.君とのキスは密室で

零雫

GA文庫

カバー・口絵・本文イラスト
美和野らぐ

七月八日（金曜日）　十八時

部屋の中央に、彼女が倒れていた。
体を中心に赤黒い液体が広がっていて、まるで血の池に浮かんでいるかのようだ。
この世のものとは思えない光景だった。
彼女は仰向けになり、両手を真横に広げている。
そして心臓には、大きな刃物が突き刺さり、直立していた。
これではまるで磔刑だ。彼女は心臓を貫いて床に固定されているのだ。
当然ながら、ピクリとも動く気配がない。
俺はただひたすらに、もう一度、彼女の名前を叫ぶ。
「冷堂……冷堂！」
彼女が囚われたのは、誰にも解かれることのない『究極の密室殺人』だった。

一章　『普通』の密室殺人

The Immortal Detective, Momiji Reidou

七月七日（木曜日）　八時三十分

「私の名前は、冷堂紅葉です」

　今日は七夕の日だった。

　特に事前の告知もなく、朝のHRで担任は、この二年A組に転入生がいることを報せた。私立青崎高校に入学して一年が経過、二年目の夏を迎えたが、転入生は初めてだ。

　突然の新入りに教室がざわつく中、担任が追い打ちをかけるように転入生が女子であると伝えると、主に男子生徒から色めきだった声が上がった。

　どんな子だろう、可愛いかな？　美人かな？　彼氏はいるのかな？

　俺は教室の外の木に止まっているセミを見ながら、彼らと同じく、転入生は可愛いのかなぁ、と密かに考えていた。

　担任は手を叩き、教室の喧噪を止めると、教室の外で待機しているのであろう彼女に入室を促した。

ゆっくりと音を立てながら、教壇の横の引き戸が開かれた。

足音が聞こえぬほど、静かな足取りで転入生は教壇の前へと歩く。妙に優雅なその光景に、教室は静寂を湛(たた)えていた。

そして俺も、どこか現実離れした雰囲気を漂わせる彼女に、視線が釘(くぎ)付けになっていた。

腰まで届く長い髪は、一本一本が煌(きら)めいているかのような輝く黒で、吸い込まれそうな瞳(ひとみ)はルビーのように赤い。

現実離れ、と言ってしまったが、高校生離れしているのは間違いなかった。服の上からでも瞬時にわかるほっそりとした肢体と凹凸の深い抜群のスタイルに、クラスの男子達は生唾を飲んだ。

そして、彼女は黒板に自分の名を歪(ゆが)みのない字で書き、名乗りを上げた。

冷堂紅葉。なるほど、名前の通り気持ちの良い涼やかな声だ、と思った。

挨拶(あいさつ)は名乗りのみで終わり、冷堂は「これからよろしくお願いします」とクールに言い放った。誰(だれ)もが美人だと語るだろうその顔は、笑顔ではなく氷のように澄ました顔だ。

自己紹介を終えると、冷堂は担任に席の場所を伝えられ、俺の右隣の席に座った。数日前からなぜか空席が置かれていたのだが、こういうことだったのか。

「あー、天内(あまない)、悪いんだが放課後にでも学校を案内してくれないか。今日は日直だったよな」

担任が告げた天内とは、俺のことだった。転入生に気を奪われていたところに唐突に指令を下され、少し上ずった声で返事をしてしまう。とりあえず、わかりました、と答えておいた。

しかし学校の案内って、日直の仕事か？

「よろしくお願いします」

冷堂は首をこちらに向けると、先ほど教壇で放った時と同じ平坦な調子でそう言った。そして、少し前傾になり、こちらの顔を覗き込むように凝視してくる。

「……どうかしたか？」

「すみません、人の顔を覚えるのが苦手で」

さいですか、と気のない声で返したが、美人に見つめられて心臓に血液が大量に流れ込むのを感じた。

冷堂は少し変わった奴なんだろうかとも思った。いきなり人の顔を凝視されると反応に困る。

改めて、冷堂の顔を間近で見る。カチューシャで押さえられて目に掛かった前髪の奥に、深紅の瞳が覗いている。ほっそりした白い首にはチョーカーが巻かれていて、ミステリアスな印象を醸し出していた。

どの装飾品も冷堂の美形ぶりを引き立てていて、よく似合っていると思う。

こちらを見つめる冷堂と観察する俺の視線がぶつかり、俺は慌てて目を逸らす。

冷堂も気が済んだのか、無表情のまま顔を前方に向けた。何を考えているのかよくわからない奴だ……。

とはいえその日一日、冷堂を見ていてわかったのはとにかく彼女は優等生ということだ。

頭が良いというのは、授業が始まるとすぐにわかった。

教師に解答を指名されてもなんなく答えていたし、授業態度も真面目そのものだった。転入初日だというのに、緊張した様子は微塵も感じられない。

そして、冷堂は同級生にも何故か敬語で話す。

転入生への定番の洗礼として、冷堂はクラスメート達に色々と質問攻めにされていた。そんな中でも冷堂はにこりと笑うこともなく、淡々と質問に答えるのだった。さすがに内心うんざりしているであろうことは想像に難くないのだが、そんな感情すら一ミリも感じさせないほど無表情だった。

記者会見さながらの質問の雨だった休み時間を乗り越えた四限目、科目は体育。

夏の体育と言えば水泳の授業だ。日差しの下で冷たいプールに飛び込めたら気持ち良かったと思うが、今日は体育が俺の所属するA組と隣のB組で被ってしまっており、あちらは水泳、こちらは体育館でバスケットボールになってしまった。

俺はと言うと、ウォーミングアップを終えてクォーターを一つ乗り越えるともう肩で息をしていた。中学時代は運動部に所属していたので体力もそれなりにあったのだが、高校では文化部に入ったためにハーフタイムまで保たないほど低下してしまっている。このままではドリブルもままならないので、一旦、体育館の隅で壁に背を預ける。

深呼吸をしてみると、冷房で冷やされた館内の空気が肺を癒してくれた。

「天内、体力なさすぎじゃね……剣道やってたんじゃなかったか？」

休憩をしている俺の横に、スポーツ刈りの男が呆れた顔で近づいてきた。笹村だ。なんともわかりやすく、野球部に所属している体育会小僧だった。

「うるさいな、俺は文化系なんだよ」

「吹奏楽部の奴らは結構動けてるぞ」

「バカ野郎、吹奏楽を舐めるな。長時間、肺と全身を使って音楽を表現してるんだぞ」

「お前になにがわかるんだよ……」

俺の知ったかぶりに思わず突っ込みを入れてきたのはテニス部の奥原だった。バスケでかいた汗を首にかけたタオルで拭っている。

高身長、スラッとした長い手足に、ワックスで軽くセットして綺麗に分け目を入れている髪。首に掛けたネックレスは普通に校則違反だ。いかにもやんちゃなオーラが漂う男だが、こういう男は普通にモテる。イケメンという奴だ。

笹村も奥原も、普段は挨拶を交わす程度で俺とはそんなに話す仲ではない。だが、今はどうしても男同士で共有したい話題があるらしい。

「なぁなぁ、ところでさ……あれやばくね？」

野球少年、笹村は目を細めたニヤケ面になり、目線を俺から「あれ」に移す。

顎をしゃくった先には女子の試合が行われていて、噂の転入生、冷堂がボールを持っているところだった。

彼女のドリブルは一切のブレがなく、ボールと一体になったかのような動きを見せる。バスケ部員でもなければ、彼女を止めることはできないだろう。

そして、ボールが床を叩くたび、それと連動するかのように彼女の胸部も上部に揺れる。

うーん、胸が密だ……。

「……ボールが三つあるみたいだな」

あまりのインパクトに、思わず笹村の下種な話題に乗って俺もしょうもないことを言ってしまった。冷堂は軽やかなジャンプでボールをゴールに放り込んだ。ナイスシュートだ。

「奥原、奥原、お前の見立てだとサイズは？」

「ん？　……GかHぐらいはあるだろ」

「うおおお、やっぱり宮川並み、いやそれ以上か！」

興奮冷めやらぬ様子で笹村は、試合観戦をする外国人のように両手の拳を力強く握った。

いつもは硬球を追いかける彼だが、今は違うボールに夢中のようだ。

奥原は奥原で、見た目はイケメンのくせに見ただけで胸のサイズを当てるというのは下世話で爽やかさに欠けるなぁ。

笹村が「宮川並み」と言ったが、宮川とは隣のクラスにいる女子だ。体育の時間が被っているB組で、今頃（いまごろ）はプールで水泳の授業を行っているだろう。今までは学校一の胸の持ち主だと評判だったが、その称号も今日までだろうか。

冷堂の活躍で無事チームは勝利を収め、タオルで汗を拭っていた。その様子すら絵になる美女ぶりに、男女両方からの視線が集まる。

冷堂を見てみると、ネックレスを首に掛けているのが見えた。チョーカーの上から重ね付けしていることになる。

制服の時はトップを服の内側に収めているのか、気付かなかった。

奥原もそうだが、運動する時ぐらいアクセサリーは外したらいいのに、と思う。そんなに大事なんだろうか。

それにしても、美人でスタイルも良くて勉強も運動もできるというのは反則だ。容姿端麗、文武両道。才色兼備という言葉は彼女のために文豪が考えたのではないだろうか。

冷堂紅葉はそんな女性だということを、俺は午前だけでよく理解した。

＊

七月七日（木曜日）　十二時三十分

私は開かない扉に指を掛けて、転入初日から困ったことになったな、と思った。

午前中の体育の授業が終わった後に、使っていたタオルを体育館に忘れてしまった。それだけなら大した問題ではなかったのだけれど、こうして昼休みに体育館に取りに来てみれば、入り口が施錠されていて中に入ることができないのだ。

どうやら、授業や部活の時以外は開放されていないらしい。恐らく職員室で鍵を借りる必要があるのだろう。

体育館の入り口を前に呆然とする。とんだ無駄足を踏んでしまった。昼食に時間を掛けてしまったので、これから職員室に行って鍵を借りてまた戻ってくる時間は残っていない。

……こんなことなら、あの隣の席の男の子に聞いておけばよかった。確か名前は、天内くんと言ったか。

しょうがない、放課後にでもまた来よう。そう思い、教室に戻ろうと踵を返した時だった。

足元で何かが光った。気になったので拾い上げてみると、指輪だった。宝石はないが、側面に凹凸の意匠があるカジュアルな物だ。

誰かの落とし物だろう。探している人がいたら返してあげようと思い、私はそれを制服のポケットにしました。

＊

七月七日（木曜日）　十五時三十分

冷堂の転入初日、時間は進み放課後になった。

「お名前、ちゃんと聞いていなかったですね」

一日の授業が終わり、ＨＲも終了してから、冷堂は俺の方を向いて尋ねてきた。担任の命令により、俺はこのあと彼女に学校を案内することになっている。

「天内晴麻（はるま）だよ。よろしく冷堂さん」

「冷堂で大丈夫ですよ。面倒なことをお願いしてすみません」

むしろ、大役を仰せつかって気分が良い。俺は冷堂と共に廊下を歩き出す。

「何か見たいところはあるか？　やりたい部活とかさ」

「部活ですか……」

「前の学校では何の部活に入っていたんだ？」

「……部活……」

「き、帰宅部かな〜？」

まさか問いに対して同じ言葉を繰り返されるとは思わなかった。

体育の授業で彼女の運動神経はしかと確認している。何か運動部にでも入っていたのかと思ったのだが……。

「天内くんは何かやっているのですか？」

「何かやって……。ああ、部活？　俺は文学研究会だよ」

「ぶんがくけんきゅうかい？」

部活と言われてこの名を出されては少し戸惑うかもしれない。なんせ研究会だからだ。冷堂は可愛らしく首を傾げているので、俺は続けた。

「単に、小説を読もうぜっていう内容の部活だよ」

よく聞くような「文芸部」は小説や詩の制作を目的としている場合が多いが、「文学研究会」の場合は本当に本を読むだけだ。実績も目標も必要ない。これほど気楽な部活もないだろう。

「なるほど。では、最初はそこを案内してもらってもいいですか？」

「文学研究会部室」は、校内ツアーの栄えあるファーストコンタクトに選ばれた。

見ても別段面白いことはないと思うけどなぁ。とはいえそういうリクエストなので、我が部室に向かうため、俺と冷堂は外履きに履き替えて一旦外に出た。グラウンドの隅を歩いて、三階建ての古めかしい建物に向かう。

「ここは……？」

冷堂は表面がところどころ黒ずんだ建物を、不思議そうに見上げている。

「この建物は旧校舎。今はほとんど使われてない建物だな」

先ほどまで俺達がいたのは近年建てられた物で新校舎と呼ばれている。新校舎ができるまで使われていたのがこの旧校舎というわけだ。

文学研究会の部室は、旧校舎の一角に存在する。教室は全て新校舎に移動したため、なんと文学研究会以外には誰も旧校舎を使用していないという状況だ。近い将来取り壊しになる予定らしい。

「この広い建物の中で、天内くんの部活だけが活動しているんですか、贅沢ですね……」

「まぁ、ほとんど一部屋しか使ってないけどな。ただ……」

「？」

「部員が俺を含めて三人しかいなくてな。旧校舎を取り壊す時に廃部になる予定なんだよ」

「そうなんですか……」

「取り壊しはしばらく先の話だけどな。読書するには静かでいい環境なんだけどなぁ」

電気、ガス、水道なんかのライフラインはまだ通ってるしな。

廃部を回避する条件は、部員が四名になることだ。つまりあと一人加入すればいいわけだが……。

建て付けが古くなり、ガリガリと音が鳴る扉を開いて中に入る。部室があるのは三階だ。

部室の鍵は職員室にあるのだが、先ほど取りに行くと既に誰かに持ち出されていた。俺達より早く他の部員が向かったのだろう。

　ちなみに、建物内の部室の扉には鍵が存在するが、俺と冷堂が今通った旧校舎の入り口は鍵が失くなっており、常に開放された状態となっている。取り壊し前提のセキュリティの緩さだ。もちろん、鍵がなくても内側からツマミを回せば施錠できるが、開錠せず外に出ることができないのであまり意味がない。

　階段を上り廊下を進んで、突き当たりの部屋へ。そこには文学研究会という表札が適当に貼(は)られてある引き戸がある。

　引き戸に付いているガラスの窓を覗き込んで人がいるのを確認し、俺と冷堂は入室した。

「ナイアマぁ、遅かったな……って誰だ？」

「うわ、すっごい美人！」

　部室に入ると、机に座り本を読んでいた二人の男女がこちらに顔を向けて思い思いのことを言ってきた。

「俺のクラスに転入してきた冷堂だよ」

　部室にいた二人は読んでいた本を置くと、椅子(いす)から立ち上がり俺と冷堂の元まで歩み寄ってくる。冷堂に向けて、この二人のことを紹介した。

　まずは、金色の短髪で、長身の男に掌(てのひら)を向ける。

「こいつはカルバン。日本生まれ日本育ちだけど、親はアメリカ人なんだ」

「なるほど、外国の方だったんですね。よろしくお願いします」

冷堂は、カルバンの青い色の瞳を興味深そうに見ていた。身長が百八十センチあるので、見上げるような形になっている。

「カルバンだ。よろしくな。ナイアマが彼女でも連れてきたのかと思ってびっくりしたぜ」

「あの、ナイアマというのは……?」

頭の上にハテナマークが浮かんでいる冷堂に、俺が答える。

「俺のことだよ。カルバンは寿司(すし)をシースー、銀座をザギンっていう感じに人を呼ぶんだ」

「は、はぁ、そうですか……⁇」

天内を逆転させて、ナイアマになっているというわけだ。冷堂は一応納得した様子だが、困惑は隠せていなかった。まぁ、意味不明だよな、普通に。

「あんたはドーレーだな」

「ド、ドーレー……」

「その変な呼び方、やっぱり引かれてるじゃん。やーいやーい」

「これは俺のポリシーだ」

隣の女生徒に煽(あお)られると、カルバンは腕を組んだまま毅然(きぜん)とした態度で答えた。

「私は塩江蜜柑(しおのえみかん)！　人呼んで文学研究会の名探偵！　同じ二年生だよ、よろしくね冷堂さん！」

制服の上に羽織った薄手のパーカーの裾(すそ)を揺らしながら、左右のポケットに手を入れたまま塩江は冷堂に近づく。そして、右手をポケットから出して冷堂の手を握ってぶんぶんと振った。ちなみに、誰も名探偵とは呼んでいない。

「はい、よろしくお願いします」

カルバン、塩江との挨拶を終えると、改めて冷堂は部室の中を見回した。

「これだけ本があると、退屈しなさそうですね」

俺はそれに対して笑って返す。

「いいだろ、この部室。なんか落ち着くよな」

この部室は元々、旧校舎の図書室として利用されていた部屋だ。本棚がいくつも立ち並んでいて、普通の教室の一・五倍ほどの大きさの広い空間になっている。部屋の中には、長い年月で染みついた紙の匂いが漂っている。

特徴的なのは部屋の天井の中央にある天窓で、磨りガラス越しの柔らかい光が部室の中心に降り注いでいた。どんな意図があって図書室にこんな天窓を用意したのかは、なにせ古い建物なのでもはや誰も知らない。

「この辺りの本棚の本は……」

部室内を歩いて物色していた冷堂が、一つの本棚に目を付けた。色鮮やかな背表紙の文庫本がいくつも並んでいる。端的に言うと、部室内にライトノベルだらけの一角があるのだ。

「俺が読んでる本だな、ドーレーも読んでいいぞ」

冷堂がライトノベルコーナーにいることに気付き、カルバンが近づきながら言う。

「あなたでしたか、意外です」

「そうか？」

その気持ちもわからなくはなかった。金色の短髪で青い瞳のカルバンは、人によっては不良に見られてしまうこともあるからだ。実際そんなことは全くなく、今となっては周りからの評価は「見た目は怖いが中身は変な奴」といった感じだ。

「冷堂さんはそんなの読まないでしょー！　天内や私みたいにミステリとかが好きだよきっと！　こっちが私がよく読んでる棚だよ！」

塩江が別の本棚の前に立って、冷堂に手を振っていた。彼女の言う通り、基本的に俺はミステリを好んで読んでいる。

「私が最近読んだのだとー、これとか超面白かったよ！」

塩江はにこにこしながら冷堂に歩み寄り、本棚から抜き出した本の表紙を見せる。綾辻行人の『殺人方程式』だった。名作だな。

「ありがとうございます、読んでみますね」

「やったー！」

薦めた本が受け入れられて塩江は嬉しそうだ。

ミステリの話題となると、俺も黙ってはいられない。塩江に続いて、本棚から最近読んだ本を取り出した。『放課後』というタイトルの文庫本だ。

　それを見た冷堂が反応する。

「それは何年か前に読んだことがあります。東野圭吾ですよね、確か女子高の密室殺人の……」

「おお、よく知ってるな、やっぱり密室が絡むミステリってのはいいもんだよなぁ」

「一時期、東野圭吾原作のドラマに熱中していたのでその流れで読みましたね。実に面白かったです」

　ドラマにハマるって、意外とミーハーだな冷堂。女子高生らしくはあるけども。

「……天内くんは密室殺人が好きなんですか？」

　俺が本を戻していると、冷堂が唐突にそんなことを聞いてきた。

「そうだな、密室の中には人類の叡智が詰まってると思ってるよ」

「推理で真相を当てられたりしますか？」

「まぁ、それなりには……」

　情報を整理して、推理をする時間というのもミステリの醍醐味の一つだよな。トリックや犯人を自分の推理で突き止めるというのはやはり快感だ。

「そうなんですか、すごいですね……」

　冷堂は俺の答えを聞くと、そう呟いて俯いてしまった。何かを考えているようだが、どうしたんだろう。

「ノエシオよぉ、ラノベをそんなのとか言うもんじゃねえぞ、ミステリーもいいけどよ」

ライトノベルのコーナーにいたカルバンが、机に座りながら塩江に向かってそう言った。そんなの読まないでしょ、と言われたのが気に障ったようだ。

「怒んないでよーごめんって」

塩江が掌を合わせてカルバンに詫びる。それを見た冷堂がふっと笑った。

「ライトノベルも面白そうだと思いますよ。そちらも読んでみたいです」

「おお！　いいこと言うぜドーレー！」

カルバンが嬉しそうに親指を立てていた。

「冷堂、そういうの好きなのか？」

「いえ、読んだことはないです。知らないから、惹かれるんですよ」

俺が訊ねると、冷堂は本棚を見上げながらそう答えた。

それを聞いて、ほう、と思った。確かに、ライトノベルというだけで一切合切を読まないというのは文学研究会としてあるまじき姿勢だったかもしれない。

俺も今度、カルバンにおすすめでも聞いて読んでみよう。ライトノベルにもミステリがあったらいいなぁ。

ふと、再び歩き出した冷堂の足が止まった。一番奥の本棚の裏を見て、不思議そうな顔をしている。そこには、エアロバイクやダンベルや腹筋ローラーが置いてあり、床にはヨガマットが敷いてあった。

図書室にこのような物があるのは恐らく日本でもここだけだと思うので、俺は困惑しているであろう冷堂に解説をする。

「これは運動スペースだな」

「大体は私とカルバンが使ってるよ～。読書だけだと肩が凝るし、体も鈍るからね」

文学研究会に所属しているとは思えない体育会系なことを塩江が語る。カルバンと塩江は、読書も好きだが運動もできる。俺とは比べ物にならないほど体力もあるのだ。

「これは……私は使わないと思います」

「俺も全然使わないな。肩は凝るから、竹刀で素振りだけはやるけど」

隅っこの壁にはポツンと俺の竹刀が立てかけられていた。こう見えて、中学時代は剣道部だったのだ。

「天内が竹刀なんて振ったら、ぽーんってすっぽ抜けて飛んでいきそうだよね」

「失礼だな、これでも有段者だぞ」

俺は剣道初段の資格を持っている。誰に話しても意外だと言われてしまう称号だ。

「天内くん」

塩江とのやりとりを横で見ていた冷堂が、俺の服の裾を引っ張った。

「ああ、どうした？」

「私もこの部活に入りたいんですが、いいですか？」

「おーー!!」

それを聞いた塩江が、目を輝かせながら俺を横に弾き飛ばして冷堂に近づいた。痛い。

「全然オッケーだよー! よろしく! 冷堂さん!!」

「ふふ、よろしくお願いします」

「これで旧校舎がなくなっても廃部にならなくなったよ!」

冷堂の入部で部員は四名になり、文学研究会はひとまず廃部の危機を脱することができた。

それに加えて、今までは男二人、女一人だったところに同性が現れて嬉しいのだろうか、塩江は元気よく右手で冷堂の左手を握った。冷堂も、微笑みながら返事をする。

そこに、塩江の大声を聞きつけたカルバンも近づいた。

「なんだ、ドーレーもここ入るのか、よろしくな」

「はい、お世話になります」

塩江に吹き飛ばされた俺はよろよろと立ち上がりながら「よろしく」と告げた。

そんなわけで、晴れて冷堂紅葉は文学研究会の一員になったのだった。

「ここが食堂。この廊下を進むと体育館がある」

その後、文学研究会の部室がある旧校舎から新校舎に戻り、入り口に近いところから順番に校内を練り歩いた。学校案内もついに終盤だ。

「食堂……」

「腹減ったのか？」

冷堂は食堂の中をじっと覗いていた。

今は放課後。帰宅部の生徒や、部活が始まるまでの時間潰しに駄弁っている生徒がまばらにいるだけだ。開放はされているものの、食事はできない。

ただ、食堂の中……厨房を見つめる冷堂の目は真剣そのものだ。

「今日はもう終わってるから、食事するなら明日だな」

「……そうですか」

今回の「そうですか」は三点リーダー付きで、落ち込んでいる様子が見受けられた。よほどお腹が空いていたのだろうか。

さて、最後の場所は体育館だ。冷堂も体育の授業で使用したのでわざわざ案内する必要はないのかもしれないが、校舎を順番に回っていくと最終地点は体育館にするのが収まりが良い。

確か、体育館はバレー部が毎日使っているはずだ。そろそろ練習が始まる頃だろうか？

食堂に後ろ髪を引かれる様子の冷堂を連れて、廊下の突き当たりの引き戸を開け、体育館へ続く連絡通路へと出る。

新校舎と体育館を繋ぐ渡り廊下は、左右を植え込みに囲まれているおかげで、夏の爽やかな空気を演出していた。ここを真っ直ぐ進めば入り口だ。

「外は暑いなぁ」

「そうですね」

そういえば……。俺は振り返って、冷堂を見る。

「どうかしましたか？」

「いや、冷堂って黒いタイツを履いてるけど、暑くないのかなって」

あまり詳しくはないが、夏に履く物なのだろうか？　思い返せば、体育の授業の時も体操着の下に履いていた。他の女子では見たことがないので印象に残っている。

普通に暑そうな気がする。

「…………」

「ん？」

「何か問題ありますか？」

「え、いや問題はないかな……」

少し低くなった冷堂の声に、辺りの温度まで下がったような気がする。さすが冷の字を冠するだけはある。

もしかして、これは怒っているのだろうか？

「それは、セクハラです」

「ごめんなさい！」

　どうやら触れてはいけない部分だったらしい。セクハラというワードを使われると、途端に自分が罪を犯したような気分になるから恐ろしい。

「デリカシーが足りていませんでしたぁ！」

とはいえ（冷堂にとっては）失礼な質問をしてしまったようなので、俺は合掌して頭を下げた。この通り、勘弁してくれ、といった感じだ。

「単に好きだから履いているだけです。気にしないでください」

「はい……」

冷堂は拗ねたように腕を組んでつかつかと歩いていってしまった。果たして許してもらえただろうか。今後、女性が身に着けているモノに関することは触れないことにしよう。

「……そういえば、体育館の鍵って普段は開いていないんですね。実は体育の授業が終わった後にタオルを忘れたことに気付いて、昼休みに取りに行ったのですが入れませんでした」

　先に歩いていた冷堂がそう言って立ち止まる。

「あーいつもはそうだな」

　ちなみに、今日のうちのクラスの日直は俺だったので、授業でバスケをやった後の体育館の施錠は俺が行っている。施錠した後は、鍵は職員室に返却した。

「そろそろ部活が始まるから、今ならもう誰かが開けてると思うけど……」

　体育館の入り口の手前で立ち止まっている冷堂にそう答えた時、突然、俺と冷堂の耳を、悲痛な女生徒の叫び声がつんざいた。

叫び声は、体育館の中から響いてきたようだ。

「何かあったのか⁉」

およそ日常生活では聞かない叫び声に何事かと思い、俺は冷堂を押しのけるようにして扉を開け、体育館の中へと駆ける。

三和土(たたき)を走り抜け、開いている運動スペースへの入り口へ入る。

体育館の中は閑散としたものだった。まだ部活は始まっていないようだ。

見渡すように首と目を動かすと、用具室の前で立ちすくんでいる体操服の女生徒を発見した。

俺はその生徒に声を掛けながら駆け寄る。

「どうした?」

「あっ……え、えと……」

俺の姿を見た途端、その生徒はがくりと膝(ひざ)から崩れ落ちてしまった。瞳は潤(うる)んで涙が浮かんでいる。まるで信じられないものを見た、という人間の顔だ。

「よ、用具室に……」

彼女は震えながら、人差し指を伸ばす。ただごとではない雰囲気に息を呑(の)みながら、彼女が差し示した用具室の中を、覗き込むように見た。

用具室特有の、カビが生えたような少し饐(す)えた匂いが鼻腔(びこう)を突く。

物一つなく片付いていた運動スペースの様子とは一転して、用具室の中はひどく荒れていた。バレーボールの網をひっかける支柱が倒れ、埃よけのシートが落ちている。バレーボールやバスケットボールを入れた籠はひっくり返っており、ダンベルやカラーコーンが床に転がっていた。まるで台風でも通り過ぎたかのようだ。

今日の体育の授業の後、俺が用具室の鍵を閉めた時にはこんな風に散らかってはいなかったはずだ。一体何があったのだろうか。

そして、その景色の一片……、ちょうどダンベルが転がっているあたりだ。

そこには、一人の人間が力なく横たわっていた。制服を着ていることから、この学校に通っている生徒ということはすぐにわかった。

口を開けっぱなしの、生気のない表情。スポーツ刈りの頭を中心に床に広がる、赤い血。どうやら、頭部から出血しているようだった。

「な……っあ……」

思わず口から声にならないものが零れ出す。

俺は足がもつれそうになりながら用具室へ入る。

「……おい、大丈夫か⁉」

仰向けになった男に近づいて顔を見ると、俺は驚愕した。さっと血の気が引いていく。

倒れていたのは、俺と同じクラスの笹村だったからだ。体育の時間に冷堂を見てにやにやしていた顔も、今は表情が消え失せている。

「嘘だろ……、笹村！」

名前を叫ぶが、返事はない。俺の声は虚しく反響するだけだった。

横たわる笹村の冷たい体に触れ、念のために左腕を触って脈も確認したが、

「死んでる……」

その日、俺は人生で初めて、死体というものに触れた。

マジかよ、と嗄れきった声で呟く。背後では、死体を発見した少女が慄いている。

頰を汗が伝う。セミの声と俺の息を呑む音が、用具室の中に響く。蒸し暑い夏のはずなのに、どこまでも死体は冷たかった。

「いやー今日もあっついねー」

「あれ～、山内ちゃん？　どうしたの～？」

「横にいる美人、誰？」

緊迫した状況に似合わない、賑やかな声が体育館の入り口から聞こえてきた。

恐らく部活にやってきた生徒だろう。先ほど死体を発見していた子は山内という名前らしい。

俺はひとまず笹村の死体から離れ、用具室を出た。先ほどの声の主、近づいてくる三名の女生徒が見えた。どうやら、山内と呼ばれた子の様子からただごとではないと気付いたらしく、駆け足でこちらに向かってきていた。

……ん？

その瞬間、俺はあることに気づく。

いや、本当はこんな時に考えることではない。しかしどうしても気になってしまったのだ。

駆け寄ってきた三名の女生徒の内、髪を二つに結っている女子。

その子の豊かな胸が、やたらと大きく揺れていることに。あの生徒は確か、宮川だ。

そんな俺の、この場に似つかわしくない邪（よこしま）な思考をよそに、

「これは、普通の殺人事件でしょうか……」

いつの間にか山内の横に立ち、腕組みをしながら用具室の中を見ていた冷堂は、そう呟いた。

その後、すぐに顧問の教師も駆け付け、警察に通報した。

現場の状況は保全すべきということで、体育館への立ち入りが禁じられ、その場にいた俺、冷堂、山内、後から来た三名の計六人はその場で待機することになった。

死体の第一発見者となった山内はずっと泣いていた。無理もない。

だが、彼女には、聞いておきたいことがある。俺はできるだけ怖がらせないように、努めて落ち着いた声で話しかける。

山内は、多少は落ち着いたようで、赤くなった目をこすって鼻を啜（すす）っている。

「俺は二年の天内。えっと……」

「一年の山内絵美です」

「山内さんか。今回は災難だったな……大丈夫か？」

「はい、私ったら気が動転して。でもすぐに人が来てくれたのでパニックにならなくてよかったです。ありがとうございました」

「いやいや」

俺は礼を言われるようなことは何もしていない。だが、やはりあの場に一人きりというのは恐ろしい心境だっただろう。

「……ちょっと聞きたいんだけどさ、体育館の鍵って山内さんが開けたの？」

「そうです。一番に来て準備をしようと思って、職員室で鍵を借りて……」

さすが一年生。誰よりも早く体育館に来て準備をしようとしていたのか。

「体育館の入り口は、もちろん施錠されていたんだよね？　用具室はどうだった？」

「……体育館も、中の用具室も、鍵は掛かっていました」

なるほど、と俺は心の中で呟く。

体育館の鍵と用具室の鍵は別々の物だが、使用するタイミングは同じなのでセットになって職員室で保管されている。

鍵は職員室にあって、なおかつ施錠はされていた。しかし死体は用具室の中にあった、か……。これはひょっとすると、現場は密室だった可能性があるのかもしれない。

非常に不謹慎な話だが、小説のような状況に俺は心のどこかで惹かれていた。

もう一つ気になったことがある。先ほど用具室に入った時のことだ。視界の隅に、用具室の端にある窓が映ったのだ。

足元に位置する、いわゆる地窓。体育館などにはよく見られる、横に長い長方形の窓だ。一般的な窓と同じようなクレセント錠がついており、人の出入りは可能な大きさになっている。

この用具室の立地から考えて、あの地窓から出ると体育館の裏に繋がっているのだろう。

もし俺が殺人犯ならあそこから逃亡するね、と思った。

気になるのは、その窓は施錠されていたのかどうかということと……、

「あんな所に窓なんてあったっけ？」

思わず疑問が口をつく。

俺はそもそも、あんな場所に窓があったということを知らなかった。

体育の授業で準備をすることがある時、用具室は普通に使っているが……。まさか二年生の夏になってこういう形で初めて知るとは。

何となくそのことが気にかかり、同じくこの場に待機していたバレー部の三名に聞いてみた。

結果は三人とも存在を知らなかった。どうやら、普段は窓の前に物が積まれており、全く見えない状態になっていたらしい。この地窓が繋がっている体育館の裏には何もないため、外から見る機会も無かったのだろう。

もはや窓の存在意義が全くなくなっているが、換気用の窓も別に存在するので特に問題はないのだろう。その換気用の窓はかなり小さく猫ぐらいしか通れない代物だ。位置も高い。

基本的に毎日部活で体育館を利用する彼女達からすれば、今日の用具室は物の配置が変わっている、という話だった。前に積まれていた物の場所がズラされていて、いつもは見えない地窓が現れたということだ。

……そして、俺は死体を間近で見て感じたことだが、恐らく自殺ではないだろう。

笹村は後頭部から出血していた。さすがに、自殺するのにわざわざ後頭部を強打する事はないだろう。心の内は知らないが、クラスでの日頃の態度からは自殺するような悩みを抱えているようにも見えなかった。

「仮に他殺だとしたら、犯人はあの地窓から出たってことかもな……」

何となく横にいた冷堂に、呟くように言ってみる。彼女は壁に寄りかかり、腕を組んで澄ました顔をしている。人が死んだというのに妙に余裕がある様子だ。

「私もその窓が気になったので、用具室の中に入って見てみましたが」

「ん？」

彼女は、俺にしか聞こえないように小さな声で囁(ささや)く。

「地窓のクレセント錠はしっかり掛かっていました。密室殺人かもしれないですね」

「この子達が発見者ですか」

「ええ。発見した順番は……」

数分後、警察が到着した。

ぞろぞろと十人前後の大人が次々と現れ、現場の状況を確認していく。若い刑事が顧問の教師に状況を確認している。

初めて見る警察の現場入りは非日常感が強く、映画の中の出来事のようだ。

「現場も封鎖して保全されていますし、的確な対応を行って頂き感謝します」

「いえいえ、当然のことをしたまでですよ」

通報した教師は若い刑事におだてられて気分が良さそうだ。

「大変お手数なのですが、今から一人一人にお話を伺わせて頂きます」

「ええ、結構です。遅くなるようでしたらこちらから親御さんへ連絡を行いますね」

「何から何まで、本当に助かります」

どうやら、発見者である俺達に個別に話を聞くという流れになったようだ。

聴取には応接室を利用するらしい。俺達は体育館から、近くにある一年の教室へと固まって移動し、名前を呼ばれるまでその教室で待機することになった。

今後の流れの話がまとまり、若い刑事は教師と話した後、ぺたぺたとスリッパを鳴らしてこちらに歩いてくる。その頬は少し緩んでいる。

決して、この刑事は事件が起きたことに歓喜しているわけではなく、

「よっ、久しぶりだなハルマくん」

彼はそう言って掌を俺の頭に乗せた。細身で高身長の彼は、平均程度の身長しかない俺からすれば見上げる存在だ。

この、高校生の俺を子供扱いしてくる人物は、俺のよく知っている人だった。

「まさかミオさんがくるとは思わなかったよ」

頭の上に乗せられた手を少しうっとうしそうに払い退けて刑事の名を呼ぶ。そのやりとりを横で見ていた冷堂は目をパチクリさせて不思議そうな顔をしていた。

「お知り合いですか？」

「ああ、この人はうちの実家の近所に住んでて」

「律音澪太郎です。ハルマくんとは昔からの友人でね。兄弟みたいなもんかな」

たまに近況連絡が来るので、ミオさんが警察学校を卒業し、俺が今住んでいる地域に配属されていることは知っていたが、よもやこんな形で関わることになるとは思わなかった。

「しばらく会ってなかったけど、刑事になってたんだ。すごいじゃん」

確か彼の年齢は今年で二十七歳のはずだ。

昔からどこか抜けたところのあった男だが、いつも誰かに頼られていたような気がする。警察という仕事に就いても立派にやっているようだ。

「いやー運が良いだけだよ。今日はハルマくんからもバシバシ聴取するからな！」

そう言って俺の背中を叩いて、彼は他の子にも挨拶をして回っていた。

俺の知り合いである上に親しみやすさもあってか、仰々しく警察が来ているにも拘わらず場の空気は少し弛緩したように見えた。

運が良い、と本人は言うが、その気配りを見ているとそれだけではないのだろうなと思った。

その後、俺達は予定通り教室に移動した。まずは第一発見者の山内絵美から聴取が始まる。

教室の中では、入り口に門番のように警官が立っていて、少し重苦しい雰囲気だった。とりあえず、めいめいが手近な席に座る。

今教室にいるのは、山内絵美を除いて、俺、冷堂、バレー部員三人娘だ。こうなると同じ部活の三人が固まるので、俺は冷堂と隣り合わせに座っていた。

ずっと無言というのは辛いものがあったので、俺から話題を投げかけてみる。

「転入初日からこんなことになって大変だな」

「そうですね。人生で……殺人事件に関わったのは二度目です」

じ、人生で二度目なのか……。高校生の人生経験としてはかなり特殊だ。ミステリアスな人物だと思っていたが、私生活も謎めいているな。

「冷堂も死体、見ちゃったよな。平気か？」

「ええ、大丈夫ですよ」

俺もだいぶ落ち着いたが、やはり笹村の死体を見た時はかなり気が動転した。けれど思い返せば冷堂はずっと冷静だった。本人曰く二度目だからとはいえ、かなり肝が据わっている。

「ところで」

「ん?」

「被害者の男性は、なぜあんなものを持っていたのでしょうか?」

「あんなもの……?」

「ええ、右手に」

冷堂は右手を開いて閉じてとジェスチャーをする。

なんだろう、混乱していたせいで、俺は彼が何かを持っていたことを見落としてしまっていたのか。脈を測ったのは左腕だったので、確かに右腕には注目していなかったが……。

「まぁ、黒かったですから見えにくかったかもしれないですね」

「むしろよく見えたたな」

用具室は照明がついておらず、かなり薄暗かったはずだ。冷堂は目が良いようだ。

「それで、何を持ってたんだ?」

「……私に言わせる気ですか?」

「んんん?」

彼女はなぜか目を細めて、下賤な者を見るかのような目付きをしている。

何が何やらわからず、困惑している俺を見て、彼女は小さくため息をついて身を乗り出した。

そして俺の耳元まで、綺麗な唇を近づけて、吐息がかかりそうな距離で、

「下着……ですよ。女性物の」

「へぁっ⁉」

あまりに予想外な単語が出てきた！

そのせいで素っ頓狂な声を上げてしまい、入り口に立っていた警官やバレー部三人娘がこちらに注目する。俺は取り繕うように咳払いをした。

「えっと……それは上か下か……どちらでしょう」

「上、です」

要するに、ブラジャーを握っていたということか。笹村は。

もしかすると密室なのかもしれない、などと小難しいことを考えていたが、そういった推理は全て吹っ飛んでしまった。

この事件をブラジャー密室殺人事件、とでも名付けようか？　などと考えていると、俺の頭の中で一つの事実に結びついた。

その気づきの反応が表情に出てしまい、冷堂は興味深そうに俺の顔を見る。

「どうかしたんですか？」

「いや、一つ気づいたことが……」

その気づきを冷堂に伝える前に、入り口の警官から名前を呼ばれた。

「失礼します」

応接室では刑事のミオさんこと律音澪太郎が、革張りのソファーに腰掛けて待機していた。

一対一での聴取というわけだ。

「悪いね、ハルマくん。さ、座って座って」

表面のニスが照明を反射する、高そうな木製の机を挟み、俺は対面に座る。

ミオさんは柔和な笑みを浮かべていて、優しげな雰囲気が全開になっている。

「僕らしかいないし、硬くならずフランクに話してくれて大丈夫だよ」

「今更ミオさんに気を張ったりしないから大丈夫」

あはは、と愛想笑いをしてからミオさんは手帳を広げる。

「早速だけど……ハルマくんが現場を発見した時の状況を聞かせてもらえるかな」

目が細くなり、僅（わず）かな緊張感が走る。表情が仕事に切り替わったという感じだ。

俺は洗いざらい、死体発見前後の状況をミオさんに話した。

「なるほどね。転入生の案内で体育館に来ていたのか」

「転入初日なのに、冷堂にはなんだか申し訳ないよ」

「ハルマくんのせいじゃないさ……ところで、ハルマくんは被害者のことは知っているのかな？」

「……笹村大和。俺と同じクラスの生徒だよ」

苦虫を嚙み潰したように俺は答えた。用具室に倒れていた笹村の顔を思い出して、胸が苦しくなった。

「そうか、同じクラスだったのか……」

クラスメートを亡くした人物に無神経な質問をしてしまったと思ったのか、ミオさんは気まずそうにしている。俺は気を遣われないように、逆に質問をしてみることにする。

「死因はなんだったの？」

「……頭部への打撲だね。現場に転がっていたダンベルに血がついていたから、恐らくそれが凶器のはず。傷口は一つだけだったから、頭を殴られてその一発が致命傷だったみたいだよ」

そういえば、用具室の床に金属製のダンベルが転がっていたな。あのダンベルは、普段から用具室に置かれている物だ。

何となく聞いてみただけだったが、どうやらミオさんは俺に事件について話してくれる気らしい。刑事として大丈夫なんだろうかと思いつつ、ちょうど良いと思いさらに質問を重ねる。

「あの現場って、密室だったの？」

ペンを動かしていたミオさんの手が止まる。膝の上で手を組み、思案しているような表情を浮かべている。

「……今回、生徒から聞いた情報と保全された現場の状況を組み立てると……あの用具室は密室だったということになる」

やはりそうか。顎に手を当てて聞く俺に、ミオさんは続ける。

「第一発見者の女生徒は、用具室の鍵が掛かっていたと証言しているからね」

ただ、それだけでは密室だということにはならない。犯人が普通に鍵を持ち出して施錠しただけという可能性や、合鍵が存在する可能性もあるからだ。

それでも警察が密室と言うということは、どちらのセンも潰れている、ということになる。

ミオさんの言うところでは……まず職員室において、校内の鍵が保管されている箱はかなり厳重に管理されており、持ち出しは事務員が常に監視、事務員が不在の時は箱に暗証番号で鍵が掛かっているという徹底ぶりだ。事務員に尋ねるとかなり自信満々に、自分が把握していない持ち出しはありえない、と言っていたそうだ。

持ち出しの記録を確認したところ、体育館の鍵はここ数日間、授業と部活以外では持ち出されていないことがハッキリと記録されていた。

「死亡推定時刻は今日の午後十三時から十四時の間、その時間は……」

「もろに授業中だね」

その時刻は五時限目の最中のはずだ。

「ただし、その時間は体育の授業はなかったらしい」

ミオさんは職員からもらったらしい時間割が書かれた紙を取り出した。どうやら、死亡推定時刻である五時限目、その後に続く六時限目でも体育の授業はなかったようだ。

俺のクラスは四時限目が体育だった。それ以降は、別のクラスでも体育はなかったのか……。だから放課後まで死体が発見されなかったんだな。

そういえば、なぜか笹村は五時限目と六時限目には授業に出ていなかった。一体用具室で何があったのだろうか……。

ミオさんは手帳のページを捲(めく)る。次は合鍵について、今わかっている範囲のことを教えてくれた。先ほども話に上がった事務員は、合鍵は作っていないと言い、持ち出し記録を見ても、合鍵を作るために持ち出せた形跡は一年以上遡(さかのぼ)ってもないらしかった。

死亡推定時刻は五時限目の最中だが、四時限目より後は放課後に山内が借りるまで鍵は貸し出されていなかった。犯人は如何(いか)にして体育館の中で笹村を殺害したのだろうか。

「……事務員の人のアリバイは？」

「職員室にいて、他の先生方も一緒だったようだから完全にシロだね」

ミオさんが手に持った手帳を閉じ、応接室に乾いた音が響いた。

「閉じた部屋、持ち出されていない鍵。まだまだ懸念点もあるけど、密室殺人である可能性が高いと僕は思っている」

「そうだね、俺もそう思うよ。名付けるなら、『体育館の密室』ってところかな……」

「う、うん、そうだね」

　いきなり密室に名前を付け出したのでミオさんが若干引いている様子だった。名前があった方がわかりやすいと思うんだけどな。

　……もっとも、第一発見者の山内絵美は「体育館と用具室は施錠されていた」と証言しているが、これが虚偽だった場合は密室ではなくなる。この点については、彼女には死亡推定時刻にしっかり授業に出ているというアリバイがあるとのことだった。共犯の可能性は残るが、少なくとも実行犯である可能性は低い。

「いやぁ、ついついハルマくんにはなんでも話しちゃうね。頭もいいし、密室殺人なんてすぐに推理できちゃうんじゃないか？」

「小説の探偵じゃないんだから……」

　俺も話を聞いていて、おいおい大丈夫かと言いたくなるような情報の漏洩(ろうえい)っぷりではあった。同僚にバレたりしたらまずいのではないだろうか。

「……ハルマくんに頼みがあるんだけど、事件の捜査に協力してもらえないかな？」

「協力？　俺が？」

　ミオさんは両手を組んでこちらを真っ直(ま す)ぐに見つめ、冗談ではないという雰囲気で続ける。

「我々にとって、学校というのは特殊……というか、異質と言ってもいいかもしれない。今そこに通っている人達にしかわからないようなことが、必ず存在するんだ」

「そういうもんかな……」

　大人からすれば、普段の生活で自分達が一切関わらない空間であるだけに、どうしても気づけない見落としが発生してしまうらしい。今の俺の立場からはぴんとこないが、大人になったらわかるのだろうか。

「俺でよければ協力させてもらうけど、いいの？　俺が犯人だったらどうするのさ」

「ハルマくんがそんなことしない子だっていうのはよく知ってるから」

　ミオさんはにっこりと微笑んだ。俺に対して全幅の信頼を置いている様子だ。

　その気持ちはありがたいし、ここまで話を聞くと俺も事件の真相が気になってしまうのが本音だ。ミステリ小説はよく読むが、実際に密室殺人事件に遭遇するなんて思ってもみなかった。

　それに、ひょっとしたら校内に殺人者がいるかもしれないということだ。安心して学校生活を送るためには、犯人は見つけなければいけない。

「ありがとう。それじゃあ早速なんだけど、ハルマくんに聞きたいことがあってね」

　ミオさんはスーツの懐を探ると、一枚の写真を取り出して机の上に置いた。警察職員の人が撮ったのだろう。その写真は、死体の手元をズームして撮ったものだった。

「聞きたいのはこれについてなんだ。多分ハルマくんには関わりがないと思うけど……」

　前屈みになり、机上の写真の中心を指で示す。

　そして俺は一瞬で理解する。ああ、これは冷堂が言っていたあれだ、

「……実は被害者は女性物の下着、いわゆるブラジャーを握りしめていてね」

「ブラジャー密室殺人事件だね」

「茶化さないでくれよ。これについて、何か知らないかな？」

ミオさんは俺の冗談にも努めてにこやかだ。

これについては、先ほど冷堂から聞いていて俺も知っている。現場にいた時は、色が黒いのもあって全然気が付かなかったが。

「って一応聞いてみたけど、さすがに知らないよね」

「いや、待って」

センシティブな写真だからか、そそくさと写真を封筒にしまおうとしたミオさんに掌を向け制止する。俺は、このブラジャーについて心当たりがあった。

「何か知っているのかい？」

「確証があるわけじゃないけど、多分そのブラジャーの持ち主を知ってるんだ」

脳内で、体育館で「見たもの」を、ビデオ再生するように頭に思い浮かべる。死体を発見し、俺と冷堂に続いて体育館に入ってきた三人のバレー部員女子。その内の一人を、頭の中でズームする。

「宮川愛さん。多分その子のものだと思う」

七月七日（木曜日）　二十時

「……あの時、宮川さんの胸がすごく揺れているなんて私でも全然気が付きませんでした。とてもよく見ているんですね」

夕日も既に落ちてしまい、すっかり暗くなった帰り道。俺は冷堂と二人で街灯の下を歩いていた。水田が近くにあるためか、時折蛙の鳴き声が響いている。

「そう言われると俺がどんな時も胸を見ている変態みたいだな」

「違うんですか？」

「違うわ！」

「私がこうするとどうですか？」

冷堂は、まるで恥じらう乙女のように、両腕で胸を包んで隠すような動作をした。

「どうも思いませんなあ！」

いかん、完全に巨乳大好き星人だと思われてしまった。

……死体が握っていたブラジャーの持ち主についての推理（と呼べるようなものでもないが）をミオさんに披露し、俺への聴取が終わった後、名前を挙げた女生徒、宮川愛への事情聴取が行われた。その結果については、まだ聞けていない。

「冷堂には話すんじゃなかったよ……」

そうして、数時間に及ぶ拘束から解放され、生徒達は帰宅することになった。

他の生徒は親御さんが迎えに来ていたようだったが、あいにく俺は下宿を借りて一人暮らしの身だった。そしてそこで、冷堂も同じように親元を離れて一人で生活しているのだと聞いた。

もうすっかり暗いし、転入したばかりで道に迷うかもしれないので、俺は冷堂を家まで送っていくことにしたのだった。その道中、つい今日の発見を話してしまったわけで……。

……宮川、何もつけてないいんじゃないかと思うほどすごく揺れてたんだよなぁ。

「いえ、話してくれてよかったです。私もあれの持ち主は気になっていましたから」

「……そっか」

「それに、天内くんは大きいのが好きということもよくわかりました」

「……そうか……」

「私も先ほど教室で待機している時に見ましたが、彼女の大きさはすごいですね」

「……そうなのか？　俺はてっきり……」

「てっきり？　なんですか？」

「あ、いや、なんでもない」

冷堂の方が大きいのだと思っていた、なんて口が裂けても言えなかった。

クラスの男子勢が言うには、今まで最大サイズだった宮川愛を超える逸材が現れた、とのことだったのだが。宮川も成長したということだろうか。……めちゃくちゃ下世話なことを考えてるな、俺。

「……それにしても、なぜ死体が宮川の下着を握っていたのかは皆目見当がつかないな」

「そうですね、私も色々考えてみましたが、仮説すら立ちません」

仮に、持ち主である宮川が犯人だとしても不自然な状況に思える。例えば、下着を用具室に置いて、被害者を呼び寄せた、とか？　ものすごく大胆かつ間抜けな犯行だが。

「ここが私のマンションです。送って頂きありがとうございました」

「ん、ああ」

考えを巡らせていると、いつの間にか冷堂の住むマンションまで来ていたようだ。淡い色彩の外壁は目に見えて築浅で、賃貸なのか分譲なのかわからないが相当な金額の建物に見えた。

木造二階建てアパートの我が家とは大違いだ。

「じゃあ、俺はこれで。明日また学校でな」

「ちょっと待ってください」

自分も帰ろう、と踵を返したところで、冷堂に呼び止められる。

「少し上がっていきませんか？　お茶でも出しますよ」

「えっ⁉」

突然の誘いに心臓が高鳴った。振り返ると、冷堂はこれまでと同じフラットな表情でこちらを真っ直ぐ見ていた。

「いや、そんな……」

「だめですか？　まだ今日のことも話したいですし」

密室での死体を発見したり、一人暮らしの転入生の家に招かれたり。本当に今日はどうかしている。おかしなことばかりだ。

やれやれそう言うのならしょうがない、と言う俺の口元は緩みが隠せていなかった。

それでは、と冷堂はオートロックを開けて、共にエレベーターに乗り込む。さすがおしゃれ高級マンション、エレベーターの中も芳香剤の良い香りが漂っている。

ちーん、と小気味良くベルを鳴らし、エレベーターは七階で止まった。

「一番奥が私の部屋です」

こんなマンションに高校生が一人暮らしって、冷堂はお金持ちの家の子なのだろうか？

大理石模様の床を歩き、奥の部屋へ進む。冷堂は鞄（かばん）を探り、鍵を手に持った。挿（さ）して回すと、金属の音が響く。

「どうぞ」

「お、お邪魔します……」

ガチャリと大きな扉が開いて、先に入るように手で促される。なぜか俺は恐る恐る、抜き足差し足忍び足のように足音を殺して入室した。

「そんなに静かに歩かなくても大丈夫ですよ」

まったくもってその通りだ。静かで、冷たくて、荘厳なマンションの廊下に足音を響かせるのが、何となく忍びなかっただけだった。

玄関に入ると、ふわりと良い匂いが鼻孔に広がる。女の子の部屋に入って真っ先にこの感想が出るのは自分でもありがちだなと思うが、どうやら玄関に飾ってある花の香りのようだった。甘い香りのせいで、なんだか余計に意識してしまう。冷堂にこの緊張が伝わらないようにしなくては……。

「……間取りはどうなってるんだ？」

特に意味はないが、靴を脱ぎながら聞いてみる。

「１ＬＤＫですよ」

冷堂もローファーを脱ぎながら答えた。１ＬＤＫというと、キッチン・ダイニングと一体になった広いリビングに、もう一つ部屋がある間取りか。一人暮らしには理想的だ。

「はは、こんなところに一人で住めるなんて羨ましいまし」

振り向いた瞬間、俺は冷堂に突き飛ばされ……いや、違う、寄りかかられる？　冷堂は全体重を俺に掛けるように倒れ込んできたのだ。そうだ、これは、

「な、何だ⁉　どうした⁉」

いわゆる「押し倒される」という状況か。俺は廊下に倒れ込み、冷堂にのしかかられている。

一瞬、彼女が貧血でめまいでも起こしたのかと思ったが、彼女の意識がしっかりあるという

ことは瞳から感じられた。

「失礼します」

床板にぶつけた背中が痛いが、あまりの状況にそんなことは全く気にならない。

上半身を預けるように倒れ込んできているせいで、冷堂の豊かな胸が俺の胸板に押し付けられるような格好になっている。やばい、柔らかい、気持ちいい？　やばい。

前屈みになったことで、首に掛けているネックレスのトップが俺の胸板に落ちる。それぐらい近い距離だった。

「これはやばい！」

「静かにしてください……スンスン」

「ひゃっ」

今の「ひゃっ」は俺の声である。冷堂は、倒れ込んでいる俺の首筋に鼻を近づけて、匂いを嗅いでいる。鼻息と吐息が首に当たってくすぐったい。

「ひぃいいいい」

「なんですかその声は……スンスン」

この世にある物で一番柔らかいのではないだろうかという胸の感触に、首で感じる冷堂の吐息。頭が近くにあるせいで、肺は彼女のシャンプーの香りで満たされている。

なんかもう全てどうでもよくなって、このまま両腕で冷堂を抱きしめたい衝動に駆られるが、理性が働いてしまい、情けない声を上げながら硬直するしかなかった。

「天内くん……」

十分嗅ぎ終えたのか、冷堂は上半身を起こした。下から見上げる形になった俺は、

「冷堂……」

変な気分になってしまっとり名前を呼んでいた。そんな俺をよそに、冷堂は言った。

「やはりあなたは、異能力者ですね」


数分後、俺は冷堂宅のリビングにあるソファーに腰掛けていた。コバルトブルーの布で包まれた優しいスプリングが、緊張でガチガチになった俺を受け止めてくれていた。

「ハァ……」

今この場にいるのは俺一人なので、ここまでの流れを総括して大きなため息をついた。

冷堂は俺を玄関で押し倒した後、何事もなかったかのように起き上がった。呆気に取られながら部屋に入ると、冷堂は「着替えてきます」と言って引っ込んでしまった。

「なにこの状況……」

ソファーに座ったまま、冷堂の部屋を見渡す。

ホテルライクというのだろうか、スタイリッシュな印象を持つシンプルな部屋だ。机や椅子などの家具や家財は表面がツルンと単色で、無駄な装飾は一切ない。

「物が少なくていい部屋だな」

「ありがとうございます」

リビングの扉が開き、制服から部屋着に着替えた冷堂が入ってきた。下はジャージに上は白い無地のTシャツとラフな装いだ。清潔感と生活感のある格好で、なんだか見てはいけないものを見てしまっているようだ。

それに、冷堂のモデルスタイルで薄いTシャツだけの格好はかなり刺激が強い。

……年頃の女の子が人前でする格好ではない気がするが。ひょっとして俺は男として見られてないのだろうか。

「お待たせしてしまいましたが、飲み物を入れますね」

「あ、ああ……お構いなく」

冷堂はキッチンスペースに行くと、カチャカチャと茶器を準備し始めた。

俺は待ち切れず、冷堂に問いかける。もうバレているのなら、隠してもしょうがないだろう。

「冷堂……、なんで俺が異能力者ってことがわかったんだ?」

「私もそうだからですよ」

彼女は向こうに向いたままこともなげに答える。

お茶が注がれたカップをトレイに乗せて、キッチンから出てきた。どうぞ、と俺の前に紅茶を差し出してくれた。オレンジ色の紅茶に視線を落として話を続けた。

「まさか同類だったなんてな、こんなの初めてで驚いてるよ」

「私は、これまで会ったことはありますけどね」

「そうなのか……」

「私は匂いでわかるんです」

自分の鼻を指で差しながら、彼女は語る。

「この鼻は異能力を持つ人を嗅ぎ分けられて、特定できます。異能力を使用した場所であれば痕跡を嗅ぎ取ることもできます」

「なるほどね……」

「ただ、天内くんはやたら匂いが薄くて、近くで嗅がないとわかりませんでしたが」

先ほどの行動はそういうことか。うっすら異能力の香りを感じていたものの、確信を得るために俺を押し倒し、嗅いだのだろう。押し倒さなくてもいいだろうに。

「俺の匂いが薄い、か……。それは心当たりがなくはないな」

「何か理由があるのですか？　ここまで薄い人には会ったことがないので、できれば理由を聞かせて欲しいです」

「その前に」

俺は掌を向けて冷堂を制す。

「冷堂の異能力は『異能力者を嗅ぎ分ける』能力なのか？」

「……いえ」

すっ、と冷堂の視線が下がる。数秒の静寂が訪れたが、やがて口を開いた。

「……これはあくまで副次的なもので、私の異能力の本質ではありません」

自分以外の異能力者に会うのはこれが初めてだ。だから、どうしても好奇心が刺激されてしまう。それに、恐ろしい能力の可能性もある。知りたい。冷堂の異能力が。

「……冷堂が教えてくれるなら、俺も包み隠さず話すよ」

「別に構いませんよ」

実にけろっと、取り引きに応じてくれた。彼女は話す前に、紅茶のカップに口をつけた。カップの白に、桜色の唇がよく映える。

「私の能力は……」

ゴクリ。

「能力は……」

彼女は、ゆっくりと、口を開く……

「…………」

「引っ張りすぎだろ！」

「失礼しました」

いや、なんだというのだ。冷堂なりのお茶目(ちゃめ)なのだろうか？　正直可愛いからもっとやってくれてもいいが。気を取り直して、続きをどうぞと促した。

「……やっぱりまだ言えません」

「えぇー……」

落胆する俺の様子を見て、ふっと口元を緩めながら冷堂は言う。

「そうですね、私のお願いを一つ聞いてくれたら、教えてあげてもいいですよ」

「お願い？」

冷堂は、深紅の瞳でじっと俺の顔を見ながら、『お願い』について話す。

「学校で起こった密室殺人事件の謎を、天内くんに解いてほしいです」

「……それが冷堂の異能力と何の関係があるんだ？」

「それは、まだ言えません。でも私は天内くんが謎を解くところを見たいです」

再び冷堂は目を閉じて紅茶を味わっていた。うーん。これは追及しても教えてくれる気はなさそうだ。

「……わかったよ。俺が突き止められるかどうかわからないけど、頑張ってみる」

既にミオさんにも協力を申し出ているし、どっちにしても俺は事件の早期解決を望んでいる。今後の平和な学園生活のためには、殺人者を野放しにしておきたくない。

「ありがとうございます。天内くんの異能力は、私に教えてくれますか？」

「……別に隠す必要もないから、教えてもいいよ」

「ありがとうございます。あなたのことを教えてください」

異能力のことを人に話すのは初めてなので、それを知った彼女がどう反応し、俺のことをどう思うのか読めない。俺は緊張しつつ、ゆっくり口を開いた。

「俺の異能力は、……時間を逆行できる」

手には何も持っていないが、俺は自分の掌を見ながら努めて淡々と話す。

俗に言う、タイムリープという奴だ。発動すると、自分の意識が過去の自分へと飛ぶ。体は飛ばないので、同じ時間に自分が二人いるような事態にはならない。

「……驚きました、すごい異能力ですね」

「そんなに便利ってわけでもないけどな」

まずこの能力は、巻き戻す時間を自分で指定することができない。ランダムなのか、何かルールがあるのかはわからないが、自分で決めた時間へ自由自在に飛ぶことはできなかった。

一日前になるのか、二日前になるのかはわからないのだ。

「でも、ひょっとしてその異能力を使えば、今回の殺人事件を未然に防ぐことができるのではないですか？」

「……この能力は、人の死を回避することはできないんだ、絶対に」

「確定した事象、というものでしょうか？『タイムマシン』のエマみたいな」

「ん？　タイムマシン？」

「映画のタイトルです。……天内くんが生まれる前の映画ですし、知らないですよね。忘れてください」

「冷堂も同い年だろ……」

　知らない映画の話はさておくとして。

「その『確定した事象』に近いけど、微妙に違うんだよな」

　小説やドラマでよく見るような、「何をやっても同じ結果にたどり着いてしまう」というようなことになるのではなく、この異能力は、人が死んだことを俺が認知するとそれより前の時間に戻れなくなってしまうのだ。

　仮に今発動したとすると、今日の死体発見以降のどこかの時間に戻るだけだ。

「そういうことでしたか。縛りが多いのですね」

「ああ、正直めちゃくちゃ扱いづらい異能力だよ。だから、俺はもう何年もこの能力を使ってない」

　誰かの訃報を聞いただけでも、それが正しければ死を認識したことになるから本当に使いにくい。

　……とはいえ、この異能力を使えば宝くじなどを利用して大金持ちになることも可能だろう。

　けれど、過去の経験から、そうして何かを得ると大きなしっぺ返しが来るということを、俺は知ったのだ。

トラウマと言ってもいい。俺はこの能力が嫌いになって、もうずっと使っていない。

先ほど言った「俺の匂いが薄いことの心当たり」というのは、異能力を長い間使っていないからではないかという推測だった。

「それともう一つ、この異能力にはものすごく大きい縛り、発動条件があるんだ」

「なんでしょう？」

「……キスをすることだ」

「え？」

「だから、キスをしないと時間を逆行できないんだよ」

自分で言っていて恥ずかしくなって、顔の温度がぐんぐん上昇する。部屋の隅にある鏡を覗き込むまでもなく、赤面してしまっていることがわかった。

非常に残念なことに、この異能力は指をパチンと鳴らせば時間が戻ってくれるとかそんな便利な代物ではなく、唇と唇を重ね、接吻(せっぷん)をすることが条件なのだ。

「それはそれは……」

彼女は口に手を当てて驚いていた。死体を発見した時より多少反応があるように見える。

以上が、俺の異能力の全容だ。最後に話した条件のせいで何か気恥ずかしくなってしまい、紅茶をがぶがぶ飲んでいた。

「……それで、天内くん。どうして今まで、その異能力を使わなかったのですか？」

「ああ、その説明が残っていたな。……詳しく話すと長くなるから、端折るけど」

「ぜひ、聞かせてください」

冷堂が、ルビーのような赤い瞳でじっと俺を見つめる。俺は直視できずに目を背けて、白い壁を見ながら昔の記憶を掘り起こした。

脳裏に浮かんだのは、母親の顔だ。

「中学生の時に、この異能が発現したんだが……、異能力を使ったことがきっかけで、母さんが死んだんだ」

「…………え」

俺が呟くように言ったのを受けて、冷堂が目を見張る。

タイムリープには、『バタフライエフェクト』という言葉が付いて回ることが多い。

蝶々の羽ばたきのように小さなことが、巡り巡って大きな変化を巻き起こす。俺は過去に、この異能力に甘えて運命を変えた結果、自らの母親を死なせてしまったのだ。

そして、俺の父親はそのせいで母親を殺したのだと周囲に誤解されてしまうことになった。

あの時のことは、思い出すだけで動悸がして冷や汗が出てくる。

俺の異能力は、不幸の連鎖を生み出してしまったのだ。

「……それから、俺はこの異能力を使うのはやめたんだ。未来を変えるなんて行為は、恐ろしいしっぺ返しがくるってことがわかったからな」

視線を冷堂の方へ向けてみると、彼女は目を閉じて何かを考え込んでいる様子だった。

「………辛いことを、聞いてしまってすみません」

そして、深々と頭を下げて謝罪を述べた。

「いや、いいよ。あんまり気を遣わないでくれ」

俺は、自分の掌を見た。母親が亡くなった後、色々あって剣道部も辞めた。素振りをすることはあっても、小手を着けて竹刀を握ることはなくなった。

昔は豆がいっぱいできていたが、すっかり綺麗な手になったもんだ。体力もかなり落ちてしまった。

「あ、そうだ冷堂、事件のことで一つ聞きたいことがあるんだが」

俺は紅茶を飲んで、話題を転換する。

「例えば今回の殺人事件にも、異能力が関わっていることはないのか？」

「それは、ないです」

彼女はカップに視線を向けながらキッパリと言った。

「異能力を使えばその場所に強く匂いが残りますが、あの現場にそれはありませんでした。殺人や密室の構築には異能力は一切使われていないはずです」

さらに言えば、あの学校には自分達以外には異能力者はいない、と断言した。相当、鼻に自信があるらしい。

「殺人者をこう呼ぶのは変ですが、普通の人間による、普通の人間に可能な事件です」

冷堂はカップの中に残った紅茶を呷り、飲み干す。

「私達で犯人を見つけましょう、天内くん」

「…………あぁ、そうだな」

冷堂の赤い瞳にじっと見つめられ、俺は思わず俯きながら返事をした。照れたわけではなく、おかしくて少しだけ笑ってしまったのだ。

「どうかしましたか？」

押し殺したように笑ってしまったせいで、頭がおかしくなったのかと思ったのか、冷堂がきょとんとしている。

「いや、なんかミステリ小説の探偵みたいだな、って思ってさ」

「あぁ、天内くんはミステリを読むと言っていましたね。憧れの探偵に近づけて嬉しいですか？」

「憧れって……」

冷堂の振りに苦笑する。確かに、心のどこかで俺はこの事件に対して胸を躍らせている。

人が死んでいる以上、故人を悼んではいるし、不謹慎なことはわかっている。だが、密室殺人の謎を解くというこのシチュエーションは、自分が小説の登場人物になったかのような奇妙な感覚を俺に植え付けるのだ。

図らずも、いや図っていたのかもしれないが、冷堂は俺の好奇心と探求心に発破を掛け、火を付けたのだった。

「あの体育館の用具室が密室だったかどうかを話してる時なんかも、天内くん少しニヤニヤしてましたよね」

「ニ、ニヤニヤはしてなくないか？」

「してましたよ……、密室好きのヘンタイですね、ふふ」

冷堂は悪戯っぽく微笑んだ。可愛いんだけど、言ってることはひどい。ヘンタイって……。でも、そう言われると否定できない気もする。密室殺人と聞くと、真相が気になってしょうがなくなる衝動に駆られてしまう。あと、かっこいい名前を付けたくなってしまう。

「はぁ……。じゃあまぁ、明日から事件の調査を開始するか」

「何から始めますか？」

「まずは、俺の推理が当たっているかの確認だな。今日は一旦帰るから、また明日話そうぜ」

俺は冷堂の家をお暇して、一人で夜の帰り道を歩いていた。途中、自動販売機で買った缶コーヒーを飲みながら、横にあったベンチに腰掛ける。

「ふう……」

飲みかけの缶を片手に、夜空を仰いだ。雲がなく、星がよく見える。

一人暮らしの同級生女子の家に上がり込んで、秘密を教え合うというドキドキイベントは幕を下ろした。ほぼ一方的に俺のことを話しただけのような気もするけれど。

頭の中で冷堂との約束を思い出す。俺達で、この事件の犯人を突き止めるということ。心の中は静かに燃えていた。

缶コーヒーを脇(わき)に置いて、スマートフォンを取り出した。電話帳を探る。連絡先は、ミオさんの携帯電話だ。

ミオさんは少しのコールで出てくれた。

「もしもし?」

「ミオさんこんばんは、今ちょっといい?」

今日の事件のことかい?　とミオさんが返す。その通り、聞きたいのはもちろん事件のことだった。刑事の知り合いがいて大助かりだ。

「推理でも聞かせてくれるのかな」

「そのためにも情報が欲しいんだ。俺もどうしても犯人を突き止めたくなって」

「そっかそっか……ちょっと待ってね」

そう言うと、ミオさんは数秒の間無言になった。ガチャガチャと音がしたので、恐らく場所を変えたのだろう。俺は夜空を見ながらミオさんの返事を待った。

「お待たせ。さて何から話そうか……ああそうだ、体育館の合鍵について、作られた記録が無いかを調べてみたよ」

警察が調べた限り、この近辺で合鍵を作成できる店を全て当たったようだが、今のところ合鍵作成の記録は見つからない、とのことだった。これは、合鍵がある可能性は排除した方がいいだろうとの見解だ。

「あの件はどうだった？」

「？　あの件？」

「……下着の件」

恥ずかしくて濁したのだが、伝わらなかった。ミオさんは天然なところがある。

「ああ、それか。持ち主がわかったよ。やはりハルマくんの言う通り、写真を見せると宮川愛さんは自分の物だと証言したよ」

どうやら俺の推理、というか観察眼は的中していたらしい。

しかし、それを聞かれた時の宮川は相当恥ずかしかったに違いない。

「……それってもしかして宮川が犯人だって疑われたりする？」

「決定的な証拠にはならないよ。その日着けていた下着を置いていく理由がないし、密室のこともあるしね」

まだ彼女がクロかシロか決まったわけでは無いが、重要な人物には違いないはず。

ミオさんは、さらに彼女の証言を教えてくれた。なぜ下着を着けていなかったのか、ということだ。大事なことなのだが、シリアスに聞くのはとてもシュールだ。

「彼女が言うには、盗まれたらしいんだ」

「盗まれた？　下着を？」

「そう。彼女は授業中に、ロッカーにしまっていた下着を盗まれたと言うんだよ」

授業中、ロッカー……。

「水泳の授業か！」

「その通り」

なるほどな……。学校内で下着を外すタイミングなんてそうそうあるものじゃない。だが今日は、宮川のクラスは水泳の授業があったのだ。

宮川のクラスで水泳の授業があったのは、今日の四時限目だ。俺のクラスは体育が被り、体育館でバスケをやっていたのでよく覚えている。

「彼女は授業を終え、制服に着替える時に下着がなくなったことに気が付いたらしい。……今日判明したのはこれぐらいかな。まだ更衣室の確認ができてないけど」

「俺も調べてみるよ。盗むのが可能かどうか」

「ありがとう。でもちゃんと勉強もしないとダメだぞ！」

俺がはいはい、と答えると、電話の向こうから女性の声が聞こえてきた。

『律音くん～出るよ～、あ、電話中？』

「湯之宮刑事、すみませんすぐ行きます！　すまないハルマくん、そろそろ切るよ」

「ああ、ありがとう」

お礼を告げて通話を切る。とりあえずは水泳の授業についての調査だな。あとは、宮川に話を聞ければ良いだろうか。宮川の言っていることが本当だとすると、恐らく下着を盗んだ犯人と殺人犯はイコールで繋がるはずだ。

缶コーヒーを飲み干し、販売機の横にあったゴミ箱に投げ捨て、帰宅した。

七月八日（金曜日）　十二時三十分

『体育館の密室』で死亡していた同級生の笹村大和を発見し、冷堂のマンションに行って衝撃的な事実を知った翌日。

死体が握っていた下着の持ち主、宮川愛に話を聞くため、俺と冷堂は彼女をお昼に誘うことにした。俺と冷堂と宮川、三人が文学研究会の部室で昼食を摂るというわけだ。

俺は弁当を作って持ってきているが、冷堂は買ってくるらしい。

購買に行くついでに、冷堂にはプールの女子更衣室の間取りがどうなっているか確認してきてほしいと伝えている。俺の予想では、男子更衣室と同じ間取りのはずだが、念のためだ。

冷堂が購買での買い物と更衣室の確認をしている間、俺は宮川を探した。

俺と冷堂が所属しているのはA組、宮川がいるのはB組だ。隣の教室に行ってみたがおらず、しばらく探して中庭の一角に座り込んでいるのを発見した。俺は怪しまれないように、努めて気さくに声をかけてみる。

「よっ宮川！」

「あ～えっと～、天内くん～」

宮川は膝の上に弁当を乗せたまま、何かを考えていたのかぼーっとしていた。俺が声を掛けると、妙に語尾を伸ばしたほわほわした話し方で答える。彼女とまともに会話をするのはこれが初めてだ。

常に緩んだ表情をしていて、肩まで伸ばした髪を二つに結っている。バレー部らしく、動きやすそうな髪型だ。

「昨日は大変だったたな」

「そうだね～……あんなことが起きるなんてね～」

やはり、普通の女子高生に殺人事件は衝撃的すぎるだろうか。しかも、現場に自分の下着があったというのだから、動揺しない方がおかしいだろう。それにしては緩い雰囲気が漂っている気もするが。

というかまずいな、そのことはどう切り出そう。現場にあなたの下着がありましたよね、なんて話を持ちかけたら間違いなくセクハラになってしまう。

そのあたりは冷堂に協力してもらった方が良いのかもしれない。とにかく昼食に誘ってみることにする。

「よかったら、お昼一緒に食べないか？　俺のクラスの転入生も一緒なんだけど」

「転入生……あ～確か、ひやどうさんっていうんだっけ～」

ひやどうって。冷堂の読み方は「れいどう」である。何かで名前の字を見て、読み方を勘違いしてしまっているのだろうか。

「………そうそう！　よかったら宮川も仲良くしてほしいなって思ってさ」

とりあえず呼び方の誤りについては指摘せず黙っておく。冷堂を餌というか出汁に使ってしまったことは心の中で詫びておいた。

「え、えっとえっと～……」

宮川は目に見えて焦り出した。ベンチに座ったまま、あたふたと左右や斜めに視線を向けている。

「ひょっとして誰かと食べる予定だったか？」

「……そうじゃないんだけど～……」

断りたいけど断りにくい、そんな雰囲気を感じた。話を聞ければよかったのだが、無理強いするのは良くない。

ここは一旦、引こう。そう思い切り出しかけた時。

「わかった〜、じゃあ一緒に食べよっか〜」

「……ああ！　ありがとうな」

思い直してくれたのか、それほど嫌でもなかったのか、最終的に宮川は快諾してくれた。助かった、と胸を撫で下ろす気分だった。

＊

昼休み、私は昼食を買いに購買に向かって歩いていた。天内くんはB組の宮川さんを誘い、後ほど旧校舎の部室で落ち合う約束になっている。彼女には私も聞きたいことがあるので、うまくいくといいのだけれど。

天内くんに頼まれ、私はプールにある女子更衣室の間取りを確認してきたところだ。職員室で鍵を借りて、中の形や窓の位置などをメモしておいた。

それにしてもお腹が空いた。空腹で今にもお腹が鳴ってしまいそうで、授業中に腹の虫を抑えるのが大変だった。一刻も早く食事がしたかったので、私は購買へ早足で歩く。

「関係ねえだろ、俺にはよ」

購買まで真っ直ぐ行こうとしたのだが、曲がり角の先で男性の低い声が聞こえた。怒気が籠もっているように感じて、私は何事かと身を隠しつつ角を覗く。

金髪で長身、非常に目立つ外見の男子生徒が立っている。たしか、私が入部した文学研究会のカルバンくんだ。

スマートフォンを片手に持ち、誰かと通話をしているらしい。眉間に皺が寄っているのがここからでもわかる。どうやら揉めているようだ。

「別になくても困らねえよあんなもん……、自分でなんとかするから大丈夫だ。……今日？　ああわかった。探せば文句ねえだろ」

イライラしている空気がひしひしと伝わる。何度かやりとりをすると、彼は舌打ちをしながら通話を切った。

どういう話をしていたのかはよくわからないが、盗み聞きをしてしまったのは申し訳ない。お腹も空いたしこの場は早く立ち去ろう。

……と思って動こうとした瞬間、油断した私のお腹からものすごい音が出てしまった。

ごごごごごごぎゅるるるるるる、地響きが起きたような音が廊下に鳴り響く。

お、終わった……こんなタイミングで……。

「うわ、なんだ、雷か？」

私のお腹の音を聞いたカルバンくんは不審がり、轟音の発生源に向かう。曲がり角まで歩いて来て、私を見つけた。

「ん、確か昨日ナイアマと一緒にいた……ドーレーだったたか」

「こんにちは」

私は平静を装って彼に挨拶をする。通話を聞いていたことを気づかれてないといいのだけど。

「なんかよぉ、今すごい音しなかったか？」

「さぁ、天気でも悪いんじゃないでしょうか」

私の言葉にカルバンくんは窓を見るが、空には雲一つない夏の青空が広がっていた。

ああ、お腹が空いた……。

*

宮川と二人で旧校舎に向かい、三階の部室を訪れた。

ちなみに、他の部員……カルバンと塩江はいつも教室で食べているので、普段のお昼は俺が一人で使っている。

俺は宮川に少し待っていてくれと待機を促し、等間隔で並んでいた長机を動かして二つをくっつける。四人掛けの机のようになった。

「よし、セッティング完了」

「ひやどうさんは〜？」

宮川がそう言った時、ガラリと部室のドアが開いた。ちょうどよかった、冷堂も到着だ。音に気づいて振り返ると、そこには、両手いっぱいにパンを抱えた冷堂の姿があった。

「……えらくいっぱい食べるんだな……」

「お腹が空いたので」

「ひょっとして今朝は食べられなかったのか？」

「ちゃんと朝食は食べましたよ」

何となく聞いてみたが、ピシャリと遮られてしまった。

「ひやどうさん～、こんにちは～。お邪魔するね～」

初対面の冷堂に、宮川はのんびりと挨拶をする。

「ひ、ひやどう……」

「あれ～？　ひょっとしてひやどうさんじゃなかった～？」

「私の名前はレイドウですが……まぁ、好きに呼んで頂いて大丈夫ですよ。ようこそおいでくださいました」

「うん！　よろしくね～」

カルバンといい宮川といい、妙な呼ばれ方が多いなと思っていそうな冷堂だった。

挨拶もそこそこに、組み合わせた長机に昼食を広げた。冷堂と宮川が隣に座り、俺は向かい合わせの席に着く。

新校舎より少し離れた旧校舎にあるこの部室は、三人が発する音しか聞こえないほど静かだった。

冷堂が椅子に座ると、真剣な表情で机の上に置いた食べ物を見つめて言った。

「早く食べましょう、限界が近いです」

「限界？　……よくわからんけど」

「「いただきます」」

俺達は行儀良く、合掌して食事を開始した。俺の今日の弁当は白身魚の唐揚げがメインだ。

「天内くんのお弁当〜美味しそうだねぇ〜」

「だろ？　最近ノンフライヤーを買ってな、すごく便利だぞ」

俺は宮川に褒められて上機嫌になる。ノンフライヤーとは、油を使わず揚げ物ができる、夢のような調理家電だ。少し調理に時間が掛かることだけがネックだが。

「……自分で作ってるんでふか？」

ぐっ。冷堂は焼きそばパンを頬張りつつ問いかけてきた。いつもの丁寧な口調が崩れて可愛すぎる。

「まあ、自分以外に作ってくれる人はいないからな」

「それって〜、もしかして一人暮らしってこと〜？」

宮川の問いに、まあな、と返した。

時間を逆行する異能力を使用したせいで、俺の母親は死んでいる。父親は健在だが、ここから離れた田舎でのんびりと生活している。あまり詳しくは知らないが、物書きの仕事をしているらしい。

「冷堂も一人暮らしだしな」

「そうでふね」

彼女は弁当を作ったりはしないようだが……。冷堂は食べるスピードも早く、既に二つのパンが袋だけになっていた。昼食にどれだけ買ってきているのやら。

「二人ともまだ高校生なのにすごいね～、私なんてお母さんに起こしてもらわないと学校も行けないよ～」

宮川は感心している様子だが、俺の生活費は父親の仕送りに頼り切っている。親の脛にかじりついて生きているわけで、我ながら情けない状態ではある。そういえば、冷堂の生活費はどうなっているのだろう？

それにしても、宮川も打ち解けてきたのか、自分のことを話し始めた。よしよし、いい雰囲気だ。

この調子なら、昨日のことも切り出せるだろうか？　そう思っていたのだが。

「宮川さんも高校生には見えないですよ、色々」

唐突に、冷堂がぶっ込んできた。どういう意味だそれは！　と心の中でツッコンだが、言わんとすることは理解できる。そのせいで口に含んだ飲み物を吹き出しそうになる。

「え？　いや～、私なんて全然だよ～、ひやどうさんの方が見た目も大人っぽいし～」

「いえいえ、ですから宮川さんも高校生離れしていますよ」

冷堂はお茶を一口。

「胸が」

言ったー！　無駄に間を空けて強調するように言った！

男の俺ではとても指摘できないようなことを、冷堂はさらりと言ってのけた。その表情はいつも通り、照れも悪びれも感じさせないフラットな澄まし顔なのだが……。彼女は平然と次の菓子パンの袋を開封している。一体いくつ食べるのだろう。

「なななななななんでそうおもももももも」

「宮川⁉」

ぶっ込まれた宮川は、目に見えて動揺している。体が揺れてお箸からウィンナーが落ちそうになっていた。

普通そんなことを堂々と本人に言う奴は少ないだろうし、あまり言われ慣れてないのだろう。

「宮川、落ち着こう」

「天内くん～……」

「私より確実に大きいように見えます。気になります」

「うぁばばばばば」

「冷堂ー!!」

天上天下唯我独尊とばかりに、冷堂は言いたいことをストレートに発し続けた。もうちょっと和やかな昼食を目指していたのだが……。

しばらく宮川の動揺は収まらず、教室全体まで揺れているのかと錯覚するかのようにその身を揺すっていた。

「「ふぅ……」」

数分後、俺と宮川は同時に溜め息を吐いた。お弁当も食べ終わり、食後のお茶を啜っているところだ。ペットボトルの冷たいお茶だが。

「なんか……、びっくりさせて悪いな、宮川」

「ううん、大丈夫だよ〜。すごくびっくりはしたけど」

「すみません」

宮川の語尾が伸びていないあたりに本気感があった。頭は下げていないが、冷堂も詫びを入れている。彼女に悪気は一切ないのだろう。

「どうしても気になったものですから」

「そ、そんなに気になるんだね〜……」

冷堂の視線は宮川の胸部に注がれていた。隠そうともしないその素振りに、思わず宮川は両手で胸を押さえる。そんなやりとりをされると、俺は目のやり場に困ってしまい、適当に天井や床や窓に視線を移す。

「サイズはいくつなのでしょうか？」

「い、言わないよ～!?　男の子の前で～！」

「私も白状しますから、教え合いましょう」

「だめだよひやどうさん～！」

「私はHです。さあ教えてください」

「ひやどうさん!?」

れ……冷堂ー！　冷堂列車の暴走は止まらない。目の前でそんな会話を繰り広げられて、俺の顔は真っ赤になっていた。女子ってそんな会話するもんなの!?

いっそ退室しようかとも思ったが、それは逆にわざとらしい気もする。

「天内くんもいるのにだめだよひやどうさん～!!」

宮川は冷堂の肩を摑み、目を覚ませとばかりに頭を揺らした。冷堂の（本人曰く）Hカップのそれも、揺れている。って、何を見ているんだ俺は。

それにしても、大きい。ごくり。

「天内くん～、今生唾を飲まなかった？」

「そ、そりゃ俺も唾くらい飲み込むさ……」

俺の喉の音が宮川に聞こえてしまっていたらしい。生唾を飲むなんて慣用句を持ち出され

ると は。

　俺は誤魔化(ごまか)すように天井を見ながらペットボトルのお茶を一気飲みした。

「宮川さん」

　肩を揺すられていた冷堂は、逆にがっしりと宮川の腕を摑んだ。

「教えてください。さぁさぁさぁ」

「う〜……」

「私も言いましたから。さぁさぁ」

「ううう〜……」

　攻守逆転か。冷堂はグイグイと宮川に顔を近づけていく。

　身長は冷堂の方が高いせいか、威圧感も強い。宮川も気圧(けお)されているようだ。

　この二人が顔を近づけると、胸部の果実がぶつかり合う。その様子を視界から消せない自分がいる。う〜ん……密だ……。

「さぁ！」

「あ、天内くん〜」

　宮川は顔を真っ赤にして、瞳をうるうるさせながら俺に助けを求めていた。

　この二人のやりとりは眼福なのだが、そろそろ止めないとまずそうだ。

　俺は冷堂に、まぁまぁその辺にしておけよと声を掛ける。

「むぅ……わかりました、残念ですが諦(あきら)めます」

「どれだけ聞きたかったんだよ……」

「すみません、宮川さん」

「怒ってはないから大丈夫だよひやどうさん～。たまに聞かれることもあるから～……」

最終的に、怒らない宮川はすごく良い人だということがわかる一幕だった。

冷堂は残念そうにしながら、お手洗いに行ってきますと席を立つ。部室には俺と宮川二人だけになった。

「はぁ～……びっくりしたよ～」

宮川は心底安堵(あんど)したように、机に突っ伏してリラックスしていた。その体勢は胸が圧迫されて苦しくならないのだろうかと横目に見ながら思ったが、口には出さないようにしておく。

「冷堂があんなに興味津々とは俺も思わなかったよ」

「あはは、クールな印象だったけど、意外とお茶目なところもあっていいんじゃないかな～」

「宮川が良い奴で良かったよ……」

「さすがに胸のことを話すのは恥ずかしいけどね～。親友ぐらいにしか話したことないよ～」

「へえ、親友」

聞いてみると、宮川には二人の親友がいるらしい。その親友と一緒に買い物に行った時に、下着を購入する流れで大きさについて暴露したとかなんとか。

俺と宮川はまたお茶を飲んで、はぁ、と肺に溜めた息を吐き出した。

まるで一山越えました、といった雰囲気だった。また和やかな雰囲気を取り戻せたし、冷堂が戻ってきたら徐々に会話をして打ち解けて、事件の話に持っていこう。

と考えていた矢先だった。宮川は心底リラックスしているのか、

「ひやどうさんもすごいけど～、アイなんて知られたら引かれちゃうかもしれないし～、やっぱり言えな」

口を滑らせてしまった。

「……あ」

彼女ははたと口に手を当て、数秒停止する。

「アイ」

近くに座っていたのだから当然なのだが、俺の耳には彼女が発した言葉が一言一句漏らさず届いてしまっていた。

確かに聞こえた、アイだと。こっちを向いた宮川と目が合って、俺は聞こえた言葉を反芻する。

あい？　愛？　藍？

Iだった。

我が文学研究会の部室に、新校舎から響く昼休みの終わりが近いことを知らせる予鈴と、顔

を真っ赤にした宮川の悲鳴が鳴り響いた。

昼休みを終えて、午後の授業。世界史について熱く語る教師をよそに、俺の思考は別の世界を巡っていた。

結局、お昼は時間切れで事件について話すことはできなかった。たまたま判明してしまったのは、二人の胸のサイズぐらいだ。一体何の時間を過ごしていたのやら……。

……Iか……。

いやいや、いかんいかん。妄想を振り払うように頭をブンブン振ると、それを見た教師に睨(にら)まれた。

当然、冷堂が不在の間に聞いたことに関しては他言無用と固い約束を結ばされた。

胸のことは置いておいて、宮川にはまた事件の話を聞く機会を設けなければならない。少しは打ち解けられているといいのだが。

俺は授業中、ノートにプールの更衣室の見取り図を書いて睨めっこしてみた。

冷堂が昼休みに女子更衣室を見に行ってくれたおかげで確認が取れた。やはり、更衣室の形は男子更衣室と左右対称になっているようだ。

考えているのは、宮川の下着を盗んだ方法についてだ。

盗まれたのは、体育の授業中。

女子更衣室

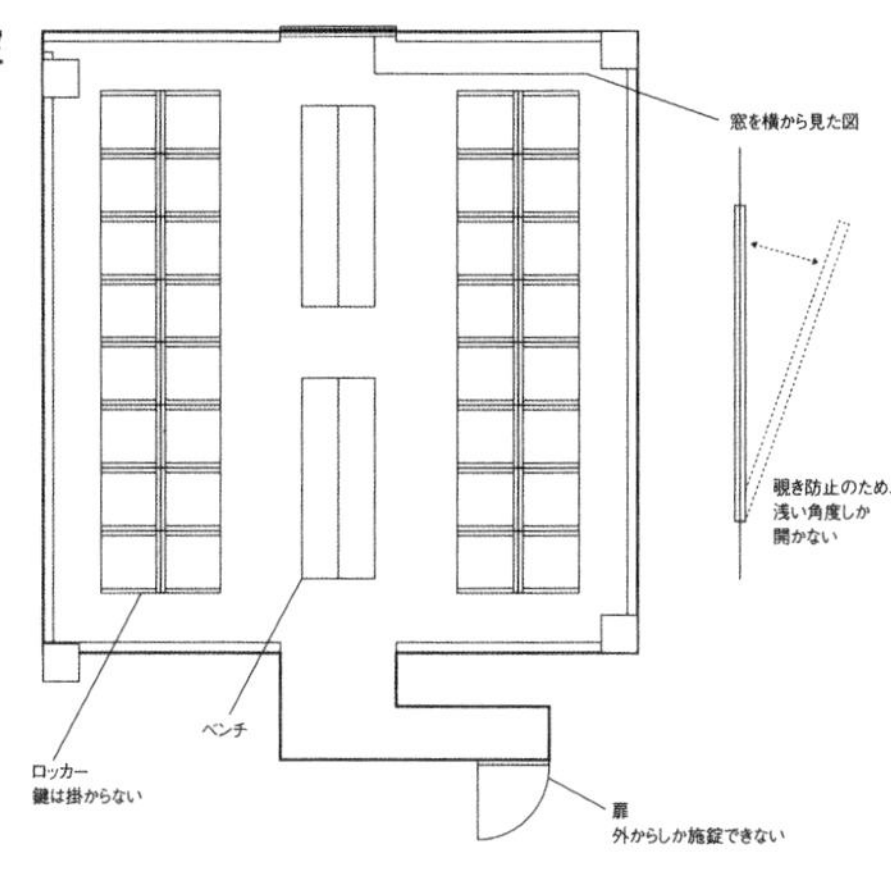

授業中、更衣室は無人になっていただろう。

犯人はそこに侵入して、宮川の下着を盗んだ。

下着を盗んだ理由は……、『体育館の密室』での殺人の疑いを向けるためだろうか。

ならばなぜ宮川を選んだのか？　これは、ランダムに選んだらたまたまそうなった可能性がある。もしくは、犯人が宮川に恨みを持っていた、か。この辺りは今考えても結論は得られないことだな。

一番問題になるのは、犯人がどうやって盗みを働いたか……、まず「水泳の授業中に女子更衣室に侵入できたのかどうか」だ。

俺もプールの授業を受けたことがあるが、授業中は更衣室の鍵は閉められる。

水泳の授業が始まる前の基本的な流れとしては、全員が着替え、更衣室を退室したら、日直は残っている人がいないか中を確認して、鍵を閉める。更衣室の鍵は外からしか施錠や開錠ができないため、この確認が必須なのだ。それが終われば、鍵を授業の担当の教員に渡すというものだ。

施錠されていると、中に入るのは容易ではない、というか不可能に思える。

窓はあるにはあるが、覗き防止のために非常に高い位置にある上、人間が通れるサイズになっていない。入り口の扉以外に、出入りできる箇所はないはずだ。

そうなると、怪しいのは日直と教員だ。

日直は施錠する前、確認の際に盗むことが可能だ。教員は授業が始まれば鍵を持っているわけだから、更衣室の中に入るのは簡単だろう。ロッカー自体は、男子更衣室と同じく鍵は掛からないタイプであることは確認済みだ。

これらを踏まえて、調査の必要があるのはこのあたりだな……。
・当日の授業中の日直の行動
・当日の授業中の教員の行動
・更衣室に抜け道がないか
日直のことは日直本人に、教員の行動は授業を受けていた宮川と同じクラスの誰かに聞いてみよう。

今後の方針が決まったところで、俺は久々に顔を挙げて黒板に目をやった。教師と目が合い、またも鋭い目つきで睨まれてしまう。先ほどより眼力が強めだ。

これ以上は先生にも失礼だし、そろそろ授業を真面目に聞くとしよう。俺はノートのページをめくる。見取り図と事件のメモは閉じられた。

ふと、視線を感じて横を見ると、こちらを見ていた冷堂と目が合った。口元が少し緩んでいる。どうやら、おうおう考えておるわ、みたいな感じでニヤニヤしながら見られていたようだ……。

「考えはまとまりましたか？」

五時限目が終わるや否や、隣の席の冷堂は座ったままこちらを向いて尋ねてきた。やはり事件について考察していたことはお見通しか。

俺は正直に考えていたことを白状する。今後の調査対象についてだ。

「なるほど。日直のことは本人だけに話を聞くのですか？」

「日直本人と、念のためにそのクラスメートかな……」

「でしたら、宮川さんに聞けば一石二鳥ではないでしょうか」

確かに。宮川はその日同じ授業を受けていたクラスメートなのだ。

「放課後は二手に分かれましょう。私は宮川さんと話します」

「えっ」

「私も協力しますよ。天内くんは日直の方をお願いします」

冷堂の申し出に、そりゃありがたいと返す。六限目の開始を告げる本鈴が鳴った。かくして放課後は、俺と冷堂、分担しての事情聴取となった。

なんだかドラマみたいで、ちょっと面白いと思った。


六限目が終わり、HRを終え学生達は解放された。各々、教室で駄弁ったり帰宅したり部活に向かったりしている。

冷堂と目配せして頷き合い、行動を開始した。向かう先は宮川のクラス、B組だ。

目的地は同じ教室なので、二人同時に教室を出る。早くしないと、対象が教室から移動してしまう。そうなると発見が困難になる。

「あ」

声を上げた冷堂の目線の先を追うと、宮川の後ろ姿があった。二つに束ねた髪を揺らしながら一人でとぼとぼと歩いている。

「私は宮川さんのところに行きますね」

「ああ、よろしく」

「終わったら、部室で落ち合いましょう」

ひらりと手を振って、俺と冷堂は一旦別れを告げた。頼りになるな、と後ろ姿を見ながら思う。こっちはこっちでしっかり仕事をしよう。

事件の当日、日直だった生徒に話を聞くためには、まずはそれが誰だったかを聞き出さなければならない。

俺はB組の教室に行き、入り口近くにいた生徒に声を掛けて尋ねてみた。

「昨日？　確か日直は芦原さんだったよ。もう部活に行ったんじゃないかな？」

日直の生徒の名前は、芦原伊代というらしい。水泳部に所属しているらしく、既に教室に姿はなかった。

「ありがとう、助かったよ」

俺は教えてくれた生徒に丁重にお礼を述べて、足早にプールへと向かった。

歩きながら頭の中では、日直が水泳部であるという事実に驚いていた。

水泳部である芦原はほぼ毎日、更衣室を利用するということになる。例えば何か、更衣室での盗難に関する仕掛けがあったとしたら、施すのは容易な立場ではないだろうか。

疑念が膨らんだまま、プールに到着する。

プールは運動場の端にある。校舎とは運動場を挟んで対面する位置にあり、三百メートルほど離れているだろうか。移動も大変そうだ、と思う。

土の地面からコンクリートへと上り、白い金網越しに中を覗いてみる。水泳部員は既に水着に着替えて準備体操を行っているようだ。水面に陽光が反射して、爽やかな雰囲気だった。

「すいませーん」

あまりおどおどしていると覗き目的だと思われそうなので、思い切って俺は声を張り上げる。手足の柔軟を行っていた水泳部員数名が、一斉にこちらを向いた。

「二年の天内と申します。芦原さんはいますか？」

彼らは若干怪訝(けげん)な顔をして、顔を見合わせていた。そのリアクションからは誰が芦原なのかわからなかったが、ふと横から声をかけられた。

「あーしだけど」

どうやら、芦原はまだ着替え中だったらしい。更衣室から出たところでこちらに来てくれたようだ。手には水泳キャップを持って、競泳水着を着用していた。

「あー、悪いな部活前に」

「全然いーけど、なんか用？」

競泳用とはいえ、水着姿の女性に目の前に立たれると少し緊張した。

当の芦原は腰に手を当てて堂々としたものだった。まだ泳ぐ前なので髪は結んでいないのだろう、腰まである茶色がかった髪が風で揺れている。

風が収まると、彼女の顔は半分が髪で隠れてしまった。まるでアニメによくいる片目を隠しているキャラクターみたいだ。

「芦原さんに、昨日の水泳の授業のことで聞きたいことがあって」

「ごめ、日陰の方で話さん？　暑いし」

確かに、今立っている場所には陽光がさんさんと降り注いでいた。俺は靴を履いているのでわからないが、裸足の芦原にはコンクリートは熱かったのかもしれない。

「……気づかなくて悪い」

「いーよ」

二人で建物の日陰に入った。プールと通路の間の段差に、芦原は腰を掛ける。

「あんたも座る?」

「立ったままで大丈夫……」

水着で座った芦原に顔を向けると、白い太腿が視界に入って目の毒というか目の保養というか……。

さすが水泳部ともいうべきか、芦原の足はしなやかに鍛えられていてすらりと細く、引き締まっている。隣に座るのが恥ずかしくて、俺は立ったまま話を再開した。

「昨日の水泳の授業のことなんだけど、芦原さんは日直だったよな?」

「あー、そーだね。別にさん付けなくていいっしょ、同い年だし」

「わかった、ありがとう」

芦原は俺の話を聞きながら、髪を人差し指でくるくると弄っている。

……この喋り方からして、彼女はいわゆるギャルなのではないだろうか。そう思うとちょっと怖い。ちゃんと話が聞けるのか若干不安になってきた。

「……日直ってさ、授業の前に更衣室を確認して、誰もいなかったら鍵を閉めると思うんだ」

「だねー」

「芦原が中を見た時はどんな感じだった？」

「どんな感じ、つってもねー……。中をぐるーって見て、誰もいなかったし、普通にカギ掛けてセンセに渡したよ。その後はずっとセンセが持ってたかな」

授業を担当する教員は、鍵を受け取ると懐にしまって肌身離さず持っている。それは俺が水泳の授業を受けた時も同じだったな。

「更衣室を確認した時は、何か変わったこととかなかったか？」

「変わったことー？　んー……その時は特にはなかったと思うけどなー」

「そうかぁ……中に誰かいた様子とかはなかったか？」

「いなかったと思うよー。まぁ、どこかに隠れてたりしたらわかんないけど」

彼女なりに当時の様子を正確に思い出そうとしているのか、腕を組んで空を見ながら答えてくれた。

……更衣室のロッカーは縦に長いので人が入ることができる。例えば、ロッカーの中に泥棒が隠れていたら、生徒は自分が使っているロッカーしか開けないので誰も気づかないだろう。ただその場合、芦原が鍵を閉めてしまったら更衣室から出られなくなってしまうので、犯人がどうしようもなくなってしまうが……。

「んで、中に誰もいないのを確認してから、鍵はセンセに手渡し」

「授業中、先生が途中で抜けたりはしなかったか？　更衣室に行ったりとか」

「あーしの見てた限り、プールサイドにずーっといたよ。ずっとタイム計って記録してたから、どっかに行く暇はなかったんじゃないかなー」

　そこは冷堂が宮川にも聞いてくれるはずなので、そちらの証言とも一致すれば教師のアリバイは確認できるだろう。

「もしかしてさー、愛ちゃんのブラ盗んだ犯人を捜してんの？」

　愛ちゃん。アイといえば、宮川のことだ。いや胸のことではなくて、フルネームが宮川愛だ。

「芦原も知ってたんだな、その話」

　水泳の授業で宮川の下着が盗難に遭った件は、他の生徒には話していないのかもしれないと思っていたのだが、知っている生徒もいたんだな。

「愛ちゃんはあーしと親友だからねー、授業が終わってブラが無くなったのに気づいて、真っ先に相談してくれたよ」

　そういうことか。俺の頭の中で、人間関係の相関図が更新される。

「俺が調べてるのは、昨日の殺人事件のことだよ。そのために水泳の授業の時の情報が必要だったんだ」

　そう俺が説明したのを聞いて、芦原がぴくりと肩を震わせて反応した。顔を真っ直ぐにこちらに向けて、真剣な表情で聞いてくる。

「……それって、愛ちゃんのブラが盗まれたのと笹村が殺されたのが繋がってるってこと？」

「いや、それはまだわからない」

芦原の中ではこの二つの事件が結びついていない。恐らく、笹村が宮川の下着を握って死亡していたということを芦原は知らないのだろう。

俺の口からその話を広めるわけにも行かず、曖昧に答えて誤魔化した。

芦原はそれ以上追及することはなく、プールの方に顔を逸らした。

「まだ、ね。まぁいいけどさー。……じゃあ、愛ちゃんのブラが盗まれた時のこと、詳しく教えたげようか」

「いいのか？」

「あーしも犯人が誰なのかは気になるしね。協力するよ」

芦原は快活に笑いながらそう言った。

とても助かる申し出だった。宮川からその場で下着盗難の相談を受けた芦原は、いわば事件の当事者だ。鮮明な話を聞くことができるだろう。

芦原は顔を上に向け、記憶を掘り起こしながら俺に話をしてくれた。

授業が終わって着替えようとした時、宮川は自分のブラジャーがロッカーのどこにも見当たらないのに気付いたらしい。

真横で着替えていた芦原は困惑している宮川の様子に気づき、そのことを聞く。

すぐさま芦原は、同じクラスの女子全員に、更衣室から出ないように叫んだらしい。更衣室には鍵が掛かっていたのだから、犯人は同じクラスの誰かである可能性が高いと考えたからだ。

「咄嗟の判断、すごいな」

「当然っしょ」

その後、芦原は出入り口に検問を敷いた。更衣室から出る生徒一人一人のプールバッグを確認していったという。

基本的に中身は、使用後の水着とタオルと日焼け止めだ。小さな化粧ポーチを持っている生徒も何人かいたが、到底宮川の下着が入るようなサイズのものはなかったようだ。

結果、犯人は見つからず、宮川は下着を着けずにで午後を過ごす羽目になったようだ。

「……女子って下着つけなくて大丈夫なもんなのか？」

「とりま、絆創膏を貼っといた。愛ちゃんのサイズの下着をすぐ用意って無理だったから、今日の間はじっとしときなって言ったんだけど、休んだら先輩に怒られるから部活には出るって聞かなくて」

それで、下着を着けていなかったのか。こう言ってはなんだが、部活が中止になったのは不幸中の幸いだったかもしれない。ノーブラでバレーボールは、いくら何でも無茶な気がする。

実際、体育館で死体を発見した時、ものすごく揺れていて俺が気づいたわけだしな。

盗難事件についての芦原の説明は以上だった。長話をして疲れたのか、芦原は「ふぃー」とため息をついて茶髪がかった髪を掌で撫でている。

俺はしばらく考えて、気になった点を芦原に確認する。

「先生の話はさっきしたけど、他にも……男子が女子更衣室に近づいた様子はなかったか？」

Ｂ組にはもちろん男子もいて、女子と混合で水泳の授業を受けている。

俺はＢ組に知り合いはほぼいないが……文学研究会にいるカルバンと塩江ぐらいか。あの二人も水泳の授業は受けていただろう。

「ないない、さすがにそれはバレるって〜。カギもセンセーが持ってたわけだし」

「そりゃそうか……。じゃあ次は、授業が始まる前に全員が着替え終わってから更衣室の中をチェックした時の話なんだけどさ」

「んー？」

「それって、芦原一人で見たのか？」

「お、それってあーしのアリバイ？　とか聞いてる？」

「うっ……察しいいなぁ。気を悪くしたらすまん」

さっきから思っていたが、芦原は（失礼だが）見かけによらず頭の回転が速い。妙に鋭いギャルだ。

芦原は気分を害した様子は見せず、あっけらかんと答えた。

「いやぃーよ、あの時は三人で見たから」

「三人……？　誰とだ？」

普通は日直が一人で確認するはずなので、三人というのは意外な話だった。

「愛ちゃんと蜜柑ちゃん。手伝ってくれたんだ」

「そうなのか……」

ここでも宮川の名前が出るのか。

「あーしはさっさと着替えたんだけど、日直ってこと思い出してさ。みんなが着替え終わるのを更衣室の外で愛ちゃんも一緒に待ってくれてたんだよねー。蜜柑ちゃんはいっつも着替えるの遅くて最後だったから、その三人で一緒にチェックしたってわけ」

なるほどな……。もし芦原が一人で更衣室の確認を行ったというなら、その時に下着を盗むことは可能だと思ったが、三人で一緒だったのならアリバイはあるということになる。

「あ、先に言っとくけど。授業が終わった後はセンセから鍵もらって、愛ちゃんと二人で開けたからね」

「芦原は宮川とそんなに仲がいいんだな」

「愛ちゃんと蜜柑ちゃん、うちら仲良しだからね、よく遊んでるよー」

「さっきも言ってたな、蜜柑ちゃんって……あ、それって、塩江のことか」

塩江蜜柑は俺が所属している文学研究会の一員だ。昨日、部室で冷堂とも会っている。

いつも放課後の部活の時しか話さないし、普段は苗字で呼んでいるので下の名前だけでは
ピンとこなかった。

宮川と塩江の仲が良かったというのは知らなかったな……。そういえば昼食の時、宮川は二人の親友がいると言っていた。芦原と塩江のことだったんだな。

知り合い同士が、線で繋がっていく。

「蜜柑ちゃんはカレシいるけど、愛ちゃんはフリーでモテまくってるから、あーしが守ってやらねばならんのだよねぇ」

芦原は腕を組んでしたり顔で頷きながらそう言った。ならんのだよねぇ、って。

「うちのクラスでも宮川の話はたまに出てたな、……そういや、笹村も言ってたような……」

俺がそう呟くと、芦原は目を細めた。

「んー……そうだね、笹村は愛ちゃんにかなりしつこく言い寄ってたかな」

言い寄っていたというのは初耳だ。笹村は普通にスケベな奴だったので、宮川をいやらしい目で見ていたとは思っていたが……。

これはかなり重要な情報だと思い、俺は深掘りする。

「宮川に対してどんな感じだったんだ？」

「んーとね。昼休みも放課後もつきまとって、連絡先聞いたりデートに誘ったり、人目も気にせずやってた時期があったっぽいよ」

「うわぁ」

「愛ちゃんもあーいう性格だから、あんまり強く断れなかったみたいだし。あーしだったら二度と来んな！　ってケリ入れるけどね」

俺の知っている宮川はほわほわしていて気が強い方ではなかった。野球部員の笹村に強引に迫られたら恐怖を感じて強くは出られないだろう。

「愛ちゃんも蜜柑ちゃんみたいにカレシができればいいんだけどねー」

「塩江の彼氏みたいなイケメンがな」

嘆息しつつ言う。塩江蜜柑の彼氏とは、体育の際に冷堂の胸を測定していたテニス部の奥原だ。ルックスが良くかなりモテる男なので、塩江も鼻が高いことだろう。

「奥原は……、まあ、見た目はかっこいいね……」

「ん？」

芦原が頬を指で掻きながら微妙な苦笑いを浮かべている。明らかに何か思う所がありそうだ。

「いやまぁ、奥原も結構アレじゃん？　だから愛ちゃんのこともいやらしー目で見てたりすんだよね。奥原は笹村とも同中で仲良かったしさ」

アレと言われても……。恐らくチャラいとかバカとか変態とか、そんな感じのことが言いたいのだろうか。俺も普段から奥原にはそんな感想を抱いてはいる。

奥原と笹村が同じ中学というのは初耳だった。仲が良いとは思っていたが。

それにしても宮川、モテモテだな。まぁ可愛いもんな。

「塩江も見る目があるんだかないんだかって感じだな、それを聞くと」

「蜜柑ちゃんは奥原のこと大好きだからねー、もう惚気話されすぎて胸ヤケって感じ」

両手を広げてアメリカ人みたいに言う芦原はどこか楽し気だった。本当に仲が良いんだな。

その後、芦原は楽しくなってきた様子で、宮川と塩江と遊んだことを色々と話してくれた。

見た目はギャルっぽい印象を受けるが、友達思いの普通の女子高生、という印象だった。

あと、話していて感じたが、やはり頭の回転が速い。

「二ヶ月ぐらい前にさー、三人で下着買いに行ったんだけど」

「お、おぉ」

そんな話、男の俺にするのか。

「そこであーしも蜜柑ちゃんも愛ちゃんのサイズ初めて聞いてマジビビったの！　ほんとにJKかよーって！　あ、天内には教えないからね？」

「聞かないわ、そんなこと」

実際は、俺も今日知って驚愕したのだけれど、当然それは黙っておいた。

ひとしきり話して満足したのかそろそろ部活が始まるのか、芦原は立ち上がって背伸びのポーズをしていた。切り上げ時だと思い、呼び止めて悪かったなと感謝を申し出て、俺もその場から立ち去ろうとする。

「ねぇ、天内」

「ん？」

歩き出そうとしたが、後ろから声を掛けられて振り返る。夏の生暖かい風に髪を靡（なび）かせながら、芦原は少し神妙な面持ちで言った。

「さっき笹村と愛ちゃんのこと話しちゃったけどさ……、言っとくけど、愛ちゃんは絶対犯人じゃないからね」

「……ああ」

俺の瞳を、真剣な眼差（まなざ）しで見つめながらそう言った。俺は絶対にそうだと言い切れず、曖昧に濁してしまう。

「あ、そうだ、ちょっと待ってて」

芦原はそう言うと、一度更衣室に引っ込んですぐに戻ってきた。どうやら、スマートフォンを持ってきたようだ。

「連絡先交換しとこーよ。なんかわかったら連絡するからさー」

彼女は屈託（くったく）のない様子で、スマートフォンの画面にＱＲコードを表示して差し出した。女子と連絡先を交換した経験なんて数えるほどしかないので、少し焦る。

わかったよ、と若干操作を間違えながらもなんとかコードを読み取り、連絡先を交換した。

芦原のアカウントのアイコンは、三人の女子が写っている写真だった。芦原と宮川と塩江だろう。少し目が大きく加工されている。

「へへっよろしくー。それじゃ部活行くから！」

「ありがとな」

彼女は再び更衣室に戻る。準備をして、いよいよ泳ぐのだろう。

宮川のことを知るには、貴重な情報源になるかもしれない。何より芦原は性格も頭も良い。

頼もしい存在だと思った。

＊

「宮川さん、ちょっといいですか？」

天内くんと教室で別れた後、私は宮川さんを追ってその背中に声を掛けた。

彼女には、昨日……『体育館の密室』殺人が発生した日の、水泳の授業について聞くことがある。

「あ、ひやどうさん～。どうかした～？」

「はい、宮川さんに聞きたいことがありまして」

「え。それって～……」

宮川さんは胸を手で隠して少し後退（あとずさ）った。どうやら、昼休みに私がしつこく質問攻めにしたことを気にしているらしい。

私が胸のサイズを聞いたことには理由があるのだけれど……それは一旦置いておいて。

「ええと、私が聞きたいのは昨日のことです」

両の掌を見せて、警戒する必要はないよと態度で示す。宮川さんは「へ～？　昨日のこと～？」とふわふわとした返答だ。

私達の横を生徒が通り過ぎていく。ここは人通りが多く、話をするには向いていない。

「……場所を変えましょうか」


新校舎と部活棟を結ぶ渡り廊下は、左右に取り付けられた窓を風が通り抜けて気持ちがよかった。周囲に誰もいないことを確かめて立ち止まる。

私は揺れた髪を手で直しながら、宮川さんに水泳の授業であったことを尋ねた。

『体育館の密室』で、被害者が握っていた下着。それは盗まれた宮川さんの物だという。その、下着が盗まれた時の状況だ。

話を聞くと、どうやら授業が終わって水着から着替える時に無くなったことに気付いたらしい。その時、親友の芦原さんという人物に相談し、更衣室にいた生徒全員の荷物をチェックしたのだという。

私は芦原さんという人の的確な行動に感心した。それだけ真剣に対応してくれる親友がいるというのは、なかなか羨ましい。

その日芦原さんは日直であり、授業が始まる前の更衣室に人が残っていない事の確認は芦原さん、宮川さん、塩江さんの三人で行ったのだという。一人でチェックしていないということは、アリバイがあるということだ。日直である芦原さんが下着を盗むことはできない。

塩江さんは、昨日の放課後に天内くんに案内された文学研究会で出会った人物だ。宮川さんと繋がりがあったとは思わなかった。私は頭の中で人間関係の相関図を更新した。

その行動で、生徒が盗んだという疑いは薄くなった。となれば、怪しいのは授業中に更衣室の鍵を所持していた教員になるが、宮川さんが見る限り教員に怪しい動きはなかったらしい。

授業が終わった後も、芦原さんが先生から鍵を受け取り、宮川さんと一緒に更衣室を開けたようだった。

「なんというか……大変でしたね、宮川さん。お疲れ様です」

「ははは～ありがとう～」

盗まれた下着を死体が握っていたというのは人によってはかなりショックを受けそうなものだが、当の宮川さんはふにょふにょとした様子だ。

精神が強い……というより、あまり状況を呑み込めてない印象を受ける。大丈夫だろうか、この子。確か宮川さんは死体を直接見たわけではないので、現実感が薄いのかもしれない。

「ひやどうさん、なんか探偵さんみたいだね～」

「私が探偵？」

「事情聴取！　って感じ～。あ、でもそれは刑事さんなのかな～」

「ふふ、協力してくれてありがとうございました」

私が探偵、か。天内くんの役目だと思っていたけれど……。それも面白いかもしれない。

密室の謎を解くということは、私にとっても重要だ。

「あれ、愛ちゃんと冷堂さんじゃん！」

私と宮川さんが二人でにこにことして見つめ合っていると、渡り廊下の本校舎側から黄色い声が響いた。

振り向いて声の主を見ると、文学研究会の一員、塩江さんがいた。その隣には、シルバーアクセサリーが目立つチャラそうな男子生徒が立っている。何となく見たことがある気がするが、私の知らない人物だ。

「あ、蜜柑ちゃん……と奥原くん」

宮川さんがひらひらと控えめに手を振っている。先ほども更衣室のチェックを一緒にしたと話していたし、どうやら塩江さんとは仲が良いようだ。ただ、塩江さんの横に立っている男を見て声のトーンが下がったように聞こえた。苦手な人物なのかもしれない。

さて、宮川さんと話していたことは塩江さんに何と説明したものか。『体育館の密室』の現場で被害者が下着を握っていたという事実は、情報が漏洩していなければ塩江さんは知らないはず。そのことについて、不用意に私が漏らすわけにはいかないだろう。

「こんな所で何してるのー？」

こちらに近付きながら訊ねる塩江さんに、宮川さんが答える。

「ほら～昨日、私の下着が盗まれちゃったことについて話してたんだよ～」

あ、これは宮川さんに喋らせるのはまずいかもしれないと私は一瞬で悟った。まだ被害者の状況については話していないが、この調子では時間の問題だ。

「へえーそんなことあったんだ？　けしからん奴もいるもんだなぁ～」

塩江さんの横に立っている男が、にやにやと笑いながらそう言った。目線は明らかに宮川さんの胸元（むなもと）に向けられている。

宮川さんは「あ、あはは」とちょっと困ったような笑みを浮かべている。私は話題を切り替えるために、塩江さんに訊ねた。

「……塩江さん、こちらは？」

「私の彼氏の奥原鷲雄（わしお）くんだよー！」

男の左腕に右腕を絡めて、塩江さんは嬉しそうに紹介してくれた。それを受けて、奥原鷲雄という男は照れ臭そうにぽりぽりと頰を搔いている。

「いやていうか、冷堂さん俺と同じクラスだよ？　傷つくな～」

「ああそうでしたか、ごめんなさい。まだ皆さんの顔を覚えられてなくて」

「まあいいや、よろしくね。冷堂さん、綺麗だから話してみたいと思ってたんだよね。仲良くしようよー」

「は、はぁ……」

奥原鷲雄は私のことを値踏みするように、頭からつま先まで舐めるような視線を向けた。正直、なかなかに不快だ。彼の横に立つ塩江さんは、その目線には気づいていない様子だった。

私のことが気に入ったのか、目尻を下げてでれでれとした表情で奥原鷲雄が話しかけてくる。

「冷堂さん控え目に言ってもモデルみたいでマジ美人だね、男からモテるんじゃないのー？」

「いえ、特には」

「そうだ、連絡先教えてよ！」

「私、携帯電話は持ってないので」

すごく失礼なことなので内心に留めるが、塩江さんはあまり男の趣味が良いとは言えないな……と思った。恋人の前でナンパをするとは……。

「ちょっと鷲雄くん！　もー、冷堂さん困ってるよ」

「……さて、それでは私は部室に行きますね」

切り上げ時だと思い、私は宮川さんにそう告げた。

「今日はバレー部は休みになったから私は帰るね～、冷堂さんまた明日～」

「ええ、また明日」

「蜜柑ちゃんも、じゃあね～」

「またねー愛ちゃん！」

宮川さんはゆらゆらと手を振って、その場を去っていった。

……なんだか妙にあっさり帰った気がするが、奥原鷲雄がいたからだろうか。

「私は部室で天内くんと待ち合わせしているんですが、塩江さんも行きますか？」

そう聞くと、塩江さんはぱんと合掌して頭を下げる。

「ごめん！　今日は私は用事があるから先に帰るね！　あ、カルバンもなんか用事があるって言ってたよ！」

「俺は今から部活なんだ、テニス部なんだぜ」

「そうですか……、それでは」

奥原鷲雄が肩に掛けたラケットバッグを見せつけながら聞いてもいないことを教えてきたが、私はスルーした。

「うん！　ばいばーい冷堂さん！」

塩江さんが元気よく手を振る。

とりあえず、宮川さんに聞くべきことは聞けた。天内くんと待ち合わせしている、文学研究会の部室へ向かおう。

＊

芦原と話した後、俺はプールを離れて部室がある旧校舎に向かった。時計を見ると、結局芦原とは三十分ほど話し込んでしまったようだ。

歩きながら、頭の中で先ほど芦原が言っていた言葉を反芻する。

宮川は、絶対に犯人ではない、と芦原は言った。恐らくそれは芦原の個人的な感情で、友人故の心配で言っていることには違いない。

動機がある宮川は疑われてしまうことにも、頭のいい芦原は気づいているのだろう。

宮川が犯人であるとすれば、俺達が今調べている更衣室の盗難事件は至極簡単だ。盗まれたというのが宮川の狂言になるのだから。しかし、そんなことをする必要は現在の情報ではないように思えるし、『体育館の密室』の謎もある。

疑いの目を向けられることで、疑わしきはシロという結論を誘発するつもりだった、というのはリスクが無駄に高まるだけだ。結局、まだまだ謎だらけだ。

旧校舎へ向かう途中、昇降口の近くにある自動販売機で冷たい缶ジュースを買っておいた。協力してくれている冷堂への労（ねぎら）いだ。冷堂は宮川に話を聞きに行ってくれたはずだが、もう部室にいるだろうか？

そこまで考えて、昼休みに部室を使った時、職員室で鍵を借りてからずっと持ちっぱなしだったことに気付いた。

　昼食が終わった後に部室は施錠したので、これでは冷堂が部室に向かっていても中に入れず入り口で待ちぼうけだ。早く向かわないと。俺は二本の缶ジュースを両手に持って、急いで旧校舎へ向かった。


「……ん？」

　旧校舎の入り口の扉を開けようとすると、少し揺れるだけで全く開かなかった。どうやら施錠されているらしい。

　だが、これは少し妙だ。

　この旧校舎の入り口を外側から施錠できる鍵はとっくの昔に紛失しており、この扉は内側からしか施錠することができない。

　そのため外から施錠する方法は存在せず、部室に行く時に内側から鍵を掛ける理由もないので、ここは基本的に常に開けっ放しなのだ。

「おーい、誰かいるのかー？」

　俺は声を張って、旧校舎の中に呼び掛けた。

　内側からしか施錠できない鍵が掛かっているということは、中に誰かがいるはずだ。そのはずなのだが……。

呼び掛けへの反応は一切なかった。旧校舎はしんと静まり返り、遠くの方から部活動の声が風に乗って聞こえてくる。

俺は両手に缶ジュースを持ったまま、旧校舎の周りをぐるりと一周することにした。定期的に呼びかけの声を出して、返事がないかを確かめる。

十分ほど掛けて旧校舎の外壁に沿って歩き、入り口まで戻ってきたが、中にいる誰かを見つけることはできなかった。入り口の扉は依然として開かない。

冷堂にも話したことがあるが、この旧校舎は文学研究会以外には誰も利用していない。……この旧校舎に来る人物といえば、カルバンと塩江、そして待ち合わせをしている冷堂しか思い当たらない。しかしカルバンと塩江は、今日は用事があるから部室に顔は出さないと事前に連絡を受けている。

旧校舎の黒ずんだ壁を、夏の生ぬるい風が撫でる。殺風景な音が虚しく響いて、なぜか俺の胸中を嫌な予感が走った。

『体育館の密室』で死亡した笹村のことを思い出し、背中に一筋の汗が流れる。

いてもたってもいられず、入り口に缶ジュースを置いて旧校舎の窓を虱潰し（しらみつぶし）に調べていった。どこかに開けることのできる窓がないかを調べるためだ。

夏の日差しが容赦なく降り注ぎ、俺は体中汗だくになっていた。

七月八日（金曜日）　十八時

そうして気づけば一時間。俺は旧校舎の周りをぐるぐるしていた。開いている窓がないかひとつひとつ確認していったが、どこにも見つからない。

「くそ、なんだってんだ……」

三階建ての旧校舎を見上げながら悪態をついた。どうせ自分達しか使わないのだし、いっそ窓ガラスを割ってしまおうか……、とそう考えた時だった。

どこかで、ガラリ、という音がした。多分、窓を開ける音だ。

俺は慌てて音が聞こえた方向へ走った。

「誰かいるのか？」

せっかく開いた窓を閉じられては困ると思い、声を掛けながら向かった。角を曲がって、建物の南側に行くと、一階の窓が一つ開いていた。

「誰もいないのか……？」

周辺を見回すが、人影は見当たらない。

とりあえず俺は、開いていた窓から中に入り、入り口の扉を開錠した。やはり内側から鍵が掛けられていた。

置きっぱなしだった缶ジュースを回収して、もやもやした気持ちを抱えながら文学研究会の部室がある三階へ向かう。

……誰かが旧校舎の入り口の扉の鍵を掛けて、しばらくしてから窓を開けた。なぜそんなことをしたのだろう。冷堂がやったと考えるには、意味不明の行動だ。

それにしても、ずっと外にいたから暑くて死にそうだ。部室にはクーラーを完備しているから、そこでジュースを飲みながら体力を回復させよう。

階段を上がり、三階に到着した。相変わらずこの廊下は静かだ。下校時刻が過ぎ、先ほどまで聞こえていた吹奏楽部の演奏はもう聞こえなくなっている。

夕日に照らされた床を歩いて、俺は部室の扉の前に立った。

ポケットから鍵を取り出しつつ、何の気なしに扉のガラスから部室の中を見た。

そして……、部室の中の光景を見て、体の神経が痺(しび)れる。

握力を失った両手から、アルミ缶が音を立てて落ちた。

「れい……どう……?」

視線の先、部室の中心。昼間に三人で机を囲んで昼食を食べたところだ。食後に机は動かしたので、そのスペースには今は何もない。そこで冷堂は倒れていた。赤黒い、血の池に抱かれるように。仰向けになって。

「あ、あ、うあああああ！！！」

叫び声を上げながら、急いで鍵を穴に挿して回す。焦っていたせいで古い鍵が折れてしまうんじゃないかというほど力を込めてしまった。

勢いよく扉を開けて、部屋の中心に駆け寄った。

咄嗟のことに、まるで正座から立ち上がった直後に走ったのか、というほどよたよたとした足取りになってしまった。

彼女の元にたどり着くと、血で上履きや制服が汚れることも忘れて、床に膝を突き、様子を確かめる。

彼女は仰向けになり、両手を真横に広げていた。まるで、ぷかぷかと血の海に浮かんでいるようだ。

そして心臓には、大きな刃物が突き刺さり、直立していた。これは鉈だろうか。

これではまるで磔刑だ。彼女は心臓を貫いて地面に固定されているのだ。

そして、ピクリとも動く気配がない。それもそのはずだ。この大量の出血は、到底人間が生きていられる量ではない。

「冷堂……冷堂！」

名前を呼ぶが、当然、返事はない。

「誰か、誰か先生を呼んでくれ！　救急車も！」

部室の中に甲高い声が響き渡る。思った以上に大きな声が出たが、特に反応はない。人気のない廊下に虚しく響いただけだった。当然だ、ここは俺達しか使わない旧校舎なのだから。

俺は立ち上がり、滑って転びそうになりながら、部室から廊下へ飛び出て、そのまま廊下の窓を開けて身を乗り出した。

勢いが余って飛び降りてしまいそうになりながら、必死で助けを求めた。その大きな声は、運動場に残っていた生徒や付近を歩いていた教師にも届き、しばらくして部室に人が集まり場は騒然とした。

教師は野次馬が入らないように部室の入り口を封鎖し、救急車が到着した際は誘導に協力していた。

俺は廊下に座り込んで、虚ろな目でその光景を見ていた。救急隊員が、冷堂を担架に乗せて連れて行く。

そこで、遅れて警察もやってきた。腰が抜けて座り込んでいた俺に、スーツ姿の男性が手を差し伸べた。ミオさんこと、刑事の律音澪太郎だった。

「ハルマくん、大丈夫？」

「……………あぁ、俺は大丈夫……」

肩に手を乗せて、ミオさんは優しく話しかけてくれた。俺は俯きがちに答えた。

その日は帰宅することになった。ミオさんには俺が憔悴しきっているように見えたのだろう。

聴取は翌日行うとのことだった。俺が、事件の第一発見者となったからだ。心臓に刺さっていた鉈に触れて指紋をつけなかったのは幸いかもしれない。

帰宅して、冷堂の血にまみれたシャツと制服を洗った。これは一度クリーニングに出さないといけないな。

思考を殺して、最低限やるべきことをやると、飯も食わず風呂も入らず、布団に潜りこんだ。

七月九日（土曜日）

この日は休日だ。悪夢にうなされることもなく、むしろ泥のように眠ってしまった。

起きた時には時刻は午前十時を過ぎていて、携帯にはミオさんからメールが来ていた。起きたら連絡してくれ、ということだった。

布団に潜って微睡の中に逃げ込むと、昨日の光景が浮かび上がって冷や汗が出てくる。お湯を浴びていないのですっかり硬くなってしまった体をぎしぎし言わせながら、身を起こした。

ベッドに腰かけたまま、昨日あったことを脳内で整理する。

冷堂は心臓を刃物で刺され、夥しい量の血を出しながら部室で倒れていた。間違いなく他殺だろう。

そして……、なぜか冷堂は、一本しかない部室の鍵を俺が持っているにも拘わらず、鍵が掛かった部室の中で死んでいた。昼休みが終わった時は確実に部室を施錠したし、俺が冷堂を発見した時も鍵が掛かっていたことはしっかり覚えている。

窓の施錠を確認したわけではないが、あの部屋は三階だ。一体、冷堂はどうやってあの部室の中で殺されたのだろう。これは、またも密室殺人なのだろうか。

犯人は、『体育館の密室』の笹村殺しと同一人物だろうか？　転入したばかりの冷堂を殺害する動機は、事件の調査をしていたから……？

そこで俺は、恐ろしい事実を思い出す。そうだ、冷堂は宮川に話を聞きに行っていたじゃないか。

宮川には笹村に付きまとわれていたという動機となり得る話があることも芦原から聞いた。この状況は宮川を疑えと言わんばかりだった。

……昨日の俺と別れた後の冷堂の行動が気になるところだ。

洗面所で顔を洗い、うがいをして喉を潤してから、ミオさんに電話を掛けた。大丈夫かと心配されたが、俺は心配を与えないよう、なるべく毅然(きぜん)とした態度で大丈夫だと答える。

ミオさんは、喫茶店で話をしたいので待ち合わせをしようということだった。

喫茶店「半兵衛(はんべえ)」はうちから十五分ほど歩いた所にある。渋い名前だが外観はレンガ調の西洋的な印象を与える見た目で、入ったことはないが店の場所は知っていた。

駐車場には、白いセダンが止まっている。ミオさんはもう来ているだろうか？

セダンを横目で見ながら、ベルが鳴る扉を開け、中に入る。

「ハルマくん、こっちこっち」

入るやいなや、奥からミオさんの声が聞こえた。一番奥の席に陣取っている。

俺はカウンターに立つマスターに頭を下げて、奥へと歩いて行った。コーヒーを挽いていて、香ばしい香りがする。

「……宮川、来てたのか」

「おはよう、天内くん……」

背もたれに隠れて見えなかったが、手前の席には宮川が座っていた。

普段はぽわぽわしている宮川だが、今日は俯きがちで落ち込んでいる様子が見て取れる。紺色のワンピースを着ていて、より一層元気がない印象だ。宮川は俺に挨拶をすると、ソファー席の奥に寄って場所を空けてくれた。

ミオさんは挙手して、マスターにブレンドコーヒーを注文していた。俺の分を頼んでくれたのだろう。

「さて……、休日に呼び出してごめんね、二人とも」

宮川がいいえ、と言い、俺も同調するように首を振った。

「二人には昨日のことでいくつか聞きたいことがあるんだ。ここなら誰にも聞かれないから安心してほしい」

俺達は二人同時に頷いた。今のところ、店内に他の客はいない。マスターはカウンターで新聞を読んでいるが、店内に流れるクラシックに紛れて、こちらの声は聞こえないだろう。

……少し、緊張する。これは、冷堂の第一発見者である俺と、直前に接触していたであろう宮川への事情聴取だ。

場所を喫茶店にしてくれたのは、話しやすいようにというミオさんの計らいだろうか。警察署に連行されて取り調べを受けるのとでは、遥かに空気が違うことだろう。

「じゃあまずハルマくん」

「ああ」

ミオさんは胸ポケットから、以前にも見た革の手帳とボールペンを取り出した。表面の擦れ具合から、かなり使い込んでいるように見える。

「……冷堂さんを発見した時の状況を教えてほしい」

そう聞かれて、俺はしばし、どう伝えるべきかを考え込んだ。ゆっくりでいいよ、とミオさんは言ってくれた。

「……昨日の放課後、俺と冷堂は、学校で起きた事件について調査を始めたんだ」

「例の、笹村大和くんの事件だよね」

「それにも繋がるけど、まずは更衣室の……盗難事件について調べようと思った」

宮川を目の前にして、彼女の下着が盗まれた事件のことを話すのは少し言葉が詰まってしまった。横目で彼女を見ると、前髪で目元が隠れるほど俯いていた。

「はは、さすがハルマくん。探偵だね」

微笑して、ミオさんはコーヒーを一口含んだ。

「……それで、俺は盗難があった日に日直をしていた、水泳部の芦原って生徒に話を聞いたんだ。授業の時、更衣室を施錠するのは日直だからな」

「芦原さんのことは、宮川さんから聞いているよ。確か、更衣室での盗難のことを知って、入り口で生徒全員の荷物を確認してくれたんだったよね」

ミオさんはそのことを知っていたのか。恐らく、事件発覚初日（一昨日）の事情聴取の際に宮川から聞いていたのだろうか。早く教えて欲しかった。

「そう。そして冷堂は、宮川に話を聞くことになっていたんだ」

俺の言葉を聞いて、宮川の肩がぴくりと反応する。ここで名前を出すのは少々酷に思えるが、隠すわけにもいかない。

「ほう……分担したってことかな」

「それで、調査が終わったら部室で合流することにしたんだ。俺は芦原に話を聞いた後、部室に行ったら……冷堂が倒れていた」

少し、曖昧な言い方をしてしまう。正確には、彼女は大量の血の上に倒れ、心臓に刃物を突き立てられて殺されていた。

そこで俺は、もう少し具体的な説明をミオさんにした。旧校舎に向かうと入り口の扉が施錠されていたこと。しばらくすると、窓が開いた音がしたこと。そして、施錠された部室の中で冷堂は死んでおり、その部室の鍵は俺が持っていたこと。

「なるほど。旧校舎の入り口を施錠したのは、犯人の可能性が高いよね。犯行の時間稼ぎのためかな……」

ミオさんはそう言って、顎に手を当ててしばらく黙ってしまった。

……考えていることは、多分わかる。笹村の事件は別として、冷堂の事件をそのまま見ると、どう考えても怪しいのは鍵を持っていた俺だ。というか、今のところ俺以外には犯行が難しい。ただ、仮に俺が犯人だとしたら、部室の鍵を持っている自分が疑われるのだから、死体を発見した時に施錠されていたとはわざわざ言わない。人のいいミオさんのことだ、そのことについてどうしたものかと考えているに違いない。

「……わかった。それじゃあ、次は宮川さんだ」

ミオさんは座り直して、宮川の方へ体を向けた。それを受けて、宮川は肩が上がる。見るからに強張(こわば)っていた。

「はは、そんなに緊張しなくていいから」

「は、はい……」

「今のハルマくん……天内くんの話を聞くと、どうやら放課後、冷堂さんは宮川さんに会いに行ったみたいだね？」

「はい……。帰ろうとしたところを呼び止められて、一昨日のことを聞かれました」

「どんな話だった？」

「え、えっと……あの……」

宮川は、膝の上で指を忙しなく動かしていた。何が言いたいか何となく察する。

「……俺、移動した方がいいかな？」

「大丈夫！　大丈夫だから……天内くんにはもう色々……知られてるし」

「色々ってなんだい？」

色々ってなんだ⁉　いや、昼食の時に話したあのことなんだろうけども……、意味深なことを口走ったせいで、ミオさんも不思議がっている。

「なんでもないから！　宮川、俺も気にしないようにするから、話を続けてくれ」

「う、うん……その、私の下着が盗まれた時のことを冷堂さんに聞かれました」

「言いにくいことを聞いてごめん。……それについてはどんな話をしたのかな？」

「この間、警察の人にもお話しした内容と同じです。水泳の授業が終わって、下着がなくなったことに気づいて、芦原さんに助けてもらったけど結局見つからなくて……」

「それで放課後に至る……だよね」

「はい。あとは、プールの授業が始まる前と終わった後、授業中のことを聞かれました」

「始まる前と終わった後、というのは？」

「更衣室は、授業が始まる前にみんなが着替え終わったのを確認して、日直の人が鍵を閉めるんです。私は日直の芦原さんと、同じクラスの塩江さんと三人で、更衣室の中を確認して鍵を閉めました。……もちろん、中には誰もいなかったです。授業が終わった後は、私と芦原さんの二人で鍵を開けました」

俺は心の中で頷いた。宮川の供述内容は、芦原が言っていたことと完全に一致するからだ。

「なるほどなるほど。もう一つの、授業中っていうのは？」

「授業中に先生が更衣室に入った様子はないか、ということでした。……これも、なかったと答えました」

俺が芦原に聞いた内容は、これでほぼ裏付けが取れた。

更衣室の中は三人で確認して、誰もおらず、教師は授業中に更衣室へ近寄った様子はなかった。

両方嘘をついているってことはほとんどないだろう。塩江にも一応聞こうとは思うが、これは真実と考えてもいいはずだ。

「冷堂さんと話した内容は、それで終わりです」

「その後、冷堂さんは？」

「冷堂さんは部室に行くと言ってました。そこで別れて、私は帰りました」

「そうか……」

俺は横で聞きながら、冷堂は聞くべきことを聞いてくれたのだな、と思った。こんなことになってしまうとは思わなかったが……。

「………」

宮川の話が終わると、数秒してミオさんのメモを取る手が止まる。しばらくペンの先を額に当てながら、そのメモを眺めている。

俯いている宮川は相変わらず強張っていて、コーヒーにも手を付けない。

一分ほどして、ミオさんが口を開いた。

「……冷堂さんに変わった様子はなかったかな？」

「私には……特に変わったところは感じなかったです。知り合ったばかりですけど……」

「わかった！　じゃあ次は更衣室について、一緒に考えてほしいんだ」

「一緒に？」

ミオさんはそそくさと、脇に置いてあった革の鞄からクリアファイルを取り出した。机に置かれたそれは、更衣室の見取り図だった。男女で分かれていて、左右対称の部屋が並んでいる。

俺がノートに書いていた見取り図と同じだ。

「昨日、警察で更衣室の調査をさせてもらってね」

再度、手にペンを持ち、先を出す。二か所にマル印を付けた。

「女子更衣室で外と繋がっていそうなのは、入り口の扉とこの窓だけだ」

「やっぱり、他には通れそうなところはなかったか」

「なかったね。隠し通路とはいかずとも、ダクトや穴がないか調べたけど、見つからなかったよ」

「なるほど……」

「さらにこの窓、二人は知っていると思うけど、かなり高い位置にある上に大きさも全然ないし、半端にしか開かないんだ」

なにせ換気だけが目的の窓だ。覗きを防止するため、スライドして開くタイプではなく、ガラスは外に傾くだけ。窓を開くと、カタカナの「レ」の字のような形になる。頭は通ったとしても、体を通すのは無理だろう。

「私も、あの窓を人が通るのは無理だと思います……」

「だよね」

宮川も同調してくれた。ということはつまり、やはりあの女子更衣室は入り口の扉からしか出入りできないということだ。

「それに、更衣室の鍵は外からしか掛けられないようになっていて、外から鍵を掛けると中からは出られなくなる。完全な密室になってしまうんだ」

完全な密室。窓は施錠に拘わらず人間が通れない以上、入り口の扉に鍵が掛かった状態でこの部室を出入りすることはできない。

殺人ではないが、これもまた密室トリックだ。

「名付けるなら『更衣室の密室盗難』って感じかな……」

とにかく、この密室について何でもいいから言ってみようと思い、頭に浮かんだことをそのまま口に出してみる。

「例えば、犯人は更衣室の中……、例えばロッカーとかに隠れていて、芦原と宮川と塩江のチェックを逃れた」

「うんうん」

どうぞ続けて、という風にミオさんは相槌を打つ。

「三人が更衣室を出た後、ロッカーから出て盗みを働いて……」

「そのあと、授業が終わるまで待った？」

「……それは……」

更衣室は外側から鍵を掛けることで施錠され、内側からは開けることができない。つまり、授業が終わるまで、中に閉じ込められてしまうのだ。

仮に授業が終わるまで身を潜めていたとして、その後は？　まさか、盗んだものを持ってロッカーから飛び出すわけにはいかないだろう。

いくらなんでも、気づかれないように立ちまわるのは無理だ。着替えが終われば生徒達は更衣室を出て、また鍵を掛けられる。そうなるとまた閉じ込められてしまう。

「それは僕も少し考えたんだけど、あまり現実的な策じゃないんだよね。入り口の鍵が開いているってことは誰かが更衣室を利用しているってことで、ロッカーから出てくるところを見られたら一巻の終わりだし」

「でも、女子更衣室にはロッカー以外に隠れられるようなところは、ないです……」

喫茶店で三人そろって考え込む。やはり、更衣室から下着を盗むことは難しい。部外者にはもちろんのこと、宮川の下着が無くなったことに気付いて、全員の荷物を確認した「芦原チェック」が行われたクラスメートにも無理だ。

それから数十分、大した案は出ることはなかった。『更衣室の密室盗難』の推理は八方塞(はっぽうふさ)がりだ。

「……そういえばミオさん、笹村のほうの殺人はどうなの？」

『体育館の密室』。笹村はダンベルで殴られ頭から血を流して倒れており、手には宮川の下着。そちらも謎に包まれた密室だ。

「恥ずかしい限りなんだけど、そっちもダメでね……」

そう言って、ミオさんはチラリと喫茶店の壁に掛かっている時計を見た。

「ごめん、ずいぶん話しこんでしまったね。そろそろお開きにしようか」

　気づけば、店に来て一時間は経過していた。いつの間にか宮川もコーヒーを飲み干していて、三人のカップの中は空になっている。

「ここは僕が払っておくから、二人はもう帰って大丈夫だよ。色々聞かせてくれてありがとう！」

「いいよ全然。また何かわかったら連絡する」

　ミオさんが伝票を持って立ち上がったので、俺も一緒に席を立つ。宮川も慌てて身支度を整えて、三人一緒に喫茶店を出た。そこで、ミオさんの携帯電話が鳴った。

「電話だ、出るね。二人ともありがとう」

　ミオさんはまた俺達に謝辞を述べて、歩きながら電話に出た。

「俺達も帰るか」

「そうだね」

「……なんだって⁉」

　突然、歩き出していたミオさんは足を止めて、驚愕したような声を出す。周囲の人が反射的に顔を向けている。もちろん俺と宮川もだ。

「……わかった、今から行く」

　スマートフォンの画面をタップし、通話を切る。ミオさんはこちらに振り向き、血相を変えた様子でつかつかと歩いてきた。

「冷堂さんが、病院で目を覚ましたらしい」

冷堂が目を覚ました、と聞いた俺達は、ミオさんの車に乗り込んで病院に向かった。

ハイブリッドセダンの、雑音の少ない静かな車内に無言の時間が流れる。後部座席に座った俺と宮川は、互いにそれぞれの席の窓の外を眺めていた。

冷堂が目を覚ました。これはとんでもなく喜ばしいことだった。

本来ならば、俺と宮川は手を取り合ってはしゃいで、一刻も早く病院に向かってくれ、とミオさんの運転を急かしていただろう。

しかし……、三人の胸には疑念がよぎる。

なにせ冷堂は、心臓を刺されて、彼女の血で水溜まりを築いていたのだ。確実に絶命させるという意思の元、攻撃されたのは間違いなかった。

失血死は免れないレベルだったのは、現場を見た俺とミオさんには明らかだった。宮川も、冷堂がどんな状態だったかはざっくりと聞いている。

「……奇跡だね」

ミオさんが呟いた。俺と宮川は短い返事をするだけだった。

病室の扉を開けると、冷堂は看護師と話していた。どうやら体の調子について聞かれているらしい。しかし、血色もよくいつもの冷堂と変わらないように見える。

「失礼します」

そう言って、ミオさんが病室に入る。それに続いて俺と宮川が入室した。

「律音と申します。冷堂さんの容態はいかがですか？」

冷堂と話していた看護師に警察手帳を見せながら聞く。彼女は少し戸惑いながら答えた。

「……血圧や脈拍ともに全く以て正常です。多量の出血をされていると聞いたのですが、健常者と変わりません……」

「なっ……」

「たまたまです。運がよかっただけです」

二人の会話に割り込むように冷堂が言う。透き通る声は、普段と全く変わらない。

「昨日の出血の様子では本来であれば集中療室に入るべきですが、冷堂さんはバイタルが安定しているため、個室に移ってもらいました」

看護師の説明に続けて、冷堂がミオさんに向けて話す。

「明日には、退院させて頂くようにお願いしています」

「明日退院って……大丈夫なんですか？」

「検査結果に問題がなければ退院になる予定です。……今のところ、可能性は高いと思います」

看護師も、にわかには信じがたいといった表情をしている。

明日にも退院って、そんなことがあり得るのだろうか？　俺は、この目で冷堂が血に染まった姿を見ている。あれは白昼夢だったとでもいうのだろうか。

「ひやどうさん～！」

俺の後ろにいた宮川が、冷堂が座っているベッドへと駆けよる。

「宮川さん、病院ではお静かに」

「もう、心配したよ～。無事でよかったぁ～」

冷堂に抱き着き、肩に顔を埋める宮川の目は涙ぐんでいる。平気そうな冷堂の顔を見て安堵したのだろう。

「冷堂さん」

「はい」

ミオさんの呼びかけに、冷堂は宮川を抱いたまま凛とした声で答える。

「病院だから、詳しい聴取はまた今度協力してもらおうと思うんだけど……一つだけ」

ミオさんは手帳を構えるでもなく、真っ直ぐに立って冷堂の目を見る。

「犯人の姿は見た？」

「……残念ですが……」

冷堂は静かに首を振る。

「相手の姿を見ることなく、最初の一撃で気を失ってしまいました。お役に立てずすみません」

「……そうか」

「聴取でしたら、お話しできることは今ここでしたいと思います」

「冷堂、大丈夫なのか？」

「気を遣って頂かなくて大丈夫ですよ」

冷堂はけろりと答える。

「とはいえ、お話しできることは少ないですが……」

それから冷堂は、ぽつりぽつりと話し始めた。

あの日、冷堂は学校の廊下で宮川を呼び止め、事件についての確認を行った。先ほど喫茶店で宮川も言っていた内容と同じだ。

宮川と別れた冷堂は、その足で部室へと向かう。

旧校舎に入り、階段を上がり、部室に着いたところで、鍵が開いてないことに気付いた。その場でしばらく待っていると、背後から殴られて気を失ったのだという。

冷堂の話は以上だった。ミオさんは手早く手帳にメモを書き込みながら呟く。

「……それは……」

今の話では、冷堂が部室の中で倒れていたことは不自然な状況になる。犯人は冷堂を殴った後、どうやって彼女を鍵の掛かった部室の中に入れたのだろうか。

「………ありがとう！　大変な時に話させてごめんよ」

しばらく沈黙した後、ミオさんは一旦考えを切り上げた様子だった。

「犯人は必ず逮捕するから！　早速動いてみるよ」

「ミオさん、もう行くの？」

「ああ、君達はどうする？」

「私は電車で帰ります」

宮川はしばらくここにいたいのだろう。俺もそれに便乗する。

「あ、じゃあ俺も」

「わかった！　それじゃあ！」

ミオさんは足早に去っていく。病院内なので足音は立てないように気を付けてはいるようだ。

看護師も一旦退出し、病室には俺と冷堂、宮川の三人だけになった。

「……本当に明日退院するのか？」

「ええ、ここで寝ている理由もないですから」

あれだけ血が出ていたのだ。彼女の服の下には大きな傷があるはずだ。

……俺が見た銃は、心臓に突き刺っていたのだが……。ひょっとすると、気が動転した俺の見間違いで、急所を外れていたのだろうか。

「……ごめんなさい、少し喉が渇いてしまいました」

「あ、悪い、急いできたから見舞いの品もないんだ」

「じゃあ私が買ってくるよ〜。お茶でいいかな〜？」

「いや、それなら俺が……」

「いいからいいから〜、天内くんはひやどうさんとお話してて〜」

お茶でいいと頷く冷堂。宮川は立ち上がって、財布を探しているのか鞄を漁っている。俺は財布から千円札を取り出した。

「冷堂の分はこれから頼む」

「天内くんはほんとに優しいね〜」

お金を受け取り、宮川は退室する。普段の緩い話し方が戻ってきて何よりだ。

病室には俺と冷堂だけになった。

「……あの。天内くんに見て欲しいものがあります」

「ん？　なんだ？」

冷堂は、病衣のボタンに手を掛けた。迷うことなく、するすると、解いていく。

「え……あの、冷堂さん？」

突飛な行動を始めた冷堂。無言のまま、早々に病衣から解放される。ハラリと、肩から服が落とされ、冷堂は下着姿になった。

「お、おい！　何やって」

「見てください」

思わず目を逸らす……が、冷堂は肌を晒したまま動かない。俺は観念して、目を向ける。さすがに真正面から見据えられず、横目にチラチラと、だが。

肌が、白い。まるで透き通るような、シーツの色と同化するような色。蛍光灯の光を弾く柔肌が眩しくて、直視できない。

華奢な肩幅。しかし、それには不釣り合いな双丘が胸部にある。自然と目線はそこに吸い寄せられ……。

「……見過ぎです」

「見ろって言っただろ⁉」

「私が見て欲しいのはここじゃなくて……何か気づきませんか？」

「何か……」

改めて、冷堂の露わになった上半身を見やる。汚れ一つない、純白の……。

「……え？」

そうだ。冷堂の体には、汚れどころか、傷一つもない。

俺は思わず、冷堂の肩を掴む。彼女には、外傷が全くなかったのだ。

「⁉　天内くん、ちょ、ちょっと……」

見える範囲にないだけ？　いやそんなはずはない。

　なぜか彼女は両腕で胸でなくお腹を隠していたので、その腕を剝がしてお腹も確認する。やはり、傷跡一つないシルクのような肌があるだけだった。それは、異様なほどの綺麗さだった。

「ちょ、ちょっと、お腹、お腹はやめてください！」

「なんで、傷がないんだ……？」

「説明しますから！　とりあえずお腹はやめ……」

　ガラリ。ボトッ。

　病室内に、二つの音が響く。一つは扉が開かれた音。もう一つは、液体の入ったペットボトルが落ちた音だ。

「あ」

　自分の喉から意図せず間抜けな声が湧いた。半裸の同級生女子の上半身を、腕を掴んで間近で確認している所を、同級生女子に見られてしまったからだ。

「……えっと……」

　宮川の目から、ハイライトが失われている。扉を開けた姿で、凍ってしまったかのように硬直し、足元にペットボトルが転がっている。

「……ごゆっくり～……」

　まるで映像を巻き戻しているかのように、ゆっくり引き戸が閉じられた。

「いや待て！　宮川あああ‼」

「おなか……おなか……」

急いで冷堂から離れ、誤解を解くべく宮川を追いかける。当の半裸の彼女は、自分の腹部を触りながらぶつぶつと呟いていた。

そして、俺の声を聞きつけた看護師が部屋に駆け付け、今日はもう帰れと病室を締め出されてしまったのだった。

二章　密室に還る

七月十一日（月曜日）

病院の一件から二日が経ち、月曜日になった。

宮川にはなんとかあの状況は誤解だと説明し、一応納得はしてもらった。

さすがに病院でそんなことするわけないだろ、という強引すぎる説得の仕方だったので、本当に納得してもらえたかどうかは怪しいが……。

冷堂は昨日退院ということだったので、もう家に帰っているだろう。今日から登校も開始するのだろうか？　と、俺は朝の通学路を歩きながら考えていた。

金曜日に血まみれで発見して搬送され、月曜日に即登校してくるなんて、まるであんな事件なんてなかったのではないかと錯覚しそうだ。

俺が見た、あの部室での凄惨な光景は夢だったのだろうか？

なにせ、病院で見た彼女の身体には、一片たりとも傷なんてなかったのだから。肌荒れすらないぐらいだ。恐ろしく綺麗な肌だった。

The Immortal Detective, Momiji Reidou

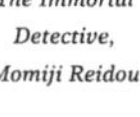

俺は、冷堂の連絡先を知らない。そもそも携帯電話を持っているのかも不明だ。どんな状況だったのかとか、傷がない件についてとか聞きたいことは山ほどあるのだが……。

「おはようございます」

校舎の昇降口を潜ると、冷堂が上履きに履（は）き替えているところだった。彼女は俺に気づき、頭を少し下げて挨拶（あいさつ）をする。

「おはよう。……もう退院したんだよな？」

「ええ、昨日家に帰りました」

とりあえず普通に会話をしてみる……すると、俺と冷堂に、周りの視線が注（そそ）がれているのを感じた。そこかしこで、生徒同士が耳打ちをしている様子が見える。

……これは……。

「…………。行きましょう、教室」

「あ、ああ……」

俺は、気持ち悪い何かが全身にまとわりついてくるような感覚を覚えながら、教室へと向かった。

「おはよー天内（あまない）、って冷堂さん⁉」

教室に入ると、クラスメートが俺に挨拶を飛ばす。が、すぐに冷堂がいることの違和感に気づいた。

ひょっとすると、先ほどまで冷堂の噂（うわさ）でもしていたのかもしれない。あんな刺激的なことがあった後の週明けだ。話していても不思議ではない。

「……………」

教室がしんと静まり返る。冷堂は全く意に介さず、自分の席に座った。俺も続いて、自分の席に座る。

「冷堂さん、怪我（けが）は大丈夫なの……？」

聞かずにはいられなかったのか、クラスの女子がおずおずと話しかける。冷堂は机の上を見つめたまま、顔も上げずに答える。

「はい。もう治りました。ご心配をおかけしてすみません」

「……そ、そっか！　よかったぁ！」

女生徒は、困惑を隠せていない。それを皮切りに静寂は打ち破られ、教室の中はまた生徒同士の会話の声が響いた。

それは、詳しくは聞き取れないほどのヒソヒソ声で。

なぜか俺は、自分のことではないのに針の筵（むしろ）のようだと感じる。今すぐこの場を立ち去ってしまいたかったが、もうすぐＨＲだ。

雑音が、嫌でも耳に入る。

「ありえなくない？」

「俺、見たんだぜ！　もうすっごい血でさ！　一リットルのペットボトル全部ぶちまけたみたいな」

「首まで切られてたって聞いたけど……」

「生きてるのはよかったけど、土日挟んだだけであんなに回復するのか？」

「なんか、怖いね」

「怖ーい」

「別の人が来たとかじゃないよね」

「化け物で草」

「実は妖怪とか吸血鬼説ある？」

「お化けだったら怖いなー」

「「怖い」」

あることないこと、好き勝手に言っている。まるで肺を言葉の針でざくざくと貫かれるような気分だった。当の冷堂は澄ました顔をしているのに、俺は呼吸すら苦しくなっていた。

ぐるぐると視界が回りそうな気分の中、母親が死んだ時のことを思い出した。

そういえば、今の状況とよく似ている。俺の母が死んだ時、周囲は父が母を殺したものだと勝手に噂していた。

息子の俺にも白い目が向けられ、こんな風に言葉の刃（やいば）が刺さったことも何度かある。

俺の異能力によって起きた両親の不幸。その時の嫌な感覚が蘇り、俺は服の胸の部分をぎゅっと掴んだ。

本鈴が鳴り、担任が教壇へやってくる。そして、冷堂を見て驚いた顔をした。

「……冷堂さん、少し話したいことがあるのだけど、いいかな？」

「わかりました」

担任に促され、冷堂は二人で教室を出て行った。HRは後から行うので、しばらく自習していてくれ、ということだった。

ピシャリ、と引き戸が閉められると、再び教室内はざわついた。多分、冷堂は学校へ何の連絡もしてなかったのだろう。これから状況を話すに違いない。

俺は耳に入ってくる雑音が嫌になって、両耳を塞いで、目を閉じた。

……しばらくして、冷堂と担任が戻ってきた。

「えー、皆も知っているかもしれないが、先週の金曜日、校内で事件が発生した。学校の中の警備員の人数を増やしたり、警察の人も周辺の見回りを強化したりしていたが、二度目の事件が起こってしまった。よって本日から一週間、学校を一時休校することが先ほど決定した。今日はこの後、一週間分のプリントを配って帰宅してもらうことになる」

「「「おー！！！」」」

「静かに！」

突然の休校宣言に、クラス中が歓喜した。殺人事件に傷害事件が立て続けに起きては、休校もやむを得ないのだろう。担任がどっさりと段ボールに詰めて持ってきた紙の束を見て、喝采していた生徒は静まり返った。これもしょうがない。

極太の紙の束を一人一人が受け取り、鞄に詰め込んでいく。一週間分の授業をこれで賄うのだとしたら相当な量だろう。

場は自由に解散となり、プリントを受け取った者から教室を出る流れになった。当然、居座ってぐだぐだと喋りを開始する者もいる。

「何話したんだろ」

「ねー、ほんとに本人なのか疑われてたりしてね」

また冷堂の噂話をする声も聞こえてきた。もう、うんざりだと思った。

俺は一刻も早く教室を出たかったので、冷堂と一緒に帰ろうと思い、鞄を持って立ち上がる。

すると、教室の入り口から声を掛けられた。

「ナイアマぁ、ちょっといいか?」

文学研究会の一員、カルバンだった。身長が百八十センチもある大きな図体に金色の髪と目立ってしょうがない風貌でちょっとした有名人なので、教室にいる生徒からは奇異の視線を向けられている。

「カルバン、どうした?」

近づいて声を掛ける。周りの視線は全く気にしていない様子だ。

「ちょっと話したいことがあってよ、いいか？」

「？　ああ」

カルバンは、なんだか思いつめているようなただならぬ雰囲気だった。冷堂のことも気がかりだったが、カルバンの普通じゃない様子についていくことにした。

昇降口で靴を履き替え、外へ出る。

夏だというのに、カルバンはなぜか今まで見たことのない黒いジャケットを羽織っている。袖（そで）を捲（まく）っているとはいえ、暑そうだ。

向かった先は校舎の裏だった。

俺とカルバン以外には誰（だれ）もいない。帰宅する生徒の声が遠くに聞こえるだけだ。

「それで、話ってなんだ？」

俺がそう聞くと、カルバンは腕を組んで壁にもたれかかりながら答えた。

「体育館でムラササが殺された事件と、俺らの部室でドーレーが襲われた事件。ナイアマはどう考えてるのか聞きたくてよ」

……ややこしいな。ムラササ＝笹村（ささむら）、ドーレー＝冷堂のことだよな。

「どう考えてる、って……」

「まぁなんだ、犯人の目星とか、そういうのだな」

なんだかふわっとした聞き方だ。そもそも、俺が事件について調査していることはカルバンには話してはいないはずだ。誰かから聞いたのだろうか？

「……今のところはさっぱりだな、カルバンは何か知ってるのか？」

「いやそういうわけじゃねえんだが、ナイアマならこういう時に推理でもしてるんだろうと思ってよ……」

カルバンはぽりぽりと頭を掻いた。何を考えているのか、いまいちよくわからない。

「まぁいいや。俺にも何か協力できることがあったらいつでも言ってくれな」

「あ、あぁ……」

俺が曖昧に返事をすると、砂利を踏む足音が背後から聞こえた。振り返ると、奥原と塩江が立っている。

「ここにいたか。探したぜ天内」

奥原はそう言って俺の顔を見ると、左腕を組んでいた塩江の手を解いて、ずんずんと近づいてくる。

「奥原、どうし……」

次の瞬間、首に衝撃が走り、呼吸が止まる。制服の胸ぐらを掴まれ、捻り上げられたのだと気づき、僅かな呼吸をするのに数秒かかった。

「な、なん……」

俺を摑み上げているのは、奥原だ。心底俺のことを憎んでいそうな顔で睨みつけている。額と額がぶつかってしまいそうなほど顔を近づけ、こちらを威嚇してきた。

「あぁ？　何やってんだお前」

突然の行動にカルバンが怒りを露わにするが、奥原はそれを無視して俺に向けて低い声で話す。

「天内、笹村をやったのはお前なのか？」

何を言っているんだ、と叫びたいが、呼吸がうまくできないせいで声にならない。

その様子を後ろで見ていた塩江は、おろおろと困惑している。

「鷲雄くん、そんなに持ち上げたら喋れないんだよ！」

チッ、という舌打ちが聞こえ、奥原は手を離した。

俺は立っていることができず、操り人形の糸が切られたかのようにその場に倒れ込んだ。

何度も咳き込み、落ち着いて息ができるようになるまで時間を要した。

しゃがみこんだ俺を庇うようにカルバンが前に立ち、奥原と対峙した。

「ハラオクよぉ、いきなりなんなんだ」

「お前には聞いてねーよ。答えろよ、天内」

奥原はカルバン越しに俺に追及してくる。俺は呼吸を整えて、よろよろと立ち上がりながらなんとか答えた。

「知らねえよ……、ていうか、なんで俺だと思ってんだよ」

自分のこめかみを汗が伝うのを感じた。激しい運動をしたわけではないのだが、いきなり摑みかかられたことに動揺して心拍数が上がっている。

奥原が大きな舌打ちをする。相当イライラしていることが伝わってきた。その後ろで、恋人の塩江はぶるぶると震えている。

「笹村の件に、冷堂さんが刺された事件、両方お前が見つけたらしいじゃないか。普通に考えて怪しくないか?」

……なんだよそれ……。第一発見者だから怪しいと決めつけるのは、かなり短絡的だ。というか、笹村の件に関しては第一発見者は山内絵美(やまうちえみ)だ。

脳に血液と酸素が十分に行き渡ると、困惑から一転して、杜撰(ずさん)な考えと不当な扱いに腹の中が熱くなるのを感じた。

笹村にしても冷堂にしても、俺には殺す動機なんてない。ありえない話だ。

「……それで、俺を疑っているのか?」

「どう考えてもお前が一番怪しいだろうが!」

奥原は眼前に立っていたカルバンの肩を摑み、横にどかして俺に歩み寄る。その左腕が動いたかと思うと、次の瞬間には俺の視界に火花が散った。頰(ほお)に強い衝撃と鈍い痛みを感じて、思わず意識が飛びそうになる。

殴られたとわかったのは目の焦点が合ってからだ。口の中に鉄の味が広がり、気持ちが悪くて吐き出したくなった。

ありがちな言い回しだが、俺は父親にも顔を殴られた記憶はない。こんなに顔面が痛くなるのは生まれて初めてのことだった。

「やめろバカ野郎！」

すかさずカルバンが奥原の腕を摑む。相当力を込めているのか、奥原が暴れてもカルバンの手が払われることはなかった。

その背後で、塩江が青ざめて両手で口を覆って傍観している。

「うるせえ！　笹村は一緒にバカやってたダチなんだ！　許せねえんだよ！」

奥原が拘束から逃れるため、カルバンの顔に向けて拳を繰り出す。カルバンはすんでのところでそれをかわしたが、体勢を崩してしまい手を離した。

カルバンの拘束から逃れ、奥原は再び俺に突き出すために左腕を振り上げる。

「俺はやってねえ！」

腕を振り上げたのを見た俺は、一歩下がって奥原の拳を躱し、左腕を突き出して奥原の頬を殴った。

カウンターが決まったというのに、悲しいかな奥原は俺のパンチでは口を切ることも鼻血が出ることもなかった。

「てめぇ……」

殴られた奥原を塩江が大丈夫かと心配しているが、そんなことは意に介さず俺を睨みつけている。

「はぁ……、犯人捜しがしたいんだったらなぁ……、頭使えよバカ」

俺は肩で息をしながら悪態をついた。

「笹村はなぁ！　スケベだし頭悪ぃし童貞で彼女もいねえけど、いい奴だったんだよ！」

奥原が左ストレートを繰り出す。

「知らねえよ！」

俺はそれに右で応えようとするが、普通に押し負ける。

中学時代は剣道部に所属していたが、今は本を読むだけの部活だ。現役テニス部の奥原と文化部の俺ではフィジカルの差が顕著に表れている。

「おい、その辺にしとけ」

「邪魔すんな！」

仲裁しようとしたカルバンを、奥原が腕を突き出して弾く。

後ろに押されたカルバンがよろけながら後退る。すると、足元に何か黒い物が音を立てて落ちた。

「……ん？」

それを見て、俺はぜえぜえと荒い息で思わず疑問符を浮かべた。

地面に落ちたそれは、明らかに拳銃だった。銃のメーカーには詳しくないが、映画なんかでよく見るようなオートマチックのピストルだ。

「……チッ」

カルバンは舌打ちしてそれをすぐに拾うと、腰の後ろに手を回してどこかにしまった。ジャケットの内側に収納していたのだろうか。

「おい、今の」

思わず奥原が訊ねるが、カルバンはそれに取り合わず、

「ただの玩具だ。気にすんな」

とだけ答えた。

今のは本物なのか？　素人の俺には、偽物との区別はつかなかった。

「そういうわけにはいかねえだろ、お前……そんなモン。ここ日本だぞ」

俺の右ストレートで口を切ったのか、奥原は口元の血を手の甲で拭いながら言う。それを見た塩江はハンカチを取り出して奥原の顔を拭いていた。

「鷲雄くん、もういいからやめとこうよ……」

拳銃に驚いているのか、塩江の声は震えている。

「玩具だって言うならもう一回見せろよ、おい」

顔を拭いていた塩江を横にどかせて、奥原はカルバンに詰め寄った。

カルバンは片目だけ細くしたうっとうしそうな表情で、自分を睨む奥原を無言で見ている。拳銃をもう一度見せる気は一切なさそうだ。

「……そういえばお前、前に笹村と揉めてなかったか？」

奥原の言葉に、カルバンが「あ？」と返す。

「何ヶ月か前だよなぁ。笹村とサシでケンカしたんじゃなかったかよ」

俺とカルバンは別のクラスなので忘れていたが、奥原の言葉を聞いて思い出した。確かあれは、今年の四月の話だ。

理由は知らないが、カルバンは笹村と暴力沙汰を起こしている。俺は現場を見てはいないが、校舎内で殴り合ったらしい。

結果、二人は二週間の停学になっていたと聞いている。

「…………今回の件とは関係ねぇよ。俺ぁあれからムラササとは口も利いてねぇ」

カルバンの返答を聞いた奥原は嘲笑する。

「ハッ、どうだか。ンなもん持ってる奴の言うことなんか信じられるわけねえだろ」

「何が言いてぇんだ？」

カルバンが額に青筋を浮かべている。キレる寸前といった様子だ。お互いの顔を限界まで近づけ、一触即発の火花を散らせている。

奥原はしばらく睨み合いを続けた後、血が混じった唾を地面に吐き捨てた。

「……チッ。もういい、行くぞ蜜柑。他の奴にも聞いて確かめる」

「もう……、愛ちゃんには私が聞くから、鷲雄くんは話しちゃだめだよ！」

奥原が歩き出したので、塩江はごめんと頭を下げて足早に去っていった。彼女には悪気もないだろうし申し訳ないと思っているのだろうが、彼氏の手前、俺に謝罪がしにくいのだろう。

他の関係者にも聴取を行うようなことを言っていて、まるで探偵だな、と俺は二人の後ろ姿を見て嘲笑した。くだらない。自分が傷害事件を起こしているだけだ。

「ナイアマ、大丈夫か？」

「あぁ。………………なぁカルバン、さっきのは」

俺を心配するカルバンに、逆に質問を投げかける。友人とはいえ、一介の高校生が拳銃を持っているというのはスルーできない。

「…………ん」

眉間に皺を寄せ、なんと答えたものか困ったというような顔をしている。どうやら、拳銃のことは俺にも説明できないらしい。

「玩具だったらそう言ってくれたらいいんだぞ？　まさか本物なのか？」

俺が追及しても、カルバンは気まずそうに頭を掻くだけだった。その反応のせいで、怪しさだけが募っていく。

「俺にも言えない、ってことか」

「……人に話すようなことじゃねえんだよ、コイツのことは忘れてくれ」

嘆息しながら、カルバンはジャケットの内側の「コイツ」を上から触る。

……この場所に俺を呼びだしたことといい、カルバンの行動には不可解なものを感じる。高まった不信感が、思わず俺の口を衝いた。

「カルバン、お前は……何なんだ？」

「…………」

真っ直ぐに顔を見つめて訊ねたが、カルバンは何も答えない。

そうして二人とも喋らず、場が沈黙に包まれた時、俺の顔にぽつりと水滴が落ちた。

上を見ると、いつの間にか空は黒い雲に覆われていた。痛みで熱を持っている顔に、冷たい雫が落ちる。ぽつぽつと雨が降ってきたようだった。

「……雨降ってきたな。わりい、俺もう行くわ。ナイアマも風邪引かねえようにな」

カルバンはばつが悪くなったのか、それだけ告げて足早に去っていく。校舎裏で、俺は一人になった。

あいつは一体何がしたかったのだろう。カルバンも気がかりだし、奥原には腹立たしさを覚える。殴られた頰に触れると痛みが走った。

同時に、自分も奥原と同じように、まるで探偵気取りで事件について考えていたことに気づき、自嘲した。

何をやっているんだろう、俺は。

その場に立ち尽くしてぼんやりと空を眺めていると、殴られて熱くなった顔が雨に打たれることがどこか気持ちよくなってしまい、俺は目を閉じてその場で体をさらし続けた。次第に雨脚は強くなり、まるで冷水シャワーのようだった。

近くで水を踏む音が聞こえた。雨中の校舎裏に誰か来たのかと、音が聞こえた方向に顔を向ける。

そこには冷堂が立っていた。

冷堂は傘も差さず、その長く黒い髪の先から水滴をぽたぽたと落としている。

その姿を見て思い出した。教室でカルバンに呼ばれて出てきてしまったが、俺は冷堂と話そうと思っていたんだ。

「……冷堂、なにやってんだ」

既にずぶ濡（ぬ）れになっている彼女が放っておけず、俺は思わず駆け寄る。

上着でもあれば濡れないように貸してやりたいところだが、あいにく今の季節は夏。俺はワイシャツしか着ていない。とにかく屋根があるところに行くために、彼女の手を引こうと掴む。

「天内くん」

俯（うつむ）いていた彼女は顔を上げ、俺と視線を合わせた。

前髪に隠れて見えなかった彼女の目元が露わになり、目の周囲が赤くなっているのを見て俺はぎょっとした。

冷堂は、人知れず泣いていたのだろうか。

……俺は心のどこかで、冷堂は強い女の子だと思っていた。

容姿端麗、文武両道、クールでなんでもそつなくこなすような才女だと。

けれどよく考えれば……、常識的に考えれば。転入二日目で襲われ、周りから怖がられるような奇異の視線を向けられ、悲しまない少女がどこにいるだろう。

……冷堂の傷が完治したのは彼女の持つ異能力によるものだということは、何となく察しがついていた。けれど、深く傷ついた心は、その能力では戻らない。

たとえ傷が治るとしても、殺人鬼に襲われ無残な目に遭い、まともな精神状態でいられるはずがない。そこに追い打ちを掛けるような、彼女を訝(いぶか)しむ周りの視線。

昔、俺の母親が死んだ時、殺人の疑いを掛けられた父親が周囲から受けたのと同じだ。

そのことを思い出し、俺は傷心している冷堂のことを考えて胸が締め付けられたような気分になった。

「冷堂、とりあえず中に……」

「天内くん」

校舎の中へ連れて行こうとする俺の袖を、冷堂の細い指が掴んだ。

そして、倒れ込むように、俺の胸へと頭を預ける。

両腕を俺の首の後ろに回し、彼女はその端正な顔を、俺の顔に近づけた。

吐息がかかりそうなほどの距離で、彼女は言った。

「私を、助けてください」

やがて、冷堂の唇が、俺の唇と重なる。端的に言うと、キスをされた。

その瞬間、俺の身体に電撃のような感覚が走り、視界はぱちぱちと花火のように光りだす。

冷堂の唇の感触を得ることもなく、俺の意識は飛んだ。それは、何年ぶりかに味わう感覚だった。

誰かとキスをするのがトリガーという、扱いにくすぎる俺の異能力が発動する。

時間が、巻き戻る。

七月十一日（月曜日）九時　↓　七月八日（金曜日）十八時

意識が戻り、夢から覚めたかのように目を開く。俺は咄嗟に自分の唇を触り、あの異能力が発動したのだと自覚する。

この能力は時間を逆行し、その時の自分に意識が飛ぶ仕組みになっている。飛ぶ時間の行き先は自分で選択することはできない不安定な異能力だ。

俺が今立っているのは、文学研究会の部室だった。窓から夕日が差し込んでいる。

そして……、目の前には、胸に鉈が刺さった冷堂が、血の池に倒れている。どうやら俺は、冷堂を発見した時間まで逆行したようだ。

「う……」

改めて凄惨な現場だと思い、何かがこみ上げる。部室の中には血の匂いが充満している。冷堂の顔を覗いてみると、瞳孔は開いていて光がない。

……ただ、冷堂は、この状態でも死んでいないということがわかっている。心臓に刃物が垂直に立っているにも拘わらず。

これが手品でないならば、やはり彼女の異能力に依る事象なのだろう。

考え込んでいると、冷堂の手元がぴくりと動いた。最初は気のせいかとも思ったが、指の動きが徐々に大きくなっていき、次第に腕が上がった。

「れ、冷堂……？」

呼びかけるが、返事はない。代わりに、腕を曲げて天井に向けると、自分の心臓に刺さっている鉈を指で差した。

これは、ひょっとして、

「抜けってことか？」

俺が訊ねると、冷堂は親指と人差し指で輪を作った。イエスということか。場にそぐわないシュールな合図だった。

ごくりと息を呑んで、血を踏みながら鉈の柄に触れる。

本当に、抜いて大丈夫なのだろうか。こういうものは安易に抜くと多量に出血して危ないと聞くが……。

俺が迷っていると、冷堂の手だけが動いて足首をぱんぱんと叩かれた。早くしろということか。

ええい、ままよ！

柄をしっかり握り込み、鉈を持ち上げるようにして冷堂の身体から引き抜いた。ずちゃり、と嫌な音がして、傷口からはごぼごぼと血が溢れて、衣服に染み込んでいく。

俺は鉈を持ったまま後ろに数歩動き、尻餅をつくように座り込んだ。

「つげほ、ごぼ」

すると冷堂は、何かが絡んだような咳をする。何度か咳き込むと、口から血の塊が出てきた。

「お、おい……」

「………ふぅ。ありがとうございます。心臓にそれが刺さったままだと体が動かなくて」

彼女は上半身を起こして、口元の血を手の甲で拭いながらこちらを向いた。

「本当に生きてるのか……？」

「ええ、この通りです」

両手を広げて健在をアピールする。だが、全身が血まみれなので重傷を負っているようにしか見えない。

「それって異能力なんだよな」

「そうです。もう隠すこともないですね……」

彼女は立ち上がり、俺の方へ歩いてきた。血にまみれた手を、服の綺麗な部分でごしごしと擦って、座り込んでいる俺に手を差し伸べる。

「私の異能力は、不老不死です。老いず、死にません」

「……マジ？」

「マジです」

手を取って立ち上がり、真正面から彼女に向き合った。白く小さい顔も、ルビーのような瞳(ひとみ)も、煌(きら)めく長い黒髪も、血で汚れている以外は普段の冷堂そのものだった。

「とりあえず、この血を片付けませんか。人に見られたら面倒なので」

冷堂は澄ました顔のまま、床に広がる血に視線を落としてそう言った。確かに、この状況を誰かに見られたら一発で通報されてしまいそうだ。まぁ、旧校舎に文学研究会以外の人が来ることは稀(まれ)だが……。

「そうだな……詳しい話はそれから聞くことにするよ」

そこからは、三十分ほど掛けて部室の中央に広がった血の池を掃除した。雑巾(ぞうきん)とバケツを持ってきて、ひたすら血を吸い取っていく。

幸い床に染みは残らず、何度か手洗い場と部室を往復して綺麗さっぱり元通りにすることができた。匂いも明日までには何とか取れるだろう。

その過程で、廊下の端に冷堂の鞄が落ちているのも発見した。多分、犯人に襲われた時に落としてそのまま放置されていたのだろう。

冷堂に刺さっていた鉈は、血と俺の指紋を拭きとり、旧校舎の使われていない倉庫に隠すように置いてきた。物が雑多に置かれているので、誰かに見られることはないはずだ。

一瞬、鉈に犯人の指紋が残っているかもと考えたが、密室を作るような知能犯がそんなミスはしないだろう。

「あああああ……！」

「ど、どうした?」

急に冷堂が大きな声を出したので俺は慌てた。今まで聞いた中で一番の声量だった。

見ると、冷堂は座り込み、手には血で染まった何かを持っていた。

「ネックレスが血で汚れてしまいました……しかも紐が切れてます……」

どうやら、いつも着けているネックレスのようだ。確かに紐が切れてしまっている。首から外れ血の中に落ちていたらしく、真っ赤になっていた。

どうやら冷堂にとってかなり大切な物らしく、半泣きになっている。血の汚れって落ちるんだろうか……。

「紐は交換するしかなさそうだな。血は、何かで磨けば落ちるかなぁ」

「うう……家でやってみます……」

一旦ハンカチでネックレスを包み、鞄に入れた。

ネックレスと一緒に首に着けていたチョーカーも、同じように冷堂が倒れていたあたりに血まみれで落ちていた。そちらは家に替えがあるようで、処分するらしい。

「こちらはどうしましょうか……」

冷堂は身体についた血を触りながら困ったように言った。すっかり乾いていて、赤い錆のようになっている。

「なぁ、血のせいで気にしてなかったけど、服も切られてるんだな」

よく見ると、冷堂のブラウスはお腹のあたりから下側がばっさりと切られていて、へそのあたりが露出していた。服の袖も切れていて、二の腕が出ている。

「！！！！！」

俺が指摘すると、冷堂は慌てて両腕でお腹を隠した。

「み、みみ、見ないでください」

いつもはクールな冷堂が、急に慌てた声を出して取り乱している。

見ないでと言われても、そのあたりは血で真っ赤に染まっているので、見てもよくわからない状態なのだが……。

「そういえば、病院の時も胸は見せといてお腹はやたら嫌がってたな……」

「ダメに決まってます。胸はいいですが、お腹は絶対ダメです。断固拒否です」

「胸もよくないだろ……って、そういえば、冷堂は時間を戻す前の記憶があるのか？」

「？　ええ。天内くんに無理やりお腹を見られた記憶はしっかりありますが……」

そんなところは覚えてなくていい。……しかし、これは初めての現象だった。

以前、俺がこの異能力を使った時は、時間を戻す前から記憶を引き継いでいたのは俺だけだったはずなのだ。

条件を仮定するならば、キスをした相手が異能力者だったからだろうか……。

「全て覚えていますよ。私が病院に運ばれたことも、私の異能力のことで皆さんに気味悪がられたことも」

その言葉を聞いて、胸がずんと重くなる気分だった。冷堂がどれだけ傷ついたかを考えると、俺まで胃が痛くなってくる。

「……今度はちゃんと守るよ、冷堂のこと」

冷堂の能力が露見し、気持ち悪がられたり迫害されたりしないように。彼女がまた犯人に襲われないように、俺が守らなければならない。

元々、俺は笹村の密室殺人を解くことができれば冷堂の異能力を教えてもらうという約束だった。結局はその前に冷堂の『不老不死』の秘密を知ってしまったわけだが、ここでやめるわけにはいかない。

これ以上、冷堂に辛い思いをさせたくないと思った。

「助けてもらえますか？」

「当然！」

俺は威勢よくドンと胸を叩いた。

犯人が誰なのか、どんな動機なのか、まだまだわからないことだらけだが、必ず犯人を見つけ出し、冷堂を守ろう。

「そうだ、この旧校舎の三階、実はシャワーが使えるんだよ。血はそこで流したらいいんじゃないか？」

「それは助かりますね」

この旧校舎の、かつて使われていた宿直室には簡易的なシャワールームがあった。まだガスも通っていてお湯が出るので、部室の隅にある機材でトレーニングをしたカルバンや塩江が汗を流すのにこっそりと使っている。タオルも洗ったものを常備してある。好き放題使っている文学研究会なのであった。

冷堂を案内してから、俺も制服が血で汚れてしまったので、持っていた体操着に着替えた。しばらくして、冷堂も体操着を着て部室に戻ってきた。

「おかえ、り……」

「戻りました。なんですか、その言い方」

少し言葉が詰まったので、怪訝(けげん)な表情をされた。

冷堂の体操着姿は見たことがあるが、今回はいつも履いている黒のタイツがなかった。血で汚れているから脱いだのだろう。

今まで隠れていた白い脚が露わになって、そちらに目を奪われてしまった。

「ちょ、ちょっとあの、見ないでください」

俺の視線に気づいて、冷堂が慌ててしゃがんで腕で脚を隠した。

なぜか冷堂は、お腹や脚を見られるのが恥ずかしいらしく、いつものクールさが瞬時に崩れてしまう。

別に太っているわけではないのだが、女子というのは不思議なものだ……。

「それで、冷堂の異能力のことなんだけど……」

二人仲良く体操着になった俺と冷堂は、ひとまず部室の椅子に座った。

「そうですね……実際に見てもらいましょう」

そう言うと、冷堂は廊下で発見した自分の鞄からカッターを取り出した。チキチキと音を鳴らしながら表面をスライドし、刃を突き出す。

彼女はこともなげに、自分の左手の人差し指の先に傷をつけた。赤い血が球を作り、零れ落ちる。

「おい、何して……！」

突然の奇行に一瞬驚いたが、彼女が犯人に襲われた時の傷が完治していたことを思い出し、そのことを説明しようとしているのだろう、と察した。

冷堂は、切った指を上に向けて俺に差し出した。

「血は出ますし、痛みも感じます。……ですが、このように傷はすぐに治ります」

ティッシュを取り出し、表面についた血を拭う。そうすると、そこには傷どころか肌の荒れすら見つからない、純白の指が現れる。カッターで切った傷は、一ミリも残っていなかった。

「そして、私の体の成長は十六歳で止まっています。……実際の私はもう少しだけ年上です」

「もう少しって、本当は何歳なんだ？」

「…………………………二十四、です」

冷堂は苦虫を嚙み潰すような顔で、非常に言いにくそうに言った。

もう冷堂の高校生離れした肢体はこれ以上ないほど成長しきっているように見えるが、そんなことは置いておいて。二十四年も生きているという事実を聞いて、俺は吹き出しそうになった。本当は俺より八つも上だったのか。

俺の様子を見た冷堂は目を細めて睨むような視線を俺に向ける。

「けれど言っておきますが、二十四年を生きているから二十四歳ではありません。百年生きようと私は永遠に十六歳ですから」

「……あ、はい」

そこは譲れないものがあるらしい。

説明は以上です、と言って彼女はカッターを戻し、血のついたティッシュを捨てる。

ひとまず、前回の時間軸で起こった冷堂の復活については納得することができた。

「……まさか事件を調査して、自分が巻き込まれるとは思いませんでした」

「そうだな、そこは異能力があってよかったけど……。そもそも、冷堂はなんで俺に事件を解決させたいと思ったんだ？」

「うーん、それはですね……」

確か冷堂は、俺が事件を解決したら自分の異能力を教える、その理由を語るには異能力の説明が必要だ、と言っていたはずだ。

　これ以上、冷堂をあんな目には合わせられないので、事件の真相を突き止める気ではいるが、それはそれとして理由が気になる。

　冷堂はなんと説明しようかと考え込んでいる様子だったが、やがてぽつりと呟いた。

「私は、名探偵を探しているんです」

　目を伏せた冷堂の顔は、どこか儚げな雰囲気だった。まるで叶わないと思っている夢を語る時のような、そんな表情だ。

「なんだよ、その名探偵っていうのは」

「……簡潔に言うと、とある事件の謎を解いてほしい、と思っているんです」

「とある事件？」

「ええ、私が過去に遭遇した密室殺人……のような事件です。なので、天内くんが今回この学校で起きた密室殺人を解けるような人であれば、その謎も解き明かしてくれるかもしれない、と思いまして」

「なるほど……」

　事件を解決したら不老不死の異能力について説明し、その事件のことも俺に話そうと思っていた、ということか。結果的に思わぬ形で異能力が判明してしまったが。

　冷堂が困っているというならその『密室殺人のような事件』の解決に協力するのはやぶさか

ではないが、今は目の前の事件に集中しよう。

「まぁ、とりあえず期待に応えられるよう頑張るよ」

「はい。……私を殺した犯人を見つけてくださいね――探偵さん」

冷堂が俺の目を真っ直ぐに見つめてそう言った。

いきなりそんな呼ばれ方をするのはむず痒いし恥ずかしい。

思わず目を逸らすと、冷堂は俺の時間を戻す異能力について切り出した。

「あの。例えば今、私と天内くんがキスしたとしたら、さらに時間を戻ることはできないのですか？」

「残念だけど、それは無理だ……」

冷堂が死んでいないので、『俺が認識した人の死より前に戻らない』というルールは適用されないが、俺の異能力は、時間を戻るポイントはいつの間にか更新され、それより前には戻ることができない。

仮に今発動しても、先ほど戻った時点より後の時間に戻るので、現状ではほぼ意味がない。どの時間に戻るかもコントロールできないし、キスをしないといけないし、本当に扱いづらい異能力だ。もっと便利なのがよかった。

「それでは、私が襲われるのを回避することはできないんですね……」

「……襲われた、か。確か、部室の前の廊下だったたか」

「ええ、天内くんを待っている間に、背後から殴られて私は気を失いました」

放課後、冷堂が宮川に話を聞きにいった後の話だ。俺が鍵を持っていることを忘れて、部室を待ち合わせ場所に指定したのが失敗だった。

その後、血まみれになった冷堂をこの部室の中で俺が発見するわけだが……。

「……犯人はどうやって、鍵の掛かった部室の中に冷堂の死体……いや死んでないか、冷堂を入室させたんだろうな？」

俺達はその真相を探るべく、部室の中の窓を全て確認した。

しかし、全ての窓の鍵はしっかりと施錠されていることが確認できた。しかもここは三階だ。窓の外には足場もなく、出入りするのも気絶した他人を運びこむのも生半可な作業ではない。仮に犯人が、窓に何かの細工を施して外から鍵を掛けたのだとしても、俺に目撃されるはずだ。あの時俺は旧校舎の中に入れず、建物の周辺をぐるぐると回っていたのだから。

「あの天井はどうなんですか？」

冷堂が天上に人差し指を向けた。

この部室の一番の特徴である謎の天窓だ。夕刻の今、赤みがかった光がわずかに入り込んでいた。

「いや、あれはないな……」

天井が高いのでわかりにくいが、あの天窓のサイズはかなり小さい。形は正方形で、一辺の

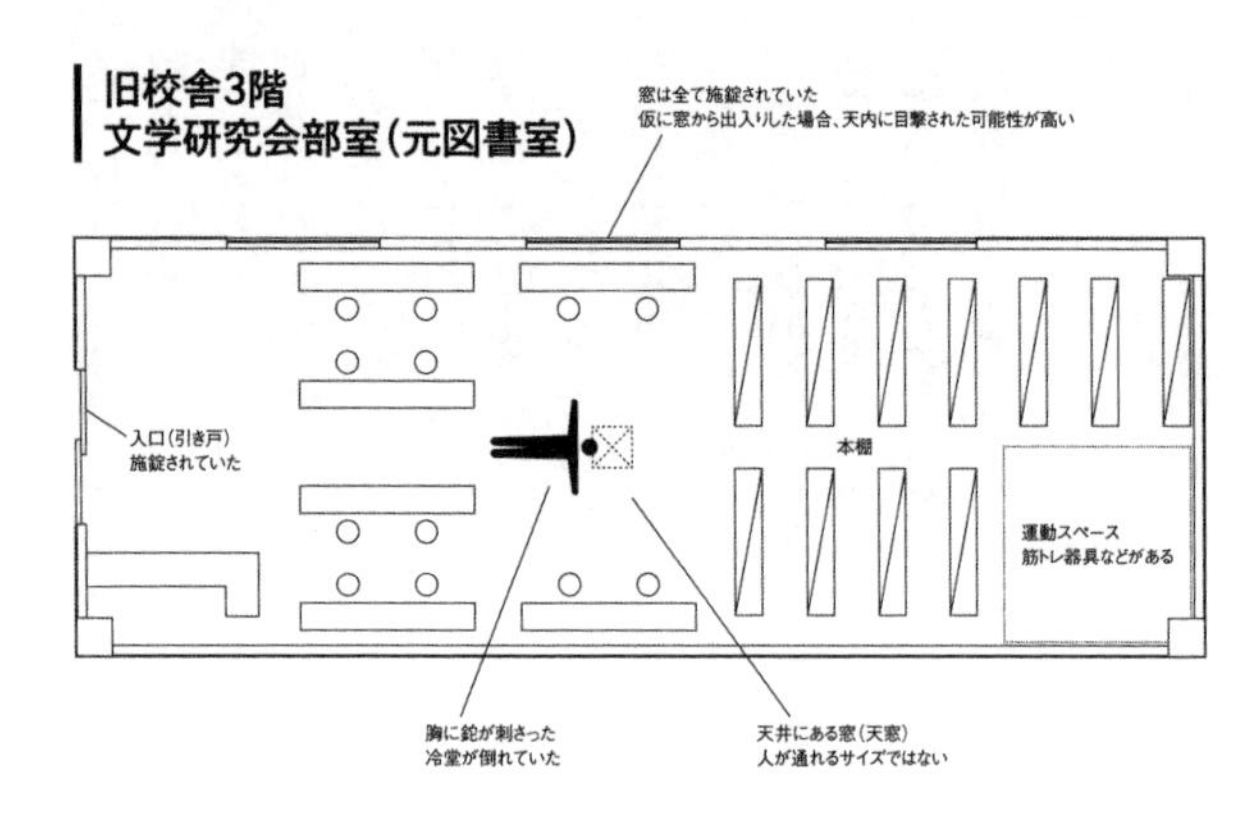

大きさは大体三十センチもないぐらいだろうか。

　子供ならばともかく、高校生が通れる大きさではなかった。

　冷堂の肢体を上から下まで見て、確実につっかえるということはよくわかった。

「…………」

　最後に冷堂の顔を見ると、俺の視線に気づいて冷たい瞳を向けていた。

「い、一応見に行ってみるか！」

　俺は取り繕（つくろ）うように提案する。この天窓は屋上に続いているのだ。


　階段を上がり、屋上への扉を開くと、少し湿気を帯びた夏のぬるい風が吹き抜けた。冷房の効いた部室から移動し、自然の風を受けるのはどこか心地よかった。

　屋上はもう使われておらず、かなり荒れている。

掃除をする人がいないと鳥の糞やらであっという間に汚れてしまうのだ。

中央には、少しだけコンクリートがせりあがっている箇所がある。あれが天窓だ。

窓の縁を、井戸のように数十センチの高さのコンクリートで囲んでいる形だ。覗き込むと、部室の中が見える。

「この窓の周辺は妙に綺麗じゃないですか？」

「ああ、もちろんここにも鳥の糞が落ちてきたりするんだが、さすがに気持ちがいい物じゃないからその時だけ掃除してるんだ」

「なるほど……」

荒れ果てた屋上の中心の天窓。部室の中に光を入れてくれる象徴として、ここだけは清潔にしている。

天窓のサッシには黒いレバーがある。それを捻ると窓が開くのだが、今はぴくりとも動かなかった。

「あれ？　鍵が掛かってたか」

「この窓にも鍵があるんですか？」

「あぁ……悪い、ここからは開けられないんだ。一旦下に戻ろう」

部室に戻り、再び天窓を見上げる。俺は天窓の内側についている直径が十センチほどの金属製の輪を指で差した。

「あれがあの天窓の鍵だよ。下から引っ張ると施錠と開錠ができるんだ」

　イメージとしては、電灯を点灯する紐に近い。灯を点ける時も消す時も引っ張るのと同じように、この窓は金属の輪を引っ張ることで鍵が開き、もう一度引っ張ると鍵が閉まるのだ。

「ということは、今は鍵が掛かってるので、一度引っ張れば開錠されるんですね」

「そうだな、やってみるか」

　俺は部室の隅に立てかけてある棒を手に持った。この窓の鍵を操作するためのもので、先端がかぎ針のようになっている。

　普段あの天窓を開くことは全くないので、俺は若干手間取りながら先端を輪に引っかけて軽く引く。カチリという音がして、開錠したのがわかった。この窓は見た目だけでは鍵が開いてるかどうかがわからないのだ。

　再び屋上に移動し、天窓を開く。黒いレバーを捻ると窓ガラスが立ち上がり、直角になる。これで窓は開き、部室の中を屋上から覗くことができた。

　先ほども言ったように、人が通れるサイズにはなっていない。

「これは無理ですね……」

　冷堂の体をここから部室の中に入れることは大きさ的に不可能だし、この天窓は先ほどまで内側から施錠されていた。普通に考えれば、この天窓を犯人が使ったということはないだろう。

「鍵は天内くんが持っていて、部室の扉からは中に入れない。窓も全て施錠されていて、もし窓から出入りをしていたとすると天内くんに目撃される可能性が高く、天窓も施錠されていた上に人間が通れるサイズではない。これは、密室殺人と言ってもいいのではないでしょうか？」

まぁ、冷堂は死んでいないので正確には殺人ではないが。とはいえこの状況は、またも犯人が仕掛けた密室トリックということになるだろう。

『体育館の密室』、『更衣室の密室盗難』、そしてこの文学研究会部室での密室。この事件の犯人は閉じられた部屋が好きらしい。

だがこの密室は、施錠され中に入ることすらできない閉じられた部屋に、忽然と冷堂を移動させたことになる。今までと何かが違うと感じる。

密室としての仕上がり、とでもいうのだろうか。隙がない完成度だ。

背筋に冷たい炭酸が流れ込んだような、ぞくぞくとした感覚が走る。

「名付けて『究極の密室』だな……」

「それは少し、言い過ぎなような。というか格好悪いです。普通に『文学研究会の密室』でいいのでは？」

冷堂にクールに否定されてしまった。ちょっと恥ずかしい。

俺は天窓を眺めながら、なんとかしてこの密室を構築する方法はないものかと思案する。

「……小さい子供だったらこの天窓を通れないかな。小学校低学年ぐらいの」

「天窓を通ることは可能ですが、いくらなんでも子供はないでしょう。オランウータンが犯人である方がまだ可能性がありそうです」

「お、さすが不老不死。最古のミステリもばっちりなんだな」

「……あの、不老不死と言っても何百年も生きてるわけではないですからね？」

七月八日（金曜日）二十時

現場の掃除と検証を終えて、俺と冷堂は帰宅することにした。

他にも部室への出入り口がないかを調べていたらすっかり遅くなってしまった。結果は、入り口の扉以外で出入りが可能なところは見つからなかった。

「あの、天内くん……」

「どうした？」

部室を施錠し、旧校舎を出たところで冷堂が俺に声を掛けた。日の長い夏とはいえ、もう外は暗くなっている。

「今日、天内くんのお家（うち）に泊めてもらえませんか？　確か一人暮らしでしたよね」

「えっ⁉」

想定外の頼み事に、思わず鞄が手から滑り落ちた。

まだ俺と冷堂は知り合って数日。一人暮らしの男性の家に泊まりたいとは……！

俺は心拍数が跳ね上がって顔も赤くなってしまっているが、当の冷堂は普段通りのクールな表情だ。

「ご迷惑でなければですが……」

「いや、迷惑ってことはないけど、急にどうしたんだ？」

俺は手から落とした鞄を拾いつつ訊ねる。

「一人で過ごすのが怖くて。今のところ、天内くん以外に頼れる友人がいないので……」

そう言われて、俺はハッとした。冷堂は、一人で俺を待っていたところを犯人に襲われ無残な目に遭ったのだ。

いくら不老不死とはいえ、それ以外は普通の女の子には違いない。それに彼女は、死なないが痛覚はあるという。トラウマを抱えてしまっていてもおかしくはない。

「駄目でしょうか……」

目を伏せ、俯きがちに言った冷堂を見て、胸がきゅっと締め付けられた。

「わかったよ。一応、来客用の布団もあるから、それを使ってくれ」

俺は観念して、我が家に招き入れることを決心した。掃除はしっかりしてあるし、変なものは置いていないので問題ないはずだ。

ただ、彼女の立派な1ＬＤＫのマンションとは程遠い、居室は六畳のアパートなのだが……。

来客用の布団を敷けば、それだけでいっぱいになりそうな部屋だ。

「ありがとうございます！」

そう言う彼女は、まるで神に祈りを捧げるシスターのように手と手を組み、目を輝かせながら俺を見上げていた。

可愛らしい仕草にドキッとするが、そのわざとらしさに、本当に一人が怖いんだろうな？と思ってしまうのだった。


俺の住むアパートは、二階建ての木造建築、部屋数は八戸。

部屋は二階にある二〇二号室だ。部屋に行く前に、俺は駐輪場の様子を確認した。

俺の愛するアメリカンバイク、エリミネーターが停まっている。カバーを捲って、悪戯がされてないかどうかを確認した。

「それ、天内くんのバイクですか？　ずいぶん大きいですね」

冷堂が意外そうな様子で聞いてきた。

「去年免許を取ったんだよ。で、親父が足に使えってことでお下がりをくれたんだ」

確かにこいつはかなり大きいが、これでも中型バイクだ。

車に乗れない一人暮らしの学生の移動手段としてはかなり重宝している。仕送りのこともあるし、親父には感謝してもしきれない。

ちなみに、免許を取って一年が経過したので二人乗りも可能だ。

「じゃあ、今度乗せてください。私、自動二輪には乗ったことがなくて」

珍しくにこにこしながら冷堂がそう言ったので、俺はドキッとして、その内な、と曖昧に答えを返した。

バイクのチェックを終え、外階段をかんかんと鳴らしながら上がる。いよいよ自室の扉の前に立った。

「……ど、どうぞ」

開錠し、静かに扉を開けて、緊張しながら冷堂に入室を促した。

先日、冷堂の家に行った時にふわっといい匂いがしたのを思い出した。俺の部屋は臭いとか思われないだろうか。掃除もしているし、変な物は放置していないので大丈夫なはずだが……。

うちの間取りは1Kだ。

玄関のすぐそばにキッチンスペースがあり、一口の電気コンロと、僅かなスペースを挟んでシンクがある。その横には2ドアの冷蔵庫がすっぽりと収納されている。

廊下の逆側には、磨りガラスになっている扉と木製の扉が一つずつあり、前者はお風呂、後者はお手洗いだ。洗面所はお風呂の中についている。

「狭いところで悪いな」

「いえ、綺麗にしていて驚きました」

キッチンを通り過ぎ、突き当たりの扉を開けてリビングへ。

右手の壁際にはベッドがあり、その対面にはテレビ台を置いている。部屋の中心には四角いテーブル。箪笥（たんす）などはクローゼットの中に収納されており、我ながらかなりこざっぱりとしている部屋だと思う。俺は意外と掃除好きなのだ。

「じゃあ、適当に座って……」

テーブルの横の座布団に着座を促した時だった。

どこからともなく、とてつもない轟音（ごうおん）が部屋の中に鳴り響いた！

文字で表すと、ぐぎゅぎゅるるるるるぎゅるぎゅるぐぎゅる、みたいな音だ。部屋が揺れたようにすら錯覚した。

「…………」

「…………」

音が鳴り止（や）むと、二人しかいない部屋の中を沈黙が支配した。外を走る車の音が微（かす）かに響く。

冷堂に目を向けると、両手でお腹を押さえて俯いていた。長い髪で顔が隠れて、表情は僅かしか見えない。

「ふ、ふぐぐ……」

よくわからない呻（うめ）き声を出しながら顔を真っ赤にしている……。

「……晩ご飯にするか」

「……はい……」

時計を見ると、二十一時が近い。かなり遅い時間になってしまったので、腹の虫が鳴るのもしょうがない。

ふと、学校で冷堂と宮川と昼食を食べていた時のことを思い出した。そういえば冷堂は、こう見えてかなり大食いだったな。


数十分後。

晩ご飯は俺が腕を振るったが、冷堂の食べっぷりが気持ちよくてどんどん作ってしまい、冷蔵庫の中身がほとんどなくなってしまった。

テーブルの上に並べた料理をものすごい勢いで平らげ、冷堂はこれまでのどの表情よりも口角が上がった笑顔になっていた。顔がツヤツヤで幸せそうなオーラが全開だった。

そして満腹になってほくほくの冷堂は今、風呂に入っている。

……俺の部屋の風呂に入っているのだ！

冷堂が使っているというだけで、毎日使っているシャワーの音すらどこか艶めかしく聞こえてしまう。背徳的な雰囲気に呑まれ、なぜか俺は自分の部屋なのに正座で待機していた。

やがて、タオルで髪をぽんぽん拭きながら、湯気を纏った冷堂が戻ってきた。

ほんのりと上気した肌。俺のＴシャツにジャージを穿いているラフな格好だ。そういえば冷堂は自宅でもこんな感じの格好だったので、これが冷堂の落ち着くお家スタイルなのだろう。

「お風呂、先に頂いてすみません。いいお湯でした」

「ソッカァ……ヨカッタヨ」

「なぜ片言に？」

漂う色香に体が硬直する俺に、髪を乾かしながらきょとんとする冷堂だった。たとえ風呂上りの無防備な姿だろうと、彼女はお腹や脚を見せなければへっちゃららしい。

「……借りておいて申し訳ないのですが、このシャツはちょっとキツいかもしれません」

ふぅ、と息を吐きながら胸元に手を当てている。確かにパツパツになっているようだ。昔着ていた小さいサイズを渡したのだが、失敗だった。いやむしろ成功かも。これは密だ……。

「悪い、じゃあこっちにするか」

俺はクローゼットの中からワイシャツを取り出した。今着ているTシャツよりはサイズも大きいし、楽になるだろう。

冷堂はありがとうございます、とお礼を言ってそれを受け取ると、後ろを振り返ってTシャツの裾を持ち上げた。

「……何してるんだ？」

「何って、着替えです」

相変わらず、上半身を見られることについては全くガードをしない彼女だった。

ただ、部室でも言っていたがお腹は気にするみたいなので、そこはしっかり隠している。一人暮らしの男の上に上がり込んで上半身を下着一枚にするのは危険極まりないので、絶対にやらない方が良いと思う。

「目のやり場に困るなら、壁にでも向けておいてください」

「人の家に来ておいて勝手なこと言うなぁ……」

そうは言われたものの、俺は顔だけを壁に向けて下着姿の冷堂を視界の端に映してしまっていた。これが男子高校生の本能なのである。

ただ、彼女はこちらに背を向けているので、そのスイカかメロンのような立派な果実は背中の面積からはみ出た分しか見えないのだが。密である。

そこでふと、俺はあることに気が付いた。

「……なぁ冷堂。非常に聞きにくいんだけど、勉強のために教えて貰いたいことがあるんだけどさ」

「なんでしょうか？」

「冷堂がつけてるブラジャーって、背中側にホックがないけどどうやって外すんだ？」

「……すごくしっかり見てるじゃないですか、さすがです」

冷堂が蔑んだ目で俺を見た気がする。自分から脱いでおいてそりゃないぜ。

「まぁいいです。これはフロントホックと言って、こんな風に後ろではなく前側にホックがあるんです」

体をこちらに向け、下着の中心を指差して説明してくれた。

深い深い谷間が穿たれている場所で、そこを凝視するのは……、と自問自答したが、少し離れて目を細めて見てみる。

彼女の言う通り、ブラジャーのカップ部分とカップ部分を繋ぐ中心部には、よく見ると二つの金具がある。よくあるブラジャーで後ろ側にあるようなものが、そっくりそのまま前側にあるような印象だった。

ただ、ブラジャーの装飾、フリルが被さっているような形になっていて、一見しただけではそこに金具があるとわかりにくい。

「なるほどなぁ……」

「私は背中側で止めにくくてこれを使っています。まぁ、背中側にあるタイプと比べるとメジャーではないので、経験がない男性が知らなくても無理はないですね」

「勉強になったよ……」

「……教えたからといって外さないでくださいね？」

「しないわそんなこと！」

「ふふふ」

少しだけ口角を上げて笑うと、おしまいですと言って彼女は俺のワイシャツを羽織った。下着姿を見た後でも、この格好も可愛くてドキドキする。

夜も深まり、食事と入浴を終えた俺と冷堂は床についていた。

ベッドには俺が寝て、冷堂は来客用の布団を床に敷いて寝ている。低いところで寝てもらうのは申し訳なかったが、冷堂が家主に床で寝させることを固辞したのでこの形になった。

そして、俺は心臓があまりにも早く動くせいで通常の呼吸すらままならなかった。

暗くなった部屋で、うら若き男女が一つ屋根の下で寝泊まりしているのだ。こうなることは必然だ。

俺は壁の方に向いて横になっているものの、後ろから聞こえる冷堂の寝息だけで精神がどうにかなりそうだった。

……ひとまず、心と体を落ち着けるためにも、俺達が遭遇した三つの密室について考えてみることにした。

一つ目、『体育館の密室』。被害者の笹村はダンベルで頭を殴られ死亡、なぜか宮川の下着を握っていたという事件だ。

死亡推定時刻は五時限目の真っ最中。この時刻に、犯人が体育館に入る方法、そして、笹村を撲殺(ぼくさつ)し、鍵を掛けた状態で外に出た方法が謎だ。何か仕掛けを施したのだろうか？

そして二つ目、笹村の死体が握っていた下着が、授業中のプール女子更衣室から盗まれたという『更衣室の密室盗難』。

授業が始まる前まであった物が、授業が終わると無くなっていた。芦原（あしはら）の機転により、その場にいた生徒の持ち物を全てチェックしたが、見つかることはなかった。授業中、更衣室は施錠され、窓からの出入りは不可能。殺人ではないが立派な密室だ。

最後に三つ目、冷堂が殺された『文学研究会の密室』（死んではいないが）。

俺が鍵を持っていて、入ることすらできないはずの部室に血まみれの冷堂が倒れていた。窓や扉が施錠されていたのは、この目でしっかりと確認している。

三つ目の事件については、俺の異能力で時間を戻し警察へ通報もせず、誰にも見られることなく片付けた。そのため、この件を知っているのは俺と冷堂、そして犯人だけということになる。かなり奇妙な状況だ。

どの事件の推理も決定打に欠けている。犯人の候補も絞れていない状況だ。

犯人は何がしたい？　犯人の動機はなんだ？　笹村と転入してきたばかりの冷堂には、同じクラスであること以外の共通点がなく、二人を殺す理由がわからない。密室まで作るほど計画的な犯行が、無差別殺人であるとは考え難（がた）い。

……ふと、考えることに没頭したおかげで、だいぶ落ち着いてきた時だった。

耳に届きそうなほど大きく音を鳴らしていた心臓が収まり、聴力がクリアになる。外から聞こえる虫の鳴き声に混じって……、嗚咽（おえつ）のようなものが聞こえた。

ぐすっ、と鼻を啜るような音が、断続的に聞こえる。

俺は寝返りを打つふりをして、壁側に向けていた体を回す。薄く目を開けて、気づかれないように冷堂の様子を窺った。

カーテンから漏れる月明かりに照らされて、彼女の顔ははっきりと見えた。体をこちら側に向けているので、顔と顔が向かい合う形だが、床に敷いた布団とベッドによる高低差があるため、二人には大きな距離があった。

冷堂は……泣いていた。

悪夢を見ているのか、何かを思い出しているのか。目は閉じたままだが、溢れ出る涙が枕を濡らしている。

彼女のその姿を見て、俺は心臓が張り裂けそうになった。

やはり冷堂には、時間を巻き戻しても癒えない心の傷が生まれてしまったのだ。

突然襲われ、身に覚えのない憎悪で血の池ができるほどの傷を受けた苦痛。

転入したばかりで、クラスメートから向けられた、奇異の視線が刺さった苦痛。確かあの時も、彼女は雨の中で目を腫らしていた。

どうしようもない恐怖と、耐え難い苦しみが今も彼女を襲っているのだろう。彼女の涙は一向に止まる様子がなく、枕にはどんどん染みが広がっている。

俺はいてもたってもいられなくなって、音を立てないように身を起こし、ベッドから降り、冷堂の正面に向き合うような形で横になった。

このまま彼女を抱きしめてしまいたい衝動に駆られたが、恋人でもない自分にはその資格があるのだろうかと悩んだ末、俺は彼女の頭に左の掌を乗せた。

ふわりとした感触だった。ゆっくり手を動かすと、さらさらの髪は滑りがよく、毛髪の流れに沿って指が動いた。

落ち着いて欲しいと思っての行動だったが、嫌がられないかどうか不安だった。

そのまましばらく頭を撫でていると、次第に彼女の目から溢れる雫が止まり、涙の筋だけが顔に残る。

どうやら、泣き止んでくれたらしい。

よかった、落ち着いてくれた、と安堵(あんど)した。嗚咽も止まり、呼吸が規則的になる。

そろそろ大丈夫かと思って、左手を彼女の髪から離そうとすると、不意に手首を摑まれた。

起きているのか、と動揺した。彼女は空いた手を口の前に持ってきているので、その表情は見えない。

手首を摑んでいる手は弱々しく、再び俺が頭に手を乗せると、離してくれた。

……どうやら、もう少しこうしている必要があるみたいだと思い、俺は体を横にして、床に寝ながら彼女の頭を撫でていた。

「ごめんなさい、天内くん」

やがて、目を開けた冷堂が消え入りそうな声で呟いた。

「あなたより長く生きている私が、こんな風に泣いてしまって」

「…………………………」

俺は気の利いた返しが思いつかず、無言で冷堂を見つめた。

ルビーのような赤い瞳が、潤んで月明かりを反射している。

「……私、天内くんに謝らないといけないことがあります」

「今謝ってなかったか？」

「それとは別です。……聞いてくれますか？」

「…………………あぁ」

冷堂の瞳が、真っ直ぐに俺の顔をとらえた。暗い部屋で、お互いの顔を、正面から見つめ合っている。

「私の、これまでの人生の話です」

＊

「ただ生きてるってだけなのになぁ」

自身の秘密が周囲に知られてしまった時、父は窓の外を見ながら後ろに立つ私にそう零した。

私の父親は不老不死の異能力を持っていた。そのことに気付いたのは私が十五歳になったあたりだ。物心ついた時から外見が一切変化しない父親を、他人の父親と比べて不思議に思ったのがきっかけだった。

母親は私を産んですぐいなくなったと聞いていて、顔すら知らない。とはいえ私と父との関係は良好だったので特に問題はなかった。

大学で教授をしていた父と高校生になった私。二人きりの家族で平穏な日常を過ごしていた。父は器用でなんでもできたし、私をとても大切に育ててくれていた。ことあるごとに私の頭を触り、それが何となく心地よくて落ち着いたのを覚えている。

そんな生活の崩壊は、父の古い友人がたまたま近くに引っ越してきて、再会してしまったことから始まった。

その旧知の男は、とうに六十を超えて年相応に老け込んでいた。それに対して父は全く変わらない若々しさを維持している。それがあまりにも異常であると騒ぎたてたのだ。

個人で不審がる程度では大したことはないが、その男は噂話を広めていた。父が写っている大昔の写真を持っていたのだ。姿が変わらないのだから、それが父であることは誰が見ても一目瞭然だった。

私達が住んでいる町は田舎だったので、狭いコミュニティでの噂話はあっという間に知れ渡ってしまった。

さらには、父が教授を務めていた大学にまで話が広まってしまったのだ。父の異能は、そうやって白日の下に晒されていった。

父に向けられた周囲からの奇異の視線。妖怪だ化け物だと、勝手な解釈が広がっていく。

現代において、異能力を持っていることに気付かれてしまうことはこんなにも危険で残酷なのかと、憔悴していく父を見て私は震えた。

端正な顔を歪ませて、父は静かに絶望していた。ただ生きているだけでなぜこうなるのだろう、と。

「なぁ紅葉……」

雑巾を絞り切ったような乾いた声で、父が私に向けて呟いた。

私は耳を近づける。

「何？　お父さん」

「他人に勝手に解釈されるというのは、吉から凶まで様々だな。こういう現実があることを、覚えておかなくっちゃあな……」

「……うん」

私は床に視線を落として、静かに返事をした。

……父が不老不死の異能力を持っているのは紛れもない事実だ。それを知ってどう感じるかは人それぞれで、自分にとって都合の良くない解釈をする人も中にはいる、ということを言いたいのだろう。

腑に落ちる話だった。他人を面白がって化け物扱いをするような、愛のない解釈をする人間が世の中にはいるのだから。

私は暗い雰囲気を払いたくて、掌を合わせて父に笑顔を向けた。

「そうだ、お父さんもうすぐ誕生日だよね？」

「……そういえばそうだったな」

父が無表情のまま壁に掛けたカレンダーに目を向ける。自分の誕生日が近いことも忘れていたようだ。

「最近外に出ていないし、その日は何か美味しいもの食べにいかない？」

「でもな、外に出ると……」

父がカーテンを閉めたままの窓を睨む。

このまま精神をすり減らし続けると、父がどうなってしまうかわからない。私は父を元気づけようと、背後に回って両肩に手を置く。

「こっそり行けば大丈夫だよ。ね？　いいもの食べて元気出そうよ」

「……そんなこと言って、紅葉が食べたいだけじゃないのか？」

「ばれた？」

私が悪戯っぽい笑みで返すと、父もわずかに口角を上げてふっと笑った。久しぶりに見た顔だった。

「わかった。紅葉がそこまで言うのは珍しいしな」

「約束ね」

「ああ」

良かった。心の底から安堵した。父は私との約束を破ったことはない。これで大丈夫だろう。この場所にいるのが辛いなら、いっそ引っ越しを薦めてみるのもいいかもしれない。その時にでも話してみよう。

約束のおかげで気持ちも晴れたので、私は気分が良くなって台所に食べ物を漁りに向かった。

「……すまない。少し出てくる」

窓の外を見ていた父が、ふとそう言った。外套を羽織りながらすたすたと部屋を出ていく。私は玄関まで追いかけて、父の背中に向かって「気を付けて」と声を掛けた。


それから、父は帰ってこなかった。

大学にも顔を出していないようで、私には居場所の見当が付かなかった。何かあったのだろうかと心配しつつ、何が起きても死ぬことはない父なのだからと少し楽観視もしていた。

しかし、一週間経ってから異変があった。

朝、私が目を覚ますと、異常なほど身体の調子が良かった。

ずっと悩まされていた肩凝りもない。昨晩気になった指のささくれも消えている。六時間ほどしか寝ていないのに、頭は晴れたキリマンジャロのように清々しい。

良いこと尽くめの寝起き。しかし同時に胸中に何かが湧きだしていた。少しずつ溢れる水のように、じわりと何かが出てくる感覚。

未知の感覚を不思議に思いながら両の掌を眺めていると、不意にインターフォンが鳴った。

まだ朝の六時だというのに、誰だろうか。私は自室からリビングに移動して、テレビモニター越しに応対する。

そこに映っていたのは、いかにも老紳士という髭を生やした白髪の風貌の男性と、小学生ぐらいの少女だった。どちらも知らない人物だ。

「朝早くにすみませんなぁ、冷堂青紫さんはご在宅かな?」

私がモニター越しに挨拶すると、男性はそう言った。青紫は父の名前だ。また父を面白がって冷やかしにきた人かと思い、さっさと不在を伝えようと思った。

「父は………」

答えようとした瞬間。私の胸中に湧いていた何かが形になった。

私は開きかけていた口を噤み、目を見開いてはっとする。

「おーい、どうかされましたか?」

モニターフォンの向こうでは、老紳士が不審がっている。

私の頬を、一筋の汗が伝う。

私はなぜか、今、父がどこにいるのかわかった。その情報が瞬時に頭に流れ込んできたのだ。

行かなくてはならない。父を迎えに行けるのは私だけだ。

私はモニターフォンを切る。すぐに服を着替え、身支度を整えて外に出た。

玄関の前には老紳士と少女が立っていた。しまった、何も言わずにいきなり通話を切ったのだから当然だ。

「おぉ、ひょっとして教授の娘さんかな？　大きくなったねえ」

「すみません、私、父のところに行かないといけなくて……」

話しながら老紳士の顔をよく見ると、どことなく懐かしさを覚えた。大きくなったと言っているし、ひょっとすると私が幼い頃に会ったことがあるのかもしれない。

横に立っていた少女は私に人見知りしているのか、老紳士の背後に隠れている。

「それはちょうどよかった、実は私も冷堂教授に用がありましてのぉー、よかったら送りましょうか」

髭を触りながらはきはきと喋る。

どうやら、老紳士はここまで車で来たらしい。家の前の路上にハザードランプを焚いて駐車している。

記憶にない男だったので一瞬躊躇したが、どうも父の知り合いで私とも会ったことがあるようだし、悪い人物には見えない。

何より今は時間が惜しかったので、私は頭を下げて車に乗せてもらった。

後部座席に座り、運転する老紳士に道を教えながら進む。その間も、胸の中に溢れてきた情報が頭に流れて、私は気分が悪くなりそうだった。

運転中、老紳士は私に軽く自己紹介をした。名前は外海。隣に座っている少女の名前はエレインというらしい。


「教授はこんなところにいるのかい……？」

外海は私が指定した場所に着くと、運転席の窓から外を見て驚いていた。

到着したのは見るからに廃墟だったからだ。私も来るのは初めてだが、外に掛かっている錆びついた看板を見る限り、元々は喫茶店だったようだ。

とにかく私は、父がこの場所にいるということを感じ取っていた。私と外海とエレインの三人で車を降りて、店の入り口から中に入る。

軋んだ音が鳴る扉を開いて中に入ると、埃まみれの店内にエレインが顔をしかめていた。

「誰もいなさそうだが……」

店の中を見渡した外海が呟く。大きな店ではないので、入り口からでも店内のほぼ全てが視認できた。

私は焦る。おかしい、確かにここに父がいるはずなのに、と。

その様子を見ていた外海が、唐突にエレインの頭に手を置いて、優しく語り掛け始めた。

「エレイン、このお店の中に男の人がいるかどうか、視えるかい？」

「うえー、早くここ出たいんだけど」

エレインは汚い店内が不快なようで、べーと舌を出している。

「視てくれたらすぐにでもここを出るさ。よろしく頼むよ」

「もう、わかったわよ」

おじいちゃんのわがままを聞いてあげますよ、と言わんばかりの不遜な態度だった。

視る、とは何だろう？　私には意味がわからないまま、エレインは数秒の間、目を閉じた。

エレインがかっと目を見開く。頭を動かして、店の天井から床まで、四方八方に視線を向けている。

彼女には一体、何が視えているのだろう？

視線が止まり、エレインは床をじっと見つめていた。小さな人差し指を埃まみれの床板に向ける。

「床の下で、男の人が座ってるわよ」

「地下ってこと……？」

私は座り込み、フローリングの木目を見ながら呟く。

床の下に父がいるということは、この店のどこかに地下に繋がる通路があるのだろうか？

「ここから入れるみたいよ」

エレインはカウンターの内側に入っていき、床をこんこんと踵（かかと）で踏みつけて教えてくれた。よく見れば、床には小さいが取っ手のような物が付いている。外海がそれを持ち上げると、地下に続く階段が現れた。

「……電気が通ってる……？」

私の声が地下に反響していく。

地下に続く白い階段を覗き込むと、下の方まで明るいことが確認できた。なぜか照明が点灯しているようだ。

「私が先に行こう」

外海が踏みだし、私とエレインもそれに続く。怖がっているのか、エレインは私のスカートの裾（すそ）を摑んでいた。

階段を下り切ると、白い壁に挟まれた通路が真っ直ぐ伸びている。それを少し進むと扉があった。

金属製で重厚な雰囲気が漂う扉だ。猛獣を閉じ込められそうな頑丈さが見て取れた。

外海が扉の取っ手を摑んで動かすが、押しても引いても微動だにしなかった。どうやら施錠されているようだ。

「この扉の向こうにいるわよ、男の人。倒れてるみたいだけど……」

私の後ろに隠れながら、エレインが言う。

「中にいるのは冷堂教授なのかい？」

「ええ、そうだと思います……」

外海に聞かれ、私は答える。なぜか私には、父がそこにいるという情報が頭の中にあるのだ。

私の言葉を受けて、外海が扉をガンガンと叩いた。金属の音が地下に響き渡る。

「教授、そこにいるのか？　返事をしてくれ！」

しばらくそうしていたが、一向に返事はなかった。金属の扉を思い切り叩いていたからか、
外海は手を摩（さす）りながら肩で息をしている。

「これは、あまり良くない状況かもしれないな。説明が難しいが、警察に相談してみよう」

「……信じてもらえるでしょうか？」

私は顎に手を当てて訝しむ。

エレインは、父の『不老不死』と同じ特殊な能力——異能力を使用して中に人がいると確信したのだということは、何となく察している。

加えて、中にいるのが父であるというのも私だけが理解する感覚的なものだ。警察の人にうまく説明できるだろうか。

「私が話してみる。一旦外に出よう」

階段を上り、喫茶店から外に出る。外海は携帯電話を取り出して、警察に連絡をした。

駆け付けた警察によって、地下の扉はバーナーで強引に切断して開かれた。中にはやはり父がいた。

見た目は綺麗なまま。衣服が多少乱れている以外は、家を出て行った時と何も変わらない格好だった。ただ、脈は動いていないし呼吸もしていない。

父は死亡していたのだ。

遺体を運ぶ救急隊員が、担架に乗せた父の顔を私に見せる。父の顔は綺麗なままで、傷一つ付いていなかった。

顔を見た瞬間、私は理解する。また、頭の中の情報が形になった。

不老不死には私にも知らない何らかのルールがあり、父はその条件に則って死亡したのだと。

不老不死の死。矛盾しているようだけれど……。

そして父が死んだことで、不老不死の異能力は娘である私に引き継がれたのだ。

不老不死の身体は傷も病もたちどころに治る。心臓が潰れようが、首を切ろうが死ぬことはない。今朝から私の身体がすこぶる快調なのは、異能力者になったことの証しだった。

父の顔を見て凍り付いた私の頰を、涙が伝う。エレインは心配そうな顔で私の手を握り、外海はそっと肩に手を置いていた。

私の元に届いた死体検案書には「不詳」の文字が並んでいた。

死体には外傷もなく、身体の内側にも何の異常もない……ということが逆に異常だった。どうして死亡したかが全くわからないのだ。

父の死因が明らかになることはなかった。

発見された場所については、廃業した喫茶店であるということ以外は誰が使用していたのかすら判明しなかった。

ただ、地下室の扉は内側から閂(かんぬき)が掛かっており、部屋の中には窓も無く外からの出入りは不可能な状態。いわゆる完全な密室だった。

うつぶせに倒れるように死んでいた父の傍(かたわ)らには、直筆と思われる遺書が落ちていた。

密室での死であるということと遺書が発見されたことで、この件は死因が明確ではないにも拘(かか)わらず自殺として処理された。

遺書は、要約すると「自分の秘密が知られたことに耐え切れず死を選びます」という内容だった。

不老不死である父がなぜ死んだのか、今以て私にはわからないままだ。

父は、自分の異能が周囲に気付かれてしまったことが辛(つら)くて、何らかの方法で自殺し私に不老不死を継承させたのだろうか?


まるで、愛していたはずの父親からババ抜きのババを押し付けられたようだった。

そう考えてしまい、私は最悪の気分になった。

何を信じればいいのかわからないし、この先どうすればいいのかもわからない。

私は高校に通うのも辞め、家から出ることもなくなった。何をしたらいいのかわからなくて、ただただ部屋の隅で座っていた。


自宅で塞ぎ込んでいた私に手を差し伸べたのは、外海とエレインだった。

「あんたの名前、モミジっていうのね。おじいちゃんから聞いたわ」

膝を抱える私に、エレインはぶっきらぼうに語り掛ける。おじいちゃんというのは外海のことだろう。

「…………」

私は何も答えなかった。

一日中、部屋の隅に座り込んで黙っていたから、声がうまく出せない。ただ虚ろな目で、エレインの顔を見上げる。

「美人が台無しねー」

私の頬を、小さな両手で挟み込んでくる。掌の体温がじんわりと伝わって、なぜか涙が出てきた。

「あっごめん」

私が泣いてしまったのを見て、エレインは慌てて手を放して後退った。悪いことをしてしまったという顔をしている。

そんなエレインの頭に外海が掌を乗せて、静かに話し始めた。

「……なぁ紅葉さん、君が良ければうちに来ないかい？」

「…………」

無言で涙を流し、何も答えない。そんな私に外海はぽつりぽつりと話し出した。

彼は孤児院を経営しているらしい。エレインもそこで暮らす孤児の一人だという。

私のような親がいなくなった子供や、迫害されてしまった異能力者も何人かいるらしい。

父が不老不死であることを外海は知っていたので、私はそれを引き継いだことを彼には話している。そのため、周囲に異能力が知れ渡ったことを苦に自殺してしまった父と私が重なり、今後が心配だ、と語った。

外海の心配はもっともだった。私はもう、この不老不死の身体で外に出るのが怖くてしょうがなかった。

「死ぬことは無いとは言え、永遠にここで閉じこもっていても何も良くはならないよ。……どうかな?」

外海はそう言って、何も喋らない私の返事を待つ。

流れていた涙が乾き始めた時、エレインが再び私の前まで近づいて、小さな手で掌を握った。

「ねぇ、私、早く帰ってドラマが見たいの。モミジも一緒に見よ?」

「………え」

私は呆気（あっけ）に取られて、思わず声が出た。その様子を見て、外海が笑う。

「そうだな、まだ観てる途中だったな。なんてタイトルだったか……」

「『大和撫子（やまとなでしこ）』!」

「おお、そうだったそうだった。面白いが、あんなに金にがめつい女にはなって欲しくないもんだなぁ」

元気よくタイトルを言うエレインに、外海が相槌を打つ。楽しそうな雰囲気だ。

そのドラマなら、私も知っている。エレインは八歳らしいが、楽しむには少し早いような気もする。

「………最近の八歳は、ませてるわね」

私は涙声で笑って、エレインの頬に手を添えた。

生家を離れ、私は外海が営んでいるという孤児院に移り住むことにした。

孤児院は元々住んでいた田舎よりとても辺境の地にあり、周囲にはコンビニどころかお店の一つすらない。自然には囲まれているものの、はっきり言って不便な立地だった。

芝生の大きな庭に囲まれた立派な洋館を見上げていると、まるで外国に来たような気分になった。

私と外海とエレインが大きな入り口を潜って中に入ると、数名の子供達が出迎えた。私より年下の子が多いようだ。

「おかえり、お姉ちゃん」

「メアリン、ただいま～」

存在感が妙に儚げな少女が、耳を澄ましてなんとか聞こえるようなか細い声でエレインに話しかけている。顔立ちも似ているように見えるし、ひょっとして妹だろうか？

「お帰りなさいませ」

「あぁ、ありがとう三鷹（みたか）」

黒い燕尾服（えんびふく）を着た初老の男性が外海の荷物を受け取る。細やかで品がある所作で、いかにも有能な執事といった印象を受けた。

外海は、食堂に子供達を集めるよう執事に命じていた。執事はすぐにその場を離れ、ぱんぱんと手を鳴らしながら施設の中にいる子供達に声を投げかけている。

長い机が並ぶ食堂に、ずらりと施設の子供達が並ぶ。外海は今日からこの施設に仲間が加わるということを皆に説明し、私は自己紹介をした。

「…………私の名前は、冷堂紅葉です」


孤児院での生活はのんびりとしたものだった。

学校に通っている子供もいたが、私は不老不死の発覚に恐怖を感じていたので、外に出ることはなかった。

ただただ部屋に引き籠もる生活。徐々に気持ちが落ち着きショックから立ち直ってはきたものの、あまり他の子供達と接することもなかった。

本を読んだり、テレビを見たり、映画を見たり。長い時間をほとんど娯楽に費やして、ひっそりと生きていた。

エレインだけは私に構ってくれたので、やがて私と仲の良い友達になった。妹のメアリンも一緒だ。

二人とも私より年下だったが、気兼ねなく接することのできる大切な存在だった。ずっと一人で楽しむだけだった娯楽が、彼女達と共有すればより一層面白く感じられた。

孤児院での生活を始めて数年が経つと、私は父の死に改めて疑問を感じ始めていた。

父が不老不死のことで悩んでいたのは確かだ。

何らかの方法で自殺し、私に異能力を引き継いだというのも考えられない話ではない。けれど、私にはどうしても違和感があった。明確な根拠があるわけではないが、胸のあたりに何かが引っ掛かる。

父は家を出る直前、私と誕生日に食事に行く約束をした。普段は約束を破らない父が、その直後に自殺するとはどうしても考えられなかった。

仮に父の死が他殺だとすれば、あれは紛れもない密室殺人だ。不老不死を殺すことのできる何らかのルールを利用し、誰かが父を殺害したということだ。

そして父を殺した方法は異能力ではない。孤児院で過ごす内に、私は異能力者や異能力を使用した痕跡(こんせき)を匂いで感じ取ることができるようになっていた。

父が死んでいた現場には、異能力の匂いは残っていなかったことをはっきりと覚えている。誰かが異能力を使って殺したのではなく、あくまで普通の人間に可能な何らかのトリックを使ったのだ。

私はいつかその謎を解き明かしたいと考えるようになった。

父の密室の秘密を明らかにしてくれる、探偵のような人がどこかにいるのかもしれない。私は探偵小説を読み漁りながら、淡い期待を抱いていた。

やがて、八年が過ぎた。

外海は百歳を迎えた。ベッドの上で寝て過ごす時間も多くなったが、お金を持っている彼はレベルの高い治療を受けて今日まで生きてきた。

だが、年齢の桁が上がり、限界を迎える。

私と会った頃よりもやせ細った外海は、病院のベッドに横たわっていた。

隣に座る私は、八年前と何も変わらない姿だ。

「紅葉に渡すものが、あるんだ」

ぷるぷると小刻みに震える腕を動かして、私の手を握りながらゆっくりと言った。私は彼が言い終わるのをずっと待っていた。

彼は、所有している資産の一つ、マンション一棟を丸々私に譲渡するのだという。

そこの一部屋に私の住居を構え、マンションの管理は管理会社に任せ、家賃収入を生活費に充ててくれ、ということだった。

自分が死んだ後の私の生活を慮ってくれるとは、頭が下がる思いだった。

「ただ、一つだけ条件がある」

彼は人差し指を立てて、私の目を真っ直ぐ見ながら言った。

「私の知り合いがやっている私立の高校がある。そこに通うんだ。今からなら、二年生のクラスに編入できるらしいから、手続きは三鷹がやってくれる」

「え……」

予想外の条件に困惑した。

私も八年前までは普通の高校に通っていたが、父が亡くなったのをきっかけに退学している。

今更私が高校に通う？　どうして？　と私は訊ねた。

「私がいなくなってしまった後の紅葉のことを考えていてね。人との関わりが必要だと思ったんだ」

彼は、私の手を握る。恐らく、今の彼が出せる精一杯の力で。

「冷堂教授が亡くなってから、私はずっと紅葉のことが気がかりだった。どうにかして君にも、人並みの幸福を得て欲しいと……」

次第に彼の声が苦しそうになり、言葉が途切れていく。私の手を握る力も、震えとともに、弱くなっていく。

「私の人生を振り返ってみると、一番思い出すことが多いのは学生時代のことだったよ。そこでできた友人が一生の友にもなった」

握られた手の温かさを感じて、私の脳裏に父との思い出が浮かび上がる。

「寿命を十年削ってでもいいから、もう一度あんな体験がしたいと思ったぐらいだよ。だから紅葉にも、そんな青春を過ごして欲しいと思ってね……」

外海も、今や私の父親のような存在だ。彼から感じる親心は羽毛のように柔らかく、温もりがある。

気づけば私は、泣いていた。大きな涙が溢れて、彼の手の甲に雫が落ちた。

「いつも冷静なのに、泣き虫だな、紅葉は……」

徐々に、彼の目の焦点が合わなくなる。顔からは血の気が失せ、体に力が入らなくなり、手が離れていく。

「みんなが幸福に満ちた人生を歩むことを、祈っているよ……」

それが彼の……、私の恩人、外海雪雄(ゆきお)の最後の言葉だった。

＊

深夜、窓から差し込む月明かりが照らす部屋の中。布団の上で向き合い、冷堂の頭を撫でながら彼女の話を聞いていた。

全て話し終える頃には、冷堂の涙もすっかり乾いていた。

「……私は、外海さんにもらったものが壊れてしまったのが辛(つら)くて、天内くんに頼りました」

冷堂の異能力が発覚したことで、クラスの人間から奇異の視線を向けられていたことを思い出す。父親のことを考えると、それは彼女にとって大きな問題だ。

そして外海という男が冷堂に最後に贈った、高校での生活。それが台無しになってしまった。

だから、彼女は涙を流していたのだ。

冷堂は呟くように言葉を紡ぐ。

「……よく考えると、すごく自分勝手なことをしてしまいました。天内くんが異能力を使わなくなったきっかけを聞いていたのに、いきなり時間を戻してもらったんですから」

「……それは、別にいいよ。気にしないでくれ」

異能力を使わないようになったきっかけ、過去の後悔はもちろんある。けれど、恐らく俺は冷堂の思いを知れば異能力を使って時間を逆行しただろう。

彼女を救いたいと思ったはずだ。

「それに、冷堂は死んでたわけじゃないからな。死ぬはずだった人間の未来を変えたんじゃなくて、異能力がみんなにバレるのを防いだだけだ。昔とは全然状況が違うから、大丈夫だろ」

「……ありがとうございます」

彼女は礼を述べながら、俺の背中に手を回して、身体を寄せた。そして、胸に顔を埋めるように抱き着いた。

え⁉

俺は思わず硬直した。身動き一つ取れなかった。冷堂の頭から、俺と同じシャンプーの香りがする。

柔らかい身体のあちこちが触れ合ってしまっている。なんというかボリュームがすごい。み、密だ……！

「この匂い、なんだか懐かしくて、落ち着きます」

冷堂は俺の胸に顔を埋めて、嬉しそうにそう言った。匂いを嗅いでいるのか……。

……そういえば冷堂は、異能力者は匂いでわかると言っていた。俺はしばらく異能力を使っていないので薄まっていたが、今回の件で発動したことで濃くなったのだろう。たしか、最初にそのことを聞いた時、俺以外にも異能力者に会ったことがあるからと言っていたはずだ。

ああそうか……。

冷堂が会ったことのある異能力者というのは、父親とエレインという親友の女の子や、孤児院にいた子供達のはずだ。

嗅ぎ分けられるということは、異能力者は同じ匂いを発しているということ。

彼女にとっては、大切な人達の懐かしい匂いなのだろう。

七月九日（土曜日）

翌朝。外からちゅんちゅんと鳥の鳴き声が聞こえて、はっと目を覚ます。

俺は冷堂の横に寝転がる形だったので、敷布団も無しにカーペットの上で眠ってしまった。

体が石のように硬くなっている。身を起こそうとすると腰が痛い。

夏なので、風邪（かぜ）を引くような気温でなかったのは不幸中の幸いだった。

テレビ台に置いてある時計を見ると、時刻はちょうど午前六時になったところだった。夏の朝日で、この時間でもすっかり明るくなっている。

冷堂はまだ静かに寝息を立てて眠っている。ちらりと顔を見ると、自分の家のように安心しきった寝顔だった。

……こうやって改めて顔をまじまじと見ると、冷堂って本当に綺麗だな。顔が小さいのに目は大きくて睫毛（まつげ）は長いし、眉（まゆ）も鼻も口も全てのパーツが整いすぎている。不死の異能力で肌がダメージを受けることがないためか、表面が真っ白で綺麗さが尋常ではない。どんな感触なんだろう。頬とか突（つつ）いたらさすがに起きるかな……。

視線を下に動かすと、寝相で動いた時に服の裾が引っ張られて上がってしまったのか、へそのあたりまで肌が見えてしまっている。お腹が冷えるかも、と思ったが、その辺りも不死だから大丈夫なんだろうか？

冷堂はお腹を見られるのをやたらと恥ずかしがるので、普段はこんなに堂々と見ることはできない。悪いことをしているとは思いつつも目線が吸い寄せられてしまうので、俺は恐る恐る冷堂の腹部を観察した。

真っ白なお腹が、呼吸する度にわずかに上下している。

顔と同じく、腹部の肌にも傷や汚れが一つもない。ここまでくると陶器の芸術品のようだ。

別に数多くの女の子のお腹を見てきたわけではないが、冷堂には贅肉（ぜいにく）があるようには全く見えない。具体的にウエストのサイズまではわかりはしないが……。

………触ってみたら意外とぽよぽよしてたりするんだろうか………。

一瞬、お腹をつっついてみたくなる衝動に駆られたが、本気で怒られそうなのですぐに考え直した。俺の頭の中の冷堂が「殺しますよ」と言っている。

胸を見られてもへっちゃらなのに、太っているわけでもないお腹や脚を見られるのを恥ずかしがるって不思議だよな、冷堂って。

とりあえず、お腹が見える状態になっていたことを知ったら冷堂はショックで青ざめそうなので、上から布団を掛けておく。

冷堂を起こさないようにゆっくりと立ち上がり、俺はキッチンに移動した。

昨晩ほとんど冷堂に食べられてしまったが、最低限の材料は残しておいたので、朝食を作ろう。冷蔵庫の横に引っ掛けていたエプロンをつけて、卵や味噌（みそ）を取り出した。

調理を開始すると、匂いにつられたのか冷堂も起床したようだ。寝ぼけ眼（まなこ）で居室の扉を開けて、おはようございますと気の抜けた声で挨拶をした。

「朝ご飯、もうちょっとでできるから顔でも洗っていてくれ。タオルはそこの引き出しにあって、洗面所は浴室の中だ」

「ふぁい」

寝起きでうまく発音できてないまま返事をして、冷蔵庫の横にあるボックスからタオルを出す。可愛いな、おい。

バシャバシャと洗顔の音が聞こえた後、冷堂は顔を拭きながら浴室から出てきた。

「…………あの、天内くん……」

「どうした？」

「……き、昨日は……、ありがとうございました……」

目から下をタオルで隠しながらお礼を告げる冷堂は、今まで見たことがないほど顔が赤くなっていた。耳まで染まっていて、タオルで隠しきれていない。

そのまま逃げるように、小走りで居室へ行ってしまった。

冷堂からすれば年下の異性に抱きついて一晩を明かしたわけで、冷静になってみればとんでもないことをしてしまったと慌てるのもしょうがない。

……俺も恥ずかしくなってしまい、しばらく顔の熱が引かなかった。よく考えたらものすごい一夜だったな……。

七月九日（土曜日）　十二時

この日は学校は休みだが、文学研究会の部員に連絡して旧校舎の部室に集まってもらうことにした。それに加えて、先日連絡先を交換した芦原も呼んである。

冷堂は一旦自宅に帰って着替えを済ませると、俺と一緒に学校へ向かう。旧校舎の廊下を通って部室の扉を開けると、既にカルバンと塩江は到着していた。机に座って、二人とも無言で本を読んでいる。

塩江は『向日葵(ひまわり)の咲かない夏』というタイトルの文庫本を読んでいる。俺は読んだことがないが、夏らしい選出の題名だ。

カルバンは相変わらずライトノベルを読んでいる。修羅場がどうこうと表紙に書いてあるが、どろどろした恋愛物なのだろうか。

……無表情で本に目を落とすカルバンを見て、時間を戻す前のことを思い出す。なぜかこいつは、拳銃を所持していたのだ。今もジャケットを羽織っているので、腰に隠しているのではないだろうか。

あの銃について問(と)い質(ただ)しても、カルバンは前の時間軸と同じように黙秘するだろう。今は、そのことは置いておくしかない。

俺と冷堂に気づくと、二人は栞(しおり)を挟んで本を閉じた。

「ようナイアマ」

「冷堂さん、おはようー！」

俺達がその挨拶に返事をしたところで、最後の一人、芦原も到着した。

「みんなおはよ。うわ～ここ初めて入ったけどこんなんなってんだね」

部室の中を見回して芦原がそう言った。彼女は水泳部員なので、もう使われていない旧校舎に来たことはなかったのだろう。

芦原は俺の横にいた冷堂の前に立ち、その顔をじーっと見つめ始める。どうしたのかと思ったが、よく考えたらこの二人は初対面か。

「……おーー、レイドーちゃん、だよね。噂通りすっっっごい美人じゃん！　やっばいやっばい」

「よろしくお願いします、芦原さん」

「ヨロシク！　ねえねえねえねえ、レイドーちゃんのそれって、つけま？」

芦原が冷堂にズイズイズイと、眼前まで顔を近づけて睫毛を見ながら聞いた。いきなり距離が近すぎて、冷堂は若干後ろに下がる。

「いえ、そういうのは特には……」

確かに、昨日うちに泊まったわけだけど、そういうメイクはしてなかったな、冷堂。

なんだか芦原のノリに冷堂がたじたじになっていて、ちょっと面白い。

「睫毛超長いじゃん！　あーしにも3ミリぐらい分けてほしい！」

「いや伊代ちゃん、初対面なのにグイグイいきすぎでしょ、冷堂さん困ってるよ」

興奮する芦原の肩に、ぽんと塩江が手を置いてなだめる……。

「伊代ちゃんが睫毛なら、私はおっぱいを分けてもらおうか、フフフフ」

「えっ」

と思ったら、塩江は口角を三日月のように歪ませ、右手をわきわきして悪ノリしていた。

そう来ると思ってなかったのか、冷堂は目を丸くして両手で胸元を隠している。

「蜜柑ちゃんのエーエンの悩みだもんねえそれ」

「うぐ……」

芦原に図星を突かれ、塩江が苦い表情をする。そんな悩みがあったんだな。さぞ冷堂が羨ましいことだろう。

「……お二人も可愛いですよ。これからですこれから」

「く～～大人の対応～～～！」

冷堂は冷堂で（実年齢が）年上故の余裕を見せて躱していた。塩江が拳を握って唸っている。

なんだか楽しそうだ。

「……ナイアマと俺、存在が忘れられてねえか？」

「割と真剣な話をしようと思って呼んだんだけどな、俺は」

名残惜しいが、話が長くなりそうだったのでひとまず女子トークは切り上げてもらい、適当な席に着いてもらうようお願いした。

各々が机に座ったところで、俺は声を掛ける。

「……いきなりだけど、俺はこの学校で起こった事件を解決したいと思ってる」

机に両手をついて、なるべく真面目な表情で伝えた。冷堂は俺の横に座り、澄ました表情をしている。

「……ってぇと、ナイアマのクラスのムラササが体育館で殺されたって事件か」

カルバンが腕を組みながらそう言ったのを受けて、俺はカルバンと塩江と芦原に『体育館の密室』と『更衣室の密室盗難』について、ホワイトボードに書き込みながら説明した。なんだか警察の捜査本部みたいだな。

笹村が下着を握って死亡していた事件と、その下着が宮川の物であり、更衣室から盗み出すことが難しかったという話だ。

もちろん、冷堂が襲われた『文学研究会の密室』についての内容は一切伏せておく。不老不死がバレるわけにはいかないので、あの事件は表沙汰にはできない。

カルバンがホワイトボードを眺め、笹村の死体を表現した図をじっと見つめている。

「なぁ、その……ムラササがガワミヤのブラ握ってたってのはマジなのか？　意味がわからねぇんだが……」

「にわかには信じがたいっていうのはよーくわかるんだが、事実だ」

俺が答えると、頬杖を突いて呆れたような表情で塩江が言う。

「意味不明な状況だねー。笹村がいくらスケベでもブラを握って死ぬって。そもそもどうやって手に入れたんだって話だね」

密室殺人の話ではあるのだが、状況が状況だけに冗談みたいというか、バカっぽい雰囲気になってしまう。

「これ、愛ちゃんのブラを盗んだのは笹村ってこと？　こわー……」

芦原がドン引きしながら言い放つ。

未だに下着を握っていた理由はハッキリしていないが、盗難を実行したのは笹村でないということは確実だ。

盗まれたのは宮川のクラスが水泳の授業を受けていた時間だが、同時刻は笹村は俺と体育館で授業を受けていたのだから。それを説明すると、芦原は「そっか」と納得していた。

「そん時は俺も水泳受けてたけどよ、怪しい動きをしてる奴なんていなかったがな」

カルバンもB組だ。宮川、塩江、芦原とは同じクラスなので、盗難があった水泳の授業も一緒に受けている。

「しかしまぁ、面白そうじゃねぇか。俺達で密室の謎を解いて犯人を見つけ出そうってか？　嫌いじゃないぜ」

「天内まで事件のこと調べてるんだね……」

ぱん、と掌で拳を包んで意気揚々とした様子のカルバンに対して、塩江は聞こえるか聞こえないかという程小さい声でぽつりと呟いた。天内まで、とはどういう意味だろう?

カルバンが協力的な姿勢を見せているのも意外だ。

数ヶ月前、笹村とカルバンは殴り合いの喧嘩(けんか)をして停学になっている。二人の距離感や温度感はわからないが、あれ以来、話をしているところを俺は見たことがない。この件についてはカルバンには微妙な態度を取られるのではないかと思っていた。

相変わらず、何を考えているのか読めない。

「……で、なんであーしが呼ばれたん?」

芦原が挙手をして、俺に訊ねる。

「ああ、これから更衣室の調査をしようと思ってな。水泳部の芦原の協力があった方がいいかと思って」

「なーる」

悪いな、と俺が詫びると、全然いーよ、と芦原はにひひと笑った。

「あんまり愛ちゃんにしんどい思いさせたくないしねー、ねっ蜜柑ちゃん」

「まぁそうだけど、割といつも通りのふにふにした感じだけどね愛ちゃんは」

芦原と塩江のやり取りを見て、宮川を含めたこの三人が親友だったという話を思い出す。気の置けないやりとりから、仲の良さが窺えた。

宮川ものほほんとしているように見えて、冷堂が殺されたと知った時は相当にショックを受けていた。あの時の顔を思い出すと、また同じことを繰り返さないようにしなくては、と思う。

「そういうわけで、今から二手に分かれて調査をしようと思う」

「おぉ〜、なんかドラマっぽくなってきたね！」

塩江が高揚してそう言った瞬間、突然、部室の扉が勢いよく開かれた。普段この旧校舎の三階にわざわざ来る人はいないので、思わぬ音にびっくりした。

入り口を見ると、俺のクラスメートの奥原が立っていた。シルバーアクセサリーをぶら下げたチャラそうな見た目の男で、塩江の彼氏だ。

ジャージを着ているので、恐らく部活が終わったところなのだろう。奥原はテニス部に所属している。

奥原の姿を見て俺は思い出した。そういえば、奥原は前回の時間軸で俺を犯人だと決めつけて殴りかかってきたのだ。

『天内まで事件のこと調べてるんだね……』という先ほどの塩江の台詞（せりふ）を思い出す。あれは、犯人捜しをする奥原と俺を重ねたのだろう。

「よっ、天内。蜜柑、一緒に帰ろうぜ」

そう言われて、俺も、よう、と適当に返事をした。どうやら彼女である塩江を迎えにきたらしい。

疑われるようなことがなければ、俺と奥原はただのクラスメートだ。それなりに会話もする。

だが、俺には殴られた記憶は残っている。正直、腹立たしいところはあるが、深呼吸をして気持ちを落ち着けた。隣に座っている冷堂がそれを察して、俺の背中をぽんぽんと叩いた。

奥原は前回の時間軸で、体育館で笹村が殺された事件と旧校舎の部室で冷堂が殺された事件、両方の第一発見者になっていたために俺が怪しいと考えていた（正確には笹村の事件の第一発見者は山内絵美なのだが）。

時間を戻したことで冷堂の事件が発覚していないので、今は俺を疑ってはいないのだろう。

「お、これって……」

「あ、鷲雄くん、これはね！　なんでもなくてー！」

奥原が、事件について情報をまとめたホワイトボードに目をつけた。慌てて塩江が取り繕っている。

「……お前らも笹村の事件のこと調べてるのか」

途端に、奥原は険しい顔になった。被害者の笹村とはかなり仲が良かったために、事件のことを聞いて平静ではいられないのだろう。

「ハラオクよぉ、お前はなんか心当たりねえのか？　ムラササを殺す動機がある人物によ」

カルバンが奥原に訊ねる。ハラオク＝奥原だ。

せっかくの質問だが、奥原は何も知らないはずだ。無関係な俺を犯人だと思い込むぐらいなのだから。

「……俺が聞いた話じゃ、笹村は宮川のブラを握ってたらしい。それって普通に考えたら宮川が怪しいよな」

……驚いた。奥原もそのことを知っていたのか。今日呼んだ皆は知らない様子だったが、予想以上に事件のことは調べているらしい。ストレートに宮川のことを怪しんでるのはどうかと思うが。

「もういいから、鷲雄くんは帰りなよ～！　送ってくから、ね！」

話題を嫌ったのか、塩江が奥原の背中を押すようにして部室を去っていく。

「………………」

塩江にぐいぐいと背中を押されている奥原。二人の様子を、芦原が無言で見つめている。

「どうした？」

「んーん、なんでもないんだ」

俺が声を掛けると、芦原は笑ってごまかした。何を考えていたのだろう？

二人がいなくなると、腕組みをしたカルバンが天井を見上げて唸った。

「……ハラオクの言う通り、ガワミヤが犯人だとすれば更衣室の盗難は解決するよな」

「あんたも愛ちゃん疑ってんのー？　絶対ないって」

「……悪ぃ、そうだな」

芦原にジト目で睨まれると、カルバンはばつが悪そうに詫びた。親友の前でそんなことを言うもんじゃないな、と思ったのだろう。

カルバンの言う通り、宮川は重要な人物で、容疑者の一人ではある。彼女には笹村に迫られていたという動機がある。冷堂が襲われたのも、宮川と話した直後のことだ。

ただし、宮川には笹村の死亡推定時刻である五時限目は授業に出席していたというアリバイがある。同じクラスのカルバンと塩江と芦原も含め、そのアリバイを崩す証拠は今のところ見つかっていない。

「ちなみに、カルバンくんは昨日の放課後は、何をしていたんですか？」

冷堂がいつも通りのクールな態度でそう聞くと、カルバンは何の気なしに答える。

「あぁー、昨日は家で用事があったからよ。部活には行かないですぐ帰ったぜ」

「……そうですか」

＊

鷲雄くんは一緒に帰りたがっていたけど、私はやることがあると言って校門で彼を見送った。

部室に戻ると、今から現場検証を行おう、ということになった。

天内と冷堂さんが体育館、私とカルバンと伊代ちゃんはプールの更衣室の調査だ。

「ほい、更衣室のカギ借りてきたよ～」

一度職員室に向かい、水泳部員の伊代ちゃんが鍵を受け取った。

「今更だけどよ、女子更衣室の中を見るんだよな？　俺も行っていいのかよ」

プールまで移動するために外に出て歩いている途中、カルバンが心配そうにそんなことを言う。

「そうだよねぇ〜、思春期のカルバンには魅惑の空間だよねぇ〜」

「はっ、別にノエシオが着替えてようと何も思わねえけどな」

私がからかうと、カルバンは逆に鼻で笑ってきた。失礼な！

あと、いつも思うけどノエシオって語呂悪い！

その様子を見て、伊代ちゃんがおかしそうに笑う。

「あははは、今日は部活もないし、誰も使ってないから大丈夫っしょ〜」

そうして、私達は学校のプールまでやってきた。無人のプールに、時折吹く風が小さい波を立てている。きらきらと陽光が反射して、夏って感じがする。

伊代ちゃんが懐（ふところ）から鍵を取り出して、慣れた手つきで女子更衣室の扉に差し込む。かちりという音が小さく響いた。

女子更衣室の扉を開けると、まず左手に延びる廊下があり、そこを進んで右側に更衣室が広がっている。廊下を挟むことで覗き見を防止しているみたい。

ロッカーはよくある縦長のタイプで、数は三十個ぐらいある。列は二つに分かれていて、間にはベンチがある。それなりに広いと思う。

全てのロッカーの中にはハンガーと籠が置いてある。ごくごく普通。

「女子側も鍵は掛からねえんだな」

カルバンが適当なロッカーを開き、内側の構造を見る。

ロッカーの扉の内側を見ても外側を見ても、鍵がかかる構造にはなっていない。はっきり言って更衣室の出入りができて人目を掻い潜りさえできれば、盗みを働くのは簡単だ。

「とりま窓、開けてみる?」

伊代ちゃんが上を指で差したのでそちらを向くと、光が差し込んでいる窓がある。かなり小さく、覗き防止のため場所もかなり高い。

高所にある窓は、垂れ下がっている数珠(じゅず)のような紐を引くとガラスが外側に傾くようになっている。閉める時も紐を引っ張る。窓のブラインドなんかによく使われている開閉方法だ。

伊代ちゃんがその紐を引くと、曇りガラスは僅かに外側に動き、カタカナのレの角度を急にしたような形になった。子供でも通れないような隙間(すきま)だ。

ここからの侵入は無理だと、私達はすぐに思った。

「…………」

「どしたのー?」

開いた窓を見て黙り込んだカルバンに、私は呑気(のんき)な感じで呼びかける。

「いや、この窓ってよぉ、人は通れなくても物は通せるんじゃねえか？」

「いやいや、届かないっしょ」

伊代ちゃんがぴょんぴょんと跳ねて窓に触ろうとするが、サッシにも届かない。あっスカートの中が見えそう。

「あ、でもなんか投げたりしたら届くかも」

「ほほう、いい着眼点ですな伊代ちゃん」

私は壁に背中を預け、格好を付けながらドヤ顔でパイプを咥(くわ)える仕草をした。

「ちょっと裏見てみよ！」

伊代ちゃんは私を華麗にスルーして更衣室から出ていった。

建物の裏に回ったようなので、私もそれについていく。

「うーん、窓から投げてもここから落ちちゃうかもねぇ……」

窓の外を見渡して、私はそう言った。

更衣室がある建物の裏、窓の外側は用水路が走っていた。

目算でも幅が三メートルはあろうかという大きな水路だ。用水路を挟んで道路があり、その道路の先は住宅地になっている。

更衣室がある建物と用水路の間には地面が数センチしかなく、子供でも立てないような広さだ。というか、建物と用水路の間に幅なんてほぼないと言ってもいい。

つまり、更衣室の中から窓の直下に落ちるように物を投げたとしても用水路に落ちてしまう。逆に用水路を飛び越えるほどの遠投をするのは、窓の角度のせいでとても厳しい。並大抵の肩ではできないと思う。

伊代ちゃんと私は底が見えないほど深い用水路を見つめる。

「無理くせぇなこれは……」

後ろからついてきたカルバンも、水面を覗き込んでいる。

「あ、でもさー」

伊代ちゃんはさらに何かを閃いたようで、私とカルバンにそれを説明してくれた。

仮に下着を盗んで窓から投げた場合、用水路に落ちるのは避けられない。ならば犯人は、下着を用水路に落とした後、それを回収したのかもしれない、ということだった。

「へぇ、ハラアシ結構頭いいな」

「ども～」

カルバンが感心すると、伊代ちゃんは照れ笑いで返す。

とはいえ、まだまだ穴はある。私は用水路の向こう、住宅街の方を指差しながら、伊代ちゃんに話す。

「……でもさー、この水路かなり流れが速いし、しかも住宅街が横にあるし、ここに落としてから回収するのってかなり難しくないかな?」

「うぐ、そうかも……」

どうやら反論できないようで、伊代ちゃんは顰めっ面になってしまった。

私とカルバンも眉間に皺を寄せながら、建物と用水路を交互に見比べた。

「うぅーん、どうやったって授業中の更衣室から愛ちゃんの下着を盗める気がしないよ」

「みんなの荷物はあーしがチェックしたしね～」

水泳の授業の時、愛ちゃんの下着が無くなっていることを相談されて、伊代ちゃんはその場にいた全員の荷物をチェックしている。そして、誰も愛ちゃんの下着を持っていなかったのだ。

「………なぁ、それってよぉ、ガワミヤの下着を盗んだ奴が、それを身に着けてたから見つからなかったとかじゃあねえのか？」

おおっと。カルバンがとんでもない推理を言い出した。その発想は全くなかったので、私は思わず吹き出した。

「カルバン、名推理～」

「うるせぇ」

囃し立てる私を適当にあしらうカルバン。

質問を受けた伊代ちゃんは、あっけらかんと答えた。

「ちゃんと服の中までチェックしたから大丈夫。あーしマジ頭良くない？」

「………それはマジでスゲェわ」

親友の愛ちゃんのためにそこまでする、伊代ちゃんの行動力に感服するカルバンだった。

その時、空にカキン、と小気味がいい音が鳴り響いた。私達は三人とも、バットで白球を打った音だろう、と瞬時に悟る。

思わず顔を上に向けると、山なりに弧を描いて丸い物が飛んでくるのが見えた。野球のボールだ。

ボールは勢いのままに用水路に落下し、汚水が跳ねる。そのまま昔話の桃のように流れていった。

「…………………………」

用水路に浮かんだ波紋を、カルバンが無言で見つめていた。

「…………………」

そして、そのカルバンの様子を、私は目を細めて見ていた。

＊

俺と冷堂は、体育館の入り口に来ていた。

黄色いテープが貼られている封鎖線の外側から、中に向かって声を掛ける。

「おーい、ミオさーん」

呼びかけると、体育館の運動スペースの中からミオさんが出てきた。空調を効かせていない体育館はさすがに暑いのか、ジャケットを小脇に抱えている。

『体育館の密室』の調査をするため、ミオさんに連絡して現場に入れてもらうようにお願いしたのだ。

「待ってたよハルマくん。じゃあこれを着けてね」

手招きされて封鎖線を潜ると、白い手袋を渡された。俺と冷堂はそれを受け取り、装着する。なんだか宝石商みたいでかっこいい。

その時、手袋を着けようと自分の手を見た冷堂が、はっと何かに気づいたような顔をした。

「……そういえば以前、体育館の入り口の前で指輪を拾ったんですよね、私。すっかり忘れていました」

「指輪？　いつの話だ？」

「転入初日の昼休みですね。体育の授業でタオルを忘れて昼休みに取りにきたんです。その時は施錠されていて、中には入れなかったんですが……」

そういえば、初日に体育館を案内した時にそんなことを言っていた気がする。あの後、死体の発見やら密室やらがあったせいで忘れてしまっていたのだろう。

「ちょうどこの入り口付近で拾ったんですが……。あれ、いつの間にか失くしてしまってますね」

制服のポケットに入れていたらしいが、気づかない間になくなってしまったらしい。

まぁ色々あったし、どこかで落としてしまったのかもしれないが、……昼休みに入り口の前で拾ったとなると、少し気になることがある。

あの日の午前中、日直だった俺は体育の授業が終わった後に体育館の施錠を行っているが、入り口の前に指輪は落ちていなかったはずだ。

白いコンクリートのつるんとした表面に何かが落ちていれば、さすがに気づく。つまりその指輪は、俺が見落としていなければ、施錠した後に誰かが落としたことになる。

何か引っかかるが、失くしたのならどうしようもないか……。

「すみません……」

「いや、まぁしょうがないだろ。色々ありすぎたしな」

気になるが、指輪のことはひとまず置いておこう。

俺達は両手に手袋を嵌め、体育館の用具室の前に立つ。引き戸の脇には警官が門番のように立っており、その人に頭を下げて入室した。

用具室の中は相変わらずカビっぽい匂いがする。笹村の死体と凶器のダンベルがないことを除けば、あの日俺が発見した時のままになっていた。

「ひとまず概要をまとめましょうか」

手袋を嵌めた両手を合わせながら冷堂が言った。そうだな、と返して、俺はこの部屋で起きた殺人について口頭でまとめる。

被害者は俺と同じクラスの笹村大和(やまと)。宮川愛の物と思われるブラジャーを握った状態で発見されている。頭部を殴られて死亡しており、凶器のダンベルは現場に転がっていた。

死亡推定時刻はちょうど五時限目の最中。この時間は体育館での授業は行われておらず、笹村がここに来ていた理由も不明だ。

そしてこの現場は密室だった。死体を発見した際、体育館と用具室の扉は施錠されており、授業以外で鍵を貸し出した記録はない。また、合鍵(あいかぎ)も作製された形跡はないという。

用具室の扉の内側にはツマミはなく、外から鍵を使用することでしか施錠できない仕組みになっている。

扉以外の出入り口になりそうな箇所として、低い位置にある窓、いわゆる地窓が存在する。この窓は、普段は物が積まれているせいで露出しておらず、ほとんどの生徒が存在を知らない。しかし、今は地窓の前に積みあがっていた荷物は何故(なぜ)か移動されており、遮(さえぎ)る物が無くなっている。窓枠の大きさも人が通る分には問題なく、明らかに怪しい存在だ。

……なのだが、この地窓はしっかりと施錠されていたことが確認されている。

「やっぱりこの地窓が怪しいですよね」

「そうだな……、扉は鍵がないと施錠できないからどうにもならないけど、こっちは何かの細工をする余地があるよな」

この地窓は外に繋がっていて、体育館の裏に出ることができる。

地窓には、一般的な窓に使用されているクレセント錠が備え付けられている。錠が付いているのは内側。つまり、外からしか施錠できない用具室の扉とは反対に、この窓は中からしか施錠も開錠も行うことはできないということだ。

「……気になったんですが、この体育の授業が終わった後は、日直が体育館と用具室の施錠を確認するという話でしたよね」

「あぁ、その時の日直は俺だったよ。施錠は俺がしっかりしたから間違いない」

死亡推定時刻は五時限目。その前は昼休みを挟んで四時限目だが、その時間に体育館で授業を受けていたのは俺のクラスである。冷堂の転入初日、バスケで揺れる胸部を見ていた時間だ。

「その時、この地窓の鍵は確認したんですか？」

「いや、その時もここには物が積まれていたから窓は隠れてたし、そもそも俺は存在を知らなかったから見てないな」

「ということは、例えば授業中にこっそり窓の鍵を開けておけば、昼休みに侵入することは可能ですね」

「それは……その通りだな……」

地窓の存在を知られていないということを利用した、ということか。

そうすれば職員室から鍵を拝借しなくとも、この用具室には侵入することができたのである。

犯人は、この地窓の鍵を予め開けておき、五時限目に笹村をここに呼び出し、殺害した。これで鍵を使わずに施錠された用具室へ入った方法は解決だが、犯人は何らかの方法で最終的に地窓を施錠して現場を密室にしている。

「あとはなんとかこの地窓を外から施錠できたらなぁ〜……」

窓を触ってみて、思いつく限りの方法を試そうとしたが、どうにもうまくいかない。窓の気密性が高く、サッシの隙間に釣り糸を通して錠を下ろすようなこともできなかった。

この用具室に落ちていた物でなんとかできないかと思い、床に転がっている物を見渡す。

用具室の中はやたら荒れており、バレーボールやバスケットボールをしまっていた籠が倒れて転がっていたり、バレーボールのネットを引っかける支柱が横になったりしている。カラーコーンや、凶器とは別のダンベルもいくつか床に落ちていた。凶器のダンベルは警察が回収していて、落ちていた場所には白い枠が描かれている。笹村が倒れていた場所とかなり近い。

このひどい散らかりようは、笹村が犯人に襲われ争いがあったのだろうか？

ここで暴れていた物音や声を聞いた人はいないのかとミオさんに聞いてみたが、

「生徒や教師に聞き込みをしたけど、何か聞いたという人はいなかったよ」

ということだった。死亡推定時刻が昼休みならともかく、五時限目の最中だったというのだからそれもしょうがないだろう。

「……これ、立ててみても良いですか？」

冷堂が手袋を嵌めた手で、倒れている支柱を指差した。ミオさんが了承すると、両手で持ち上げて垂直に立てる。

支柱の長さは二メートル近い。上部には埴輪（はにわ）の腕のような形で、折れ曲がった突起部分が二本ある。ここにバレーボールで使うネットを引っかけるのだ。

「…………………」

顎に手を当てて、冷堂が何かを考え込んでいる。

「なんか気になるのか？」

「そうですね……。律音（りつね）さん、確かめたいことがあります。被害者が握っていた下着の写真はありますか？」

「あぁ、それなら画像のデータがあるよ」

懐からスマートフォンを取り出し、画像を開いて冷堂に手渡す。冷堂はそれをズームして、細部をまじまじと見ている。

画面にアップで宮川の下着が写っているという状況は、見てはいけない物のようで俺は目を逸（そ）らしていた。

「見てください、天内くん」

が、そんな俺に対して、冷堂はスマートフォンの画面を押し付けるように見せてきた。慌てて顔を背（そむ）けるが、冷堂は回り込むように俺の顔にスマートフォンを向ける。

多分、下着を見せられて恥ずかしがっている俺の様子が面白いのだろう。少し口元が緩んでいる。

「ふふふ……。と、冗談はさておき、この下着はフロントホックのようですね」

そう言われ、観念した俺は画面に表示された下着の画像を見ることにした。

確かに冷堂の言う通り、背中側に来る部分にはホックがない。装飾に隠れていてよく見えないが、恐らく下着の前面、カップ部分の間にホックがあるのだろう。俺は昨日、冷堂にこのことを聞いて、そういう物があるのだと初めて知った。

「まぁ、そうみたいだな。それがどうかしたのか？」

宮川がそういう下着を好んで着けている、ということぐらいしかわからない。

「…………そうですね……。この『体育館の密室』の謎が、解けたかもしれません」

「「えっ⁉」」

衝撃の告白に、体育館に俺とミオさんの声がユニゾンして響いた。


そして、冷堂に密室トリックを実演してもらうことになった。

そのためには下着を用意する必要があるのだが、さすがにこの場ですぐに準備できないため、用具室の隅にあった縄跳びを結んで輪にすることで代用することにした。これを死体が握っていたブラジャーだと思ってください、と冷堂が説明した。

用具室の中で、俺とミオさんに向かって手袋を嵌めた両手を合わせ、冷堂が言った。

「それでは、この用具室で起こったことを再現しようと思います。天内くんには被害者役をお願いしてよろしいでしょうか？」

まるで現場に容疑者を集めて事件を解説するミステリ小説のようだ。俺なんかよりよっぽど探偵らしい。

被害者、笹村の役を仰せつかった俺は、一旦外に出て地窓から侵入しろと命じられた。体育館の裏に回って、地窓を外から開ける。なんだか回りくどいが再現のためならしょうがない。

「まず犯人は、予めどこかのタイミングでこの地窓の鍵を開けておきました。この窓は、普段は物で遮られているため存在を知られておらず、施錠のチェックの対象にもなっていませんでした。そのため、職員室で鍵を借りずとも、この地窓からはいつでも出入りが自由だったということになります」

先ほど話していた仮説だ。地窓から俺が用具室に入ったのを見て、冷堂はさらに続ける。

「このことを前提として、まず、被害者は事件当日の五時限目にこの用具室に地窓から入るように呼び出されました」

「……それは、誰がどんな風に呼び出したのかな？」

ミオさんが訊ねると、冷堂はすらすらと答える。

「誰が、はもちろん犯人です。呼び出した方法は、想像ですが恐らく宮川さんの名が書かれて

体育館倉庫

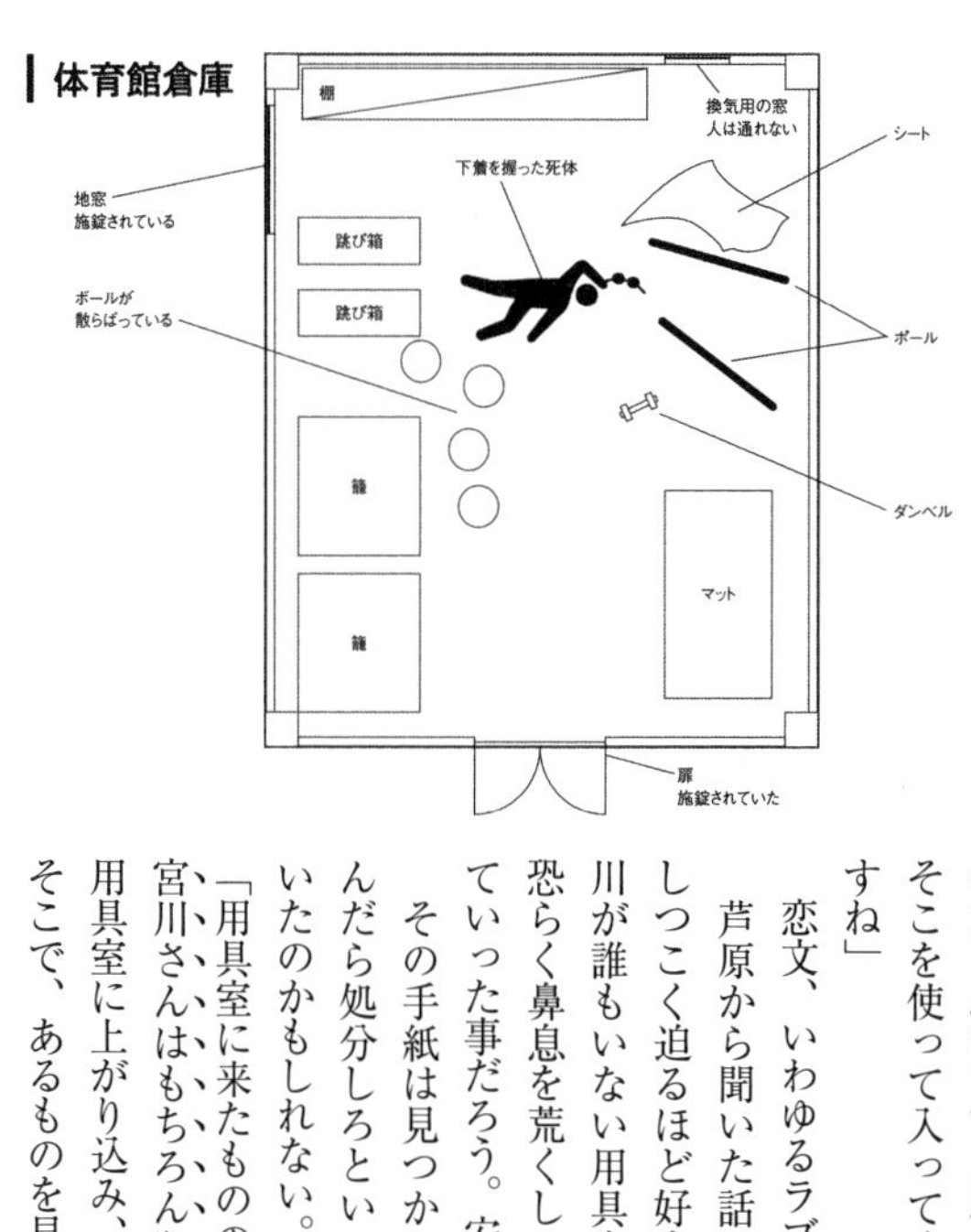

いる、恋文のようなものを被害者に送り付けたのだと思います。用具室の窓は開けてあるから、そこを使って入ってください、といった内容ですね」

恋文、いわゆるラブレターか。

芦原から聞いた話では、笹村は宮川に対してしつこく迫るほど好意を持っていたという。宮川が誰もいない用具室に誘ってきたとなれば、恐らく鼻息を荒くして犬のように用具室へ走っていった事だろう。安易に想像がついた。

その手紙は見つかっていないので、恐らく読んだら処分しろといった風な内容を盛り込んでいたのかもしれない。

「用具室に来たものの、そこには誰もいません。宮川さんはもちろん犯人もいません。被害者は用具室に上がり込み、中を見回したことでしょう。そこで、あるものを見つけます」

「あるもの？」

「盗まれたという、宮川さんのブラジャーです。……もちろん、宮川さんが犯人である場合は自作自演ということになりますが」

「お、おぉ……」

ここでついに、この密室を象徴する謎の物品が登場したか。

俺は笹村の気持ちになって、その現場を想像してみる。

他の生徒からもモテモテで、自分も好意を寄せている宮川から呼び出され、そこにはブラジャーが落ちていた。宮川のサイズは圧倒的で、他の生徒で近い規格の人はいないため、恐らくすぐにそれが宮川の物であると、笹村は結びつけただろう。

宮川本人がいないことに困惑しつつも、何かしらの都合のいい妄想を繰り広げて、短絡的にブラジャーに飛びついたことは想像に難くなかった。うーん、犬みたいだな。

「というわけで、あれがそのブラジャーです」

冷堂がぱちんと指を鳴らし、指で示した先にはブラジャーの代用にしている輪にした縄跳びがあった。

ただしそれは、バレーボールのネットを引っかける支柱を、輪の中に通すような形で置かれていた。棒に輪が掛かっていて、輪投げみたいな形になっている。

支柱は二本が並んで自立しており、そのうちの一本に縄跳びの輪が通してある。

支柱をよく見てみると、埃除けのカバーが上から掛けられていた。そういえばこれも、現場に落ちていたものだ。

「私の推理では、恐らく宮川さんの下着は、このように輪にして支柱に通すように床に置かれていたのだと思います」

ブラジャーのホック部分を閉じて輪にしていた、ということか。俺は脳内で縄跳びの紐を黒いブラジャーに変換して現場に目を向ける。

「さて、恐らく被害者は、このブラジャーを支柱から取り外したいと思ったはずです。健全な男子高校生ならば、そうするでしょう？」

「……それは、まぁ、うん」

少し恥ずかしいが、特に否定はせず答えた。性欲を持て余す男子高校生であれば当然の行動に思える。笹村はスケベな人物だったし尚更だろう。

「ここで天内くんに一つ質問です。このブラジャーは、先ほど言ったようにフロントホックのブラジャーです。被害者はすぐにホックを外すことができたでしょうか？」

「……それは……」

俺はしばし考え込む。実際、俺は冷堂に教えてもらうまでフロントホックの存在を知らなかったので、後ろ側の部分にホックがないことに困惑するだろう。

奥原に殴られた時の苦い記憶を思い出す。確か、笹村は童貞で頭が悪いとか言われていたはずだ。

「……すぐに外すのは、難しいかもな」

「そうですね。特に用具室は薄暗く、ブラジャーは黒い物な上にレースの装飾もありましたから。そうと知って見ないと、前面の中心部分にあるホックに気付けないでいた可能性が考えられます」

「では、ホックを外さずに支柱からブラジャーを外してみてください」

どうぞ、と掌で示されたので、俺は言われた通りブラジャー（今は輪にした縄跳びだが）を支柱から外す方法を考えてみる。

とりあえず、最もわかりやすいのは、輪を持ち上げて支柱から抜くことだろう、と思って試みようとするが、二メートル近い支柱の一番上まで持っていくのは簡単ではない。

そこで思いついたのは、支柱を持ち上げることだ。支柱の重さは数キロほどだし、数センチ浮かせれば済むので圧倒的に簡単だ。

俺はしゃがみこみ、片手で縄跳びを摑み、もう片方の手で支柱を持って、力を入れて持ち上げた。やはり、大した重さではない。

その時、俺に頭に、ぽてっと何かが落ちてきた。

「え？」

「……なるほど！」

その様子を見ていたミオさんが感嘆の声を上げた。

俺は何がなにやらわからず、一旦支柱を置いてあたりを見回すと、紙で作った棒が落ちていた。先ほど、頭に落ちてきたのはこれだろうか。

「それは簡易的に作った代用品ですが、天内くんの頭に落ちてきたのはダンベルです」

「そういうことだったのか……、ハルマくん、ダンベルはここに引っかけられていたんだ」

俺は何がなにやらわからないが、ミオさんは興奮した様子で話しながら俺に近づき、支柱に被せている埃除けのシートを取り払った。

支柱の上部が露わになるが、そこには何もない。ネットを引っかけるための、埴輪の腕のように曲がった突起部があるだけだ。

「今、彼女はこれをこういう風に置いていたんだよ」

ミオさんは先ほど俺の頭に落ちてきた紙の棒を拾うと、二本の支柱の突起部分に、棒の端がギリギリ乗るような形で置いた。まるで支柱を繋ぐ橋のような形になる。

かろうじて端が引っ掛かっているこの状態では、片方の支柱が少しでも動けばそれが外れてしまい、落下する。先ほど俺が縄跳びを取るために支柱を持ち上げたため、落ちてきたのだろう。

「マジか……」

ここに至り、ようやく俺も理解する。

脳内で、この代用品の紙の棒をダンベルに変換する。

ダンベルには、使用する際、持ち上げるために手で持つ真ん中の部分がある。そしてその左右には錘があり、そのさらに外側には、持ち手部分の若干の余りがある。その「余り」の部分を支柱へ引っ掛けていたのだ。

「もうわかりましたよね。下着によって誘導され支柱を動かした結果、被害者の頭にはこのダンベルが落下したのです」

となると、上部に掛けられていた埃除けのシートは、このダンベルを隠すために被せられていたということか。

ダンベルを頭に受け、倒れる笹村。支柱は倒れ、ダンベルは転がる。支柱から外そうとした下着を握って、笹村は絶命する。

仮に支柱を持ち上げていなくても、例えば笹村がブラジャーを引っ張る、そんなことでもダンベルは落下しそうだ。

「この方法により、死亡推定時刻の五時限目にアリバイがあったとしても殺人は可能です。現場が妙に散らかっているのは、被害者と犯人が争ったことを匂わせようとした偽装工作かと。そうすることで、犯人は殺人の際にこの場にいたと思わせたかったのでしょう。これにて、殺人の完成です」

「おおお～～！」

冷堂がオーディエンスの俺達に恭(うやうや)しく礼をして締める。ノリノリだ。

下着を握って死亡していたという意味不明な状況を完璧(かんぺき)に説明できており、俺は思わず拍手をして讃(たた)えた。

だが、殺人の完成と言われて俺には一つの疑問が湧いた。

この仮説では殺人はできているが、密室殺人にはなっていない。

「ちょっと待った。今の話だと、地窓に鍵が掛かることはないんじゃないか？」

笹村は、既に開いていた地窓から用具室に侵入し、ブラジャーを発見、そして死亡する。このトリックでは、地窓が施錠される要素はない。

「地窓を施錠したのは、被害者本人です」

「自分でわざわざ鍵を掛けたってことか？」

「それを犯人が計算していたかどうかわかりませんが……」

冷堂は、少し言葉に詰まったような様子を見せる。こほんと咳払(せきばら)いをしてから、結論を言った。

「……恐らく、ブラジャーを一人で楽しむために鍵を閉めたのではないでしょうか」

「つまり、密室はムラササが作った偶然の産物ってことか。やるじゃねえかドーレー！」

「冷堂さんが推理したの⁉　すごいじゃん！」

旧校舎の三階、文学研究会の部室で、カルバンは唸るように、塩江は興奮した様子で冷堂を称賛した。

「ていうか、世界イチくだらない密室って感じ、すんごいウケる～」

芦原は口に掌を当てて、笑いをこらえている。

……確かに、俺が今まで見てきた密室トリックの中でも類を見ない物だった。なんというか、品がない。もしこんなトリックを考えて小説にする奴がいたら、相当な変態だろう。

現場の調査を終えた俺達は、再び文学研究会の部室に集まっていた。プールの更衣室の調査から戻ってきたカルバン、塩江、芦原の三人に、冷堂が提唱した『体育館の密室』トリックを口頭で説明したところだ。

「そちらはどうでしたか?」

「全然ダメ、名探偵の塩江ちゃんでもさっぱりだったよ～」

冷堂が訊ねると、右の掌を上に向けて困った顔をしている。いつから名探偵になったのやら。

「あーしも考えてみたけどやっぱ難しいねぇ、窓がワンチャンあるかなって思ったけど無理っぽいし」

「芦原がそう言うならそうなんだろうな……」

「あれ、天内の伊代ちゃんの評価高くない!?」

俺の中では、芦原伊代は見かけによらず頭が回る女性だと思っている。更衣室で荷物をチェックする検問を敷いた件が評価のポイントだ。

「……そうだな……。やっぱ授業中にどうやって下着を盗んだのかってぇことだよな……」

カルバンも悩んでいて、歯切れが悪そうな様子だ。

一応、窓から投擲（とうてき）することで更衣室から消失させることはできるが、どう考えても用水路に落ちるので回収するのが厳しいということだった。

仮に外で受け取る協力者がいたとしても、そいつは用水路の上に浮かぶか、道路で大きな網を構える必要があり、目立ってしょうがない。現実的とは言えなかった。

そうして五人が唸っていると、唐突に雷雲のような重低音が部室に響いた。

音で表すと、ごごごごごごぎゅるるるるる、というような感じだ。

「………………………」

え？　何の音？　と、塩江と芦原が顔を見合わせている。

俺はちらりと、自分の右隣に座っている冷堂の方に視線を向けた。

冷堂は俯いて顔を髪で隠していた。何も言葉を発さず、なぜか俺の服の袖を摑んで微動だにしない。

「……そういえば、まだお昼食べてなかったな」

時計を見て、俺はフォローするようにそう言った。もうすぐ十三時だ。お腹が空く時間なのはわかるが、朝もしっかり食べたはずなのに。冷堂って燃費が悪すぎないだろうか。

昼食は学校の近くにあるラーメン屋へ皆で行こうということになった。

俺、冷堂、カルバン、塩江、芦原。五人で学校から徒歩で移動し、ラーメン屋の前に来たところで見知った顔を発見した。

「あれ～？　天内くんにひやどうさん～。それにみんなも～」

「こんにちは、宮川さん」

冷堂が挨拶を返す。そこにいたのは宮川だった。ラーメン屋の前に自転車を停めている。こちらに気付いて、いつも通りのふにふにとした様子で話しかけてきた。

「よう、ガワミヤ」

「カルバンくんもこんにちは～」

ガワミヤ＝宮川か。宮川はカルバンの変な呼び方にも動じていない。そういえば、カルバンと宮川、ついでに塩江と芦原は同じB組だ。普段から教室で話すことはあるのだろう。

「愛ちゃん、また一人でラーメン食べにきたの？」

塩江にそう聞かれ、宮川はにへらと笑う。

「いやぁ～ラーメン大好きで～」

「マジ週に何回食べるんだって感じだよね、ヤバイ」

塩江と芦原が呆れ顔で話している。宮川愛、塩江蜜柑、芦原伊代の三人は親友だ。

それにしても、宮川は頻繁に一人でラーメンを食べに来るほど好きなのか。うら若き女子高生としては意外な行動力だ。

「皆はなんで一緒なの～？　今日って部活ないよね～？」

宮川は俺達の顔を見渡して首を傾げている。

事件があった影響で土日の部活動は自粛になっている。宮川からすれば、文学研究会が勢揃いして芦原もいるというのは不思議だろう。

……笹村の殺人事件の調査をしていたということは、宮川には伏せておこう。せっかく好きな物を食べにきたのに物騒な話題を出すことはないだろう。

「あー、読みたい本があったから部室に取りにいったらみんな来てたんだよ」

「あーしは蜜柑ちゃんについてきてたんだよー」

俺が適当に誤魔化すと、芦原もそれに便乗した。事件について話すべきでないという考えは一緒らしい。

「そっか～、そんなこともあるんだね～」

宮川は特に気に掛ける様子もなく納得している。素直で助かる……。

俺の後ろで、カルバンがラーメン屋の入り口の引き戸を引いた。

「ガワミヤも一緒に入るか」

「わ～い！」

六人という大所帯で俺達はラーメン屋に入る。

お店に入ると、ラーメン屋特有の香りと強い熱気が押し寄せてきた。換気扇は回しているようだが、スープから立ち込める熱気には対処できていないらしい。

俺達は六人でテーブル席に座った。

しばらくして、白いタオルを鉢巻きのように巻いた若い店員がお冷(ひや)を持ってくる。ご注文はお決まりですかと聞かれたので、全員が頷(うなず)き、それぞれ注文を告げた。最初に口を開いたのは冷堂だ。

「豚骨ラーメンにチャーハンのセットと、唐揚げと餃子(ぎょうざ)、炙(あぶ)りチャーシューと中華スープをお願いします」

「育ち盛りの野球部員か⁉」

俺は慌ててツッコミを入れる。

「ひやどうさん一人で食べるの～？　すごいね～……」

他のみんなは各々、単品で醬油やら塩やらのラーメンや肉まんを注文した。複数注文したのは冷堂だけだ。ラーメン好きの宮川もかなり驚いている。

炙りチャーシューは用意があったのか真っ先に店員が運び、冷堂の前に皿が置かれた。

「さて……」

冷堂は懐からヘアゴムを取り出し、長い黒髪を高い位置に持ち上げて一つに結んだ。頭を動

かすとポニーテールがさらさらと揺れている。

普段は隠れていたうなじが露わになり、シャンプーの香りも漂ってくる。あまりの色香にドキッとさせられたが、当の冷堂は剣道の試合前に手ぬぐいを頭に巻いているような、これから戦に臨まんとする雰囲気だった。食に対しての真剣さが窺える。

……宮川と冷堂と俺の三人で食事をした時から薄々感じつつ、昨日の夜に俺の家で晩ご飯を振る舞った時に確信したが、冷堂は見かけによらずかなりの健啖家だ。うちの冷蔵庫がほとんど空になってしまった。

「てかー、そんなに食べるのにレイドーちゃんってめちゃ細いしスタイル抜群だよね、あーしもそうなりたいもんですなぁ」

「ふふ、ありがとうございます。芦原さん、チャーシュー食べますか？　一枚差し上げますよ」

そう言って、芦原の前に炙りチャーシューを差し出した。

いや、チョロいな！　冷堂は芦原にスタイルを褒められてご満悦の様子だ。そうか、細いと言えば喜んでくれるのか。

「やたーレイドーちゃんやさしーい♪」

チャーシューを嬉しそうに齧る芦原。その様子を見て、カルバンもにやりと笑う。

「なんかよぉ、ドーレーってクールっぽく見えるけど意外とノリいいよな」

「確かに、ひやどうさん面白いよね～！」

宮川も同調する。ドーレーだのひやどうだの、好き放題呼ばれているな。

冷堂はカルバンのラノベ趣味にも理解を示していたし、ノリがいいと言えばそうなのかもしれない。

見た目や雰囲気は浮き世離れしたところを感じさせるのに、中身は意外とそうでもないのが冷堂の魅力だった。お腹とか脚とかを恥ずかしがるのも、普通の女の子らしい。

「私、女子高生、ですから」

そう言ってフッと微笑んだ。冷堂なりのどや顔といった感じだ。無駄に単語を強調している。

おいおい、実年齢二十四歳………（禁句）。

「う、うん～？」

宮川もぴんときていないようで、きょとんとしていた。そりゃあそうだ。普通の女子高生は多分そんなことは言わない。

「あと、冷堂さんってオシャレだよね！　そのカチューシャとかめ～っちゃ似合ってるよ！」

塩江が心の底から思っていそうな声音で、冷堂のアクセサリーを褒めちぎる。

「そ、そんなに褒めないでください」

冷堂は恥ずかしいのか、前髪をいじってごまかしている。赤らんだ顔を見た女性陣が、尊そうにニコニコとしていた。

カルバンがその話題に乗っかり、冷堂の頭に着けたカチューシャを見ながらコメントをする。

「確かに似合ってるな。カチューシャってあんまり大人が着けるイメージねえけど、大人っぽいドーレーにもいい感じに馴染んでてセンスあるな」

「そ、そう………で……すね……」

それを聞いた冷堂の声量が徐々に小さくなっていく。見るからにしゅんとしていた。

まずい、カルバンには一ミクロンも悪気はないが、大人が着ける物ではないととれてしまい、冷堂（二十四歳）のメンタルに思わぬダメージが……！

本人は永遠に十六歳だと言っていたが、やはり複雑な思いがあるのだろう。似合ってるんだからいいと思うけども。

落ち込む冷堂にフォローを入れようとしたのだが、以前タイツについて言及してセクハラと言われたことを思い出してしまった。慎重に考えた結果、見たまんまのことを言ってしまう。

「れ、冷堂ってさぁ！　……髪が長いよな！」

「はぁ、どうも」

冷堂から返ってきたのは、急に何だろう、と困惑した反応だったので、フォローは普通に失敗した。

「あれ～？　そういえばひやどうさん、今日はネックレス着けてないんだね～」

冷堂の首元を見て、ふと宮川が気づいた。ネックレスは部室で襲われた時に紐が切れたので、今は外している。

「ええ、切れてしまったので。直さないといけないですね」

「あらら〜、元通りになるといいね～」

「あーしらのガッコ、アクセつけても意外と注意されないよね！」

そんな雑談をしていると、店員が仕上がった料理を持ってくる。

「食べる量に関しては女子高生どころか男子高校生も凌駕（りょうが）してるよな、冷堂……」

机の上を見て俺はただただ驚嘆の声を上げる。続々と冷堂の注文した料理が運ばれ、卓上を埋め尽くす様は圧巻だった。

「まぁ、すごくお腹が空いたので。これぐらいの量を食べるのは普通です」

「朝もちゃんと食べたのにそんなにか……」

とはいえ、冷蔵庫に残ったわずかな食材だったので、冷堂からしたら少なかったのかもしれない。一般的な朝食ぐらいの量はあったんだけどな。

「ん？　なんで天内がそんなこと知ってんの？」

しまった。俺の不用意な発言に、すかさず塩江が目を光らせた。

朝食の事情を知ってるなんて、まるでお泊まりがあったみたいじゃないか。実際そうなんだけど。

「い、いや。俺は朝食を食べてなくて、さっきそういう話をしてたんだよ」

普通に嘘だ。俺の作った朝食を冷堂と一緒にうちで食べている。

まさか俺の家に冷堂が宿泊しましたとは言うわけにいかず、俺は汗を飛ばしながら適当に誤魔化す。当の冷堂は、無表情のまま目だけを輝かせて机に並んだ料理を見つめている。

焦る俺の様子を、塩江がニヤニヤしながら見ている。

「な～んかこの二人って怪しいんだよねぇ。会ったばっかりなのに仲良すぎない？」

「マ？　コイバナ？　コイバナなの？」

「付き合ってんのか？　ナイアマ」

「ちょっとカルバン、直球すぎでしょ、もうちょっと外堀から埋めていかないと」

恋の話にノリノリの芦原、ラーメンを啜りながらストレートに聞いてくるカルバン、それに突っ込む塩江。

確かに冷堂との距離はだいぶ近くなってしまったが、まさかそんな風に見られるとは……。

「ナイアマはやる男だぜ。乗ってるバイクもかっこいいしな」

「え～、天内くんバイクに乗ってるの～？」

なんだか勝手に話が盛り上がってきている。こいつらの方こそ仲がいい。

「ふふふ」

「あー、冷堂さんが笑った！　これはまさかー！」

微笑んだ冷堂に、塩江が肉まんを持ったまま右手で冷堂を指差す。人を指で差すんじゃない。

「ああいえ、本当に天内くんと付き合っているわけではないですよ。ただ、なんだか楽しくて」

笑った冷堂の顔とその言葉を聞いて、下世話な勘繰りから一転、全員がほっこりした空気になった。

……昨晩、冷堂に聞いた過去の話を思い出す。恩人の外海という男からもらった、「高校での楽しい生活」。彼女が求めていたのは、今みたいな状況なのかもしれない。

俺の異能力で時間を戻さなければ、こうしてみんなとラーメン屋に来ることはなかっただろう。そう思うと、胸にこみ上げるものがあった。

なんか冷堂の保護者みたいだな、と自分で思いながらラーメンを啜る。俺達はがやがやと話しながら食事を楽しんだ。

そして、冷堂が一番先に完食した。食べるのが早すぎる。

七月九日（土曜日）　十三時三十分

「あー家に帰りたくなーい！　みんなはこの後どうするの？」

食事を終えて店を出た途端、塩江が背伸びをしながら皆に聞いた。

「あーしは今日は帰ろっかなー、家で映画見たいし」

「私はこの後なんにも予定ないよ～」

「俺はやることがある」

芦原、宮川、カルバンが口々に答える。

「ふむふむ、冷堂さんと天内はどうするの？」

「私は用があるので、もう帰りますね」

「俺も帰るよ」

「そっかー」

俺達も帰ることを告げると、塩江は少し残念そうな様子だった。遊び足りなかったのかもしれないな。

そうして、その場で解散となった。各々が違う方向に歩き出していく。

「私達も行きましょうか」

冷堂はそう言って、俺の隣を歩く。

数分ほど歩いたところで、冷堂が唐突に立ち止まった。

「それで、怪しい人物はわかりましたか？」

三章　空白を満たす

The Immortal Detective, Momiji Reidou

街路樹をかさかさと揺らす風が吹いて、冷堂(れいどう)の髪が靡(なび)く。

道端で立ち止まっていた冷堂は俺(おれ)に近づき、真正面から向き合って視線をぶつけた。

「え？　どういうことだ？」

怪しい人物はわかったか、と聞かれて、思わず俺は聞き返した。

「……天内(あまない)くんは、文学研究会の部員を疑っていたからわざわざ学校に呼び出したんじゃないんですか？」

冷堂が眉(まゆ)を顰(ひそ)める。どうやら、俺の考えを勘違いしているようだ。

「いや、普通に協力してもらおうと思っただけだけど……」

「んんん、そうなんですか……」

冷堂は腕組みをして思案している素振(そぶ)りを見せたかと思うと、近くにベンチがあるのを見つけ、とりあえず座りましょう、と言った。

俺はそれに従い、ベンチに腰掛ける。隣に冷堂も座った。

「私はてっきり、状況的に部員の方……まぁはっきり言ってしまうと、塩江(しおのえ)さんとカルバンくんへの容疑が高まったので、言動を探るために召集したのかと思っていました。犯人からすれば、昨日殺したはずの私が元気に学校に来たわけですからね」

「……まぁ、それもあるかもな。正直、その考えを遠ざけようとしてたな、俺……」

俺は正面を向いて、虚空を見つめて話す。

冷堂の言うことは、至極もっともだった。

『文学研究会の密室』が発生した以上、あの部屋で何らかの密室トリックを仕掛けるのに最も適した人物は、部員である塩江とカルバンだ。また、宮川も直前まで冷堂と接していて、部室に行ったことも知っている。

『体育館の密室』で、この三人には死亡推定時刻の五時限目に授業に出席していたというアリバイがあったが、冷堂の仮説ではあの密室殺人はいわばトラップによる殺害なので、アリバイは関係なくなった。

そして、犯人側の視点に立つと、現在の状況は摩訶不思議な事態になっている。昨日、『文学研究会の密室』で死亡したはずの冷堂が生きているのだから。

仮に三人の中に犯人がいたとしたら、冷堂の姿を見て困惑しないはずがないだろう。

そのため、言動に注目していれば犯人がわかるかもしれない、と俺が考えたと冷堂は思っているのだ。

「天内くんが仲間思いなのは嫌いじゃないですが、そう思うなら余計に犯人は見つけ出さないと。……私も楽しかったので、本当に犯人がいると考えたらちょっと怖いですけどね」

「冷堂……」

先ほどまでの彼らとのやりとりを思い出す。やっぱり冷堂も楽しいとは思っていたんだな。

俺にとって塩江とカルバンは、放課後に旧校舎で集まって本を読むだけの関係ではあるが、悪い奴ではないはずだと思っている。

一年生の時、たまたま旧校舎で出会った俺達は三人で文学研究会を作った。カルバンと遭遇し、そこに塩江も加わって、俺達は図書室を部室にした。

……ほんの一年前の話なのに遠い昔の出来事のようだ。教室ではろくに友人もいない俺だが、部室での時間は満たされていたと思う。

俺は自分を戒めるように頰(ほお)を両手でぱん、と叩(たた)いて気合いを入れた。横にいる冷堂はびっくりしている。

「悪かった。俺にできることをちゃんとやらないとな」

意を決して立ち上がり、冷堂の方を見る。目が合うと、彼女は微笑(ほほえ)んだ。

友人が疑わしいからこそ、それを晴らすためにも俺は動く。

「その意気です。……それで、どうするんですか？」

「尾行だ！」

「尾行？」

「今日一日で、あいつらをできるだけ調べよう」

こうして、俺と冷堂は容疑者の調査を開始した。これもまた、探偵らしいな。

最初の調査対象に決めたのは、カルバンだ。俺と冷堂はラーメン屋まで戻り、カルバンが帰っていった方向に向かった。

そんなに時間が経(た)っていないので、この近くにいるはずだと思い、辺りを捜索する。案の定、カルバンはすぐに見つかった。

道端に突っ立ってぼーっとしている。何かを待っている様子だ。

「私はあんまり彼のことを知らないんですが、天内くんはどうですか?」

俺達は物陰に隠れてカルバンを監視しながら、ひそひそと話す。

「うーん、俺も高校に入ってから知り合ったからな……。そういや、あいつ拳銃を持ってたな」

「えっ」

冷堂が目を丸くしている。そりゃ、一般人が拳銃を持ってたら驚くか。

時間を戻す前の時間軸の月曜日(今から二日後)、なぜかカルバンは腰に拳銃を隠していた。

それについて聞いても、カルバンは黙秘を貫いた。あの拳銃については謎(なぞ)のままだ。

俺と殴り合った後に奥原(おくはら)も話していたが、カルバンは体育館で死亡した笹村(ささむら)と過去に暴力

沙汰になったことがある。俺はその理由は知らないが……。

その話を冷堂にすると、過去にそんなことがあったのかと驚いている様子だ。

「……なぜ二人が暴力沙汰を起こすに至ったかは、気になりますね」

そうだな、と俺は頷いて返す。ひょっとするとその件は、笹村を殺害する動機にも繋がるのかもしれない。

「カルバンくんと言えば、金曜日……昨日ですね。昼休みに購買へ行く途中で、彼が誰かと電話で口論してるのを聞きましたよ」

「口論？」

昨日の昼というと、旧校舎の部室で宮川、冷堂、俺の三人で一緒に昼食を摂った時だ。俺が宮川を誘っている間、冷堂は購買に行っていたのだがその時ということか。

「通話の相手が誰なのかはわかりませんでしたが、揉めている様子でしたね。イライラして話していましたから……。天内くんは、通話の相手に心当たりはないですか？」

「ないな。あんまりカルバンのプライベートのことは知らないんだよなぁ、俺」

カルバンはいつも車の送迎で登下校を行っている。その際に何度か目撃したことがあるのだが、運転していたのはゴシックなメイド服を着ている女性だった。

現代の日本でメイドが仕えているとは、カルバンの家は相当な金持ちなんだろうなと思ったものだ。

「なるほど。じゃあ今も車を待ってるんでしょうね……あ、来ましたよ」

カルバンの前に、黒いメルセデスが止まる。よう、と運転手に声を掛け、カルバンは後部座席の扉を開けて中に入っていった。

窓ガラスにはスモークが貼られていて、中の様子は見えない。

「Sクラスか、いい趣味してるぜ」

車に対しての感想を言ったのだが、冷堂はきょとんとした表情をしてよくわかっていないようだった。マイバッハは女子高生には速すぎるか……。

そんなことは置いといて、と冷堂は隠れていた物陰から道に出る。ちょうどよくタクシーが来たので挙手して止まってもらい、後部座席に座った瞬間、俺達は声を揃えて言った。

「『前の車を追ってください』」

運転手のおじさんは苦笑しながら、はいよ、と答えて発進した。子供の遊びか何かだと思われていそうだ。

幸い、カルバンの乗っているメルセデスは極めて安全運転で走行していたので、見失うことなくついていけた。

車が停まったのは、俺達が通う青崎学園の校門前だった。カルバンは、なぜか先ほどまでいた学校に戻ってきたことになる。

少し離れたところに停まってもらい、運転手に料金を払ってタクシーを降りる。カルバンに見つからないように、俺達は再び物陰に隠れた。

「なんでまた学校に来てるんだ……?」

学校は休みだし、部活動があるわけでもない。一体、何をするつもりなのだろう。

「事件に何か関係しているのかもしれないですね」

しばらくして、後部座席の扉を開けてカルバンが車を降りた。運転席の横に立ち、運転手に向かって何かを話している。

物陰からなんとか聞き取ろうと耳を澄ます。カルバンの低い声が微かに聞こえた。

「ミヤユノを呼んだからよ、もしここに来たら中で待ってるって伝えてくれ」

ミヤユノ? 俺は知らない名前だった。

車に乗ったままの運転手を残して、カルバンは校門を通って学校の中へ入っていった。

「俺達も行こう」

俺の言葉に冷堂が頷いて、物陰を出て校門へ向かう。学校でカルバンが一体何をするつもりなのか確かめる必要がある。

カルバンの視界から外れていることを確認しつつ、俺達は気づかれないように校門を潜る。

その時だった。

「なんか御用ですか?」

背後から声を掛けられる。鋭く芯の通った、よく通る女性の声だった。

振り返ると、そこには腰に手を当てたメイドが立っていた。

身長は俺と同じくらいで、女性にしては背が高い。黒髪のショートヘアーがゴシックなメイド服によく似合っている。

左手は肘まで包む白い手袋をしているが、右手は素手。アシンメトリーの不思議な格好だった。

目つきが尖っていて、俺を睨むように見ている。鷹のような鋭さで、刺さるような圧がある視線だった。

「え、えっと……」

「さっき、タクシーでウチの車を追ってましたよね」

俺が言葉に詰まると、メイドはつかつかと歩いて距離を詰めてきた。思い切りガンを飛ばしながら、俺の顔から数センチのところまで自分の顔を近づけてきた。不良がよくやる行動だ。

整った容姿の女性から顔と顔が数センチの距離まで接近されているわけだが、圧がすごすぎてドキドキできる状況ではない。

まるでヤンキーみたいなメイドだ……。車を運転していたが、年は俺とそう変わらないように見える。綺麗な顔をしているが、シンプルに怖い。

しかも、俺達の尾行に気づいていたのか。ただ者ではないオーラが半端なく、俺は完全に気圧されていた。

「悪いんですけど、若には大事な用があるので邪魔はさせませんよ」

若？　若って、カルバンのことか？　どういう家柄なんだよ、あいつは……！

「……天内くん」

無言のまま立っていた冷堂が俺の手を握った。微かに震えているように感じる。

「今日は帰りましょう。失礼しました」

「それがいいですよ。さようならー」

冷堂は俺の手を引いて、逃げるように校門から離れていった。先ほどのメイドは煽るように手を振って俺達を見送っている。

しばらく歩いて、適当な路地裏に入った。周囲には誰もいない。冷堂が手を離したので、俺は思わずその場にしゃがみこんだ。

「………怖かったー！　なんなんだよあのメイド、絶対ただ者じゃないだろ」

「ただ者じゃないといいますか……私も驚いたんですが、先ほどの女性、異能力者でしたよ」

「マジか」

冷堂は、その人物が異能力者であるかどうかや、異能力を使った痕跡を匂いで感じ取ることができる。先ほどの遭遇でメイドから匂いがしたのだろう。

カルバンに仕えているメイドは、まさかの異能力者だったというわけだ。

「なんかとんでもない話になってきたな……。でも確か、学校での事件には異能力は関わってないんだよな？」

「それは間違いありません。学校内からは異能力を使用した時の匂いもしませんでしたし、匂いを感じ取った人物は天内くんだけです。少なくとも密室や殺人には無関係ではあるようです」

それはよかった。「異能力で密室を構築した」なんて推理のしようがなくて詰むからな……。

今回の密室殺人には絡まないようで、ひとまず胸を撫でおろす。

それにしても恐ろしいメイドだったな。俺は蛇に睨まれた蛙のようになってしまった。

あのメイドが言っていた若というのは、多分カルバンのことだろう。学校で何か大事な用があると言っていた。

「気になるな……」

「なら、あのメイドの方に止められないように、学校に先回りすればいいんじゃないですか？天内くんの異能力ならできますよね」

時間を逆行し、カルバンを追うのではなく俺達が先に学校に行く、ということか。

あのメイドはタクシーで俺達が後ろをつけていたことも気取っていた。尾行が気づかれてしまうのであれば、先回りするのはいい作戦かもしれない。

どの時刻に戻るのかは指定できないが、やってみる価値はありそうだ。

よし、そうと決まれば。

「…………じゃあ、するか…………」

　俺の異能力は、キスをすることで時間を逆行できる。当然この場では冷堂とするしかないので、立ち上がって冷堂の顔を見ながらそう言った。

「……はい」

　冷堂も緊張しているのか、唇を結んで俺の顔を見つめる。

　…………そして、しばらくの間、俺と冷堂はそこから微動だにせず、じーっと見つめ合っていた。

「あの、ひょっとして私からするんですか？」

「違うのか？」

「なんでそうなるんですか……」

「だってこの前は冷堂からだったし……」

「それは、なんというかそういう流れだったので……、とにかく天内くんからお願いします」

「う、わかった」

　俺は姿勢を正し、改めて冷堂の顔を見る。

　目を閉じるといかにも待っているかのようになってしまうからか、お互い目は開いたままだった。冷堂の赤い瞳と視線がかち合う。既に顔もほんのり赤い。

　俺は徐々に、じわじわと距離を詰めていく。肩を持った方がやりやすいのだが、触っていいかどうかわからないので両腕はぶら下げている。

めちゃくちゃ長い時間を掛けて、なんとか鼻息が当たりそうな距離まで近づく。しかしどうしてもここから先が……。

「…………息止めてるんですから、早くしてください」

「やっぱ無理！　恥ずかしい！」

俺は緊張が限界に達し、一旦離れる。心臓が高鳴っていて息が苦しい。

「……ジャンケンで負けた方からすることにしようぜ」

「そんな子供みたいな……いいから早くしましょう」

というわけで、俺達は人のいない路地裏でひっそりとジャンケンをした。

俺がチョキで冷堂はパー。俺の勝ちだ。攻守が逆転し、冷堂からキスをすることになる。

接吻に攻めや守りの概念があるのかは知らない。

「では、いきます……」

「お、おうよ」

再び俺達は向かい合って対峙する。

冷堂は遠慮することなく、俺の肩に手を置いた。そうすることで俺を固定しつつ、自分もバランスを取っている。

白くて小さい、恥ずかしさで桜色になった冷堂の顔が近づいてくる。きゅっと結んだ唇が、俺の口元へ……来ようとして、横にずれた。

「～～～～～～～、む、むり……」

そう呟いて、冷堂は俺の肩に額を当てるように頭を倒れ込ませた。その顔は、以前俺の家で見た時のように耳まで真っ赤になっていた。

恥ずかしいのはわかるが、この体勢も密着しすぎていてやばい。相変わらず柔らかいし、いい匂いがする。二人の心臓の音が重なって共振している。

やはり、以前した時は勢いに任せたところがあったのだろう。改めて向かい合ってキスをするというのはハードルがあまりにも高すぎる。というか、一体何をしてるんだろうな、俺達。

「こんなところでなにイチャイチャしてんですか、あんたら」

「「！！？？」」

不意に、路地の入り口から声がした。先ほども聞いた声だ。瞬時に振り返ると、そこにはまたもカルバンのメイドが立っていた。

「まぁイチャコラは別にいいんですけど、こっそり学校に入ろうとしてるなら……」

「「あああぁあぁぁぁあ」」

「って全然聞いてない」

俺と冷堂は、人に見られた恥ずかしさで目をぐるぐる回して二人で奇声を上げていた。

メイドは呆れ果てた目でこっちを見ている。バカップルが、と思われていそうだ。

こうなっては、時間を逆行して見られなかったことにするしかない！　俺は意を決して、冷堂の肩を摑んだ。

冷堂がびくっと震えて目を見開いている。俺は勢いよく顔を近づけて、自分と冷堂の唇を重ねた。

視界が真っ暗になり、電気が走ったようにばちばちとした閃光が瞬く。

時間が、巻き戻る。

七月九日（土曜日）　十三時三十分

「冷堂さんと天内はどうするの？」

はっと意識を取り戻すと、唐突に塩江の声が聞こえた。

周囲を見てみると、俺達はラーメン屋の外に立っていた。どうやら食事を終えた時間まで戻ってきたらしい。

「…………」

「あれ？　冷堂さーん？」

慣れない時間逆行で認識に時間が掛かっているのか、冷堂は呆けたように立っていた。塩江に声を掛けられ、慌てて返答する。

「あ、ああごめんなさい。用事があるので、私は帰りますね」

「そっかー。……なんか冷堂さん、顔赤いけど大丈夫？」

「大丈夫です、外は暑いですね」

その場を取り繕(つくろ)い、俺達は解散する。

目的地は学校なので、俺と冷堂は学校の方面に向かって歩いた。

途中、冷堂が俺の服の袖(そで)を摑んだ。俯(うつむ)きがちに歩いていて、まだ顔が赤い様子だ。

「…………強引(ごういん)でした……」

「しょうがないだろ、勘弁してくれ」

「…………はい……」

無理矢理されたのがよほど恥ずかしかったのか、顔から湯気が立ち昇っている。ぷしゅー、とやかんのような音まで聞こえてきそうだ。

……ドーレー可愛(かわい)すぎだろ！

俺は心の中で、思わずカルバンのような呼び方で叫んでしまった。

俺と冷堂はタクシーを捕まえて、再び学校へ向かった。カルバンがメイドの車に拾われるまでは多少の時間があったので、それより早く到着することができた。

「今度は大丈夫かな……」

校舎の陰に隠れて、校門が見える位置に陣取る。ここからなら向こうからは気づかれず、カルバンが学校のどこに向かうかを確認できるだろう。

横を見ると、冷堂が腕組みをして何かを考えている。

「それにしても、本当にカルバンくんは何者なんでしょうか？　異能力者のメイドに、拳銃まで所持しているんですよね」

拳銃が本物かどうかまでは確かめていないが、わざわざ玩具を服の内側に忍ばせるほど痛い奴ではないはずだ。多分。

時間を戻す前に俺を校舎裏に呼び出した件といい、犯人であるかどうか以前に行動が謎めいている。

数分して、校門の前にメルセデスが停車するのが見えた。カルバンのメイドが運転する車だろう。

後部座席からカルバンが降車し、運転席のメイドに話しかける。確かミヤユノを呼んだ、という会話だったたか。その後、カルバンは校門の中へと入り、グラウンドを横切っていく。

見失わないように注意して姿を追う。どうやらカルバンは昇降口から中に入るのではなく、外を回って体育館の方に向かっているようだ。

「体育館、か……」

体育館といえば、密室殺人があった当の現場だ。一体何をしに行くのだろうか？

事件現場は警察が封鎖しているので、一人では立ち入りはできないはずだが……。

「私達も向かいましょう」

俺は頷き、カルバンの後を追った。

体育館の入り口の前まで来たところで、カルバンの足が止まる。そこには、見たことのない女性が立っていた。

俺と冷堂は新校舎と体育館を繋ぐ渡り廊下の付近で身を潜め、その様子を窺う。

そこにいた女性は、青みがかった長い髪を一つに束ねてスーツに身を包んでいる。タイトスカートにパンプスという出で立ちで、キャリアを感じさせる印象の見た目だ。

どうやらカルバンとは知り合いのようだ。ここからでは声は聞こえないが、二人とも真剣な表情で何かを話している。

「あれがさっきカルバンが呼んだって言ってたミヤユノなのかもな……ん？」

スーツの女性は、手に持ったバッグから何かを取り出した。

目を凝らして手元を見ると、どうやら何かの写真のようだ。数枚の写真をカルバンが受け取り、しげしげと眺めている。

まるで怪しげな取引現場を目撃しているみたいだな。

しばらくすると、カルバンは親指を体育館に向ける。女性が呆れ顔でため息をついたかと思うと、二人は歩き出し体育館の裏へと消えていった。

「追いかけましょう」

「ああ」

俺は立ち上がり、渡り廊下の陰からカルバンが向かった体育館裏に移動しようと歩き出した。

その瞬間、

「『時の破壊（ブレイクアックス）』」

そんな言葉が頭に中に響き、続いて、パチンという指を鳴らしたような音が鳴った。

そして気が付くと、体育館に近づいたはずの俺は、隠れていた渡り廊下の陰まで戻っていた。

「な…………ん、だと」

「？　どうしたんですか？」

うまく言えないが、今確かに奇妙なことが起こった。しかし、隣にいる冷堂は認識していない様子だ。

今のは、何が起きた？　まるで体育館に向けて歩いたという俺の行動が、数秒前に戻ったような……意味のわからない感覚に酔いそうになる。

そこで俺は、背後に人の気配を感じた。凄（すさ）まじいプレッシャーを放っている何かがいる。

はっとして振り返ると、そこにはメイドの姿があった。カルバンに仕えている……異能力メイドが。

「誰だか知りませんが、今日は帰ってもらいましょうか。そこから先は進めませんよ」

前回の時間軸で見た、鋭い視線が再び俺に刺さる。メイドは手袋をつけていない右手を不自然に構えていて、指を鳴らした直後のような手の形になっている。さっき聞こえた音はこれか？

俺は息を呑んで、ごくりと喉を鳴らす。

「天内くん、大丈夫ですか？」

冷堂は、メイドが異能力を使用したことを匂いで感じ取ったようだ。俺が何かされたのだと心配している。

何かはされたのだが、何が起こったのかさっぱりわからない。

「……なぁあんた、カルバンの従者なんだろ？　俺達はカルバンと友達だから、話せばわかると思うんだけど」

「う――――――――――――――――ん」

メイドは俺の言葉に食い気味に唸り声を上げながら、地面をヒールで鳴らして俺に近づいてきた。

「それが事実だとしても、若は大事な用事があるので無理かなぁ。ま、ご友人ならご理解くださいませって感じですね」

……結局、メイドのただならぬ威圧感と謎の異能力に負けて、俺と冷堂はすごすごと引き下がり、学校を出た。

念のためカルバンに連絡してみたが、電話には出ない。本当に何をやってるんだろう、あいつは。

それからもう一度、時間を逆行して繰り返してみたが、前より先回りしてもあのメイドに察知されてしまった。俺達はカルバンが何をしようとしていたのかを知ることはできなかった。

ちなみにこの時にしたキスは、前回が俺からだったので公平に冷堂の方からしてもらった。お互い恥ずかしがりすぎてすごく時間が掛かってしまった。

三度もメイドに行く手を阻（はば）まれた俺と冷堂は、学校の近くの路上にあるベンチに座って途方にくれていた。

「化け物かよ、あのメイド……」

俺達の気配に気付く獣のような感覚もすごいが、あのメイドは徒手空拳で戦っても相当強いんじゃないかと思う。立ち姿からして素人（しろうと）のそれではなかった。

加えて、俺に使われた『時の破壊（ブレイクアックス）』という、全容の不明な異能力。

別にあのメイドを倒してカルバンの元へ行こうとは考えていないが、異能バトルが始まれば俺では手も足も出ずに負けてしまいそうだった。キスをして時間を逆行する異能力でどうこうするのは無理だって。

それにしても、『時の破壊（ブレイクアックス）』って。しかも前後の状況から考えるに、あのメイドは指を鳴らすと異能力が発動するのだろう。片手だけ手袋をしていないのはそのためか。

「おしゃれな異能力名に指パッチンで発動とか、かっこいいメイドだな……」

俺は空を眺めながら、誰に言うでもなく呟いた。

実に男心を刺激される。そもそも異能力に名前を付けるという発想がなかったな。俺も『時の破壊(ブレイクアックス)』みたいなのを考えてみようか。

「邪魔されたんですから感心しないでください。そもそも、なんであの人の異能力の名前がルビ付きでわかってるんですか?」

「使われた時に頭の中に響いてきたんだよ。そこも含めて、なんかイイな」

「はぁ……そうですか……」

冷堂には全然伝わっていないみたいだ。男の胸をくすぐる要素については理解できていないらしい。

閑話休題、冷堂は調査についての話を切り出した。

「カルバンくんの調査は、これ以上の成果を得るのは今日は難しそうですね」

「そうだな、対象を変えよう。……次は塩江だな」

「わかりました。じゃあ、今度は天内くんの番ですよ」

ベンチに腰かけたまま、腰を回して冷堂は顔をこちらに向ける。順番的に、次は俺からキスをするということだ。

……何度やっても本当に慣れない。

「……いきなり口を近づけるんじゃなくて、どこかに触って慣らしたらどうでしょう」

「触る？」

「手とか、頭とか」

ベンチに置いている俺の左手に、冷堂が右手を重ねた。柔らかくて、夏なのにひやりとした冷たい感触だった。

「…………………」

それに対して、俺は左手の掌を上に向けて、冷堂の指を包み込む。

そうすると、冷堂はさらに左の掌を持ってきて、逆に俺の手を包む。両手で俺の左手を抱え込んでいるような状態になった。

「…………………」

なぜか二人とも全くの無言になって、お互いの手をぺたぺた触り合う。冷堂の掌のしっとりした感触にどきどきして、手汗が出ないか心配になる。

「……………頭も、どうぞ」

「あ、あぁ」

どうぞ、と言われて、俺はフリーになっている右手を冷堂の頭に持っていく。頭頂部に乗せるようにして、掌を添える。ふんわりと髪の毛に触れる。

そのまま撫でるように掌を側頭部に動かすと、冷堂がリラックスしたような声を出した。

「んん…………結構落ち着きます……」

そう言って目を閉じて微笑む。昨日の夜の記憶が蘇り、冷堂は頭を触られるのが好きなんだなと思った。

何度か頭を撫でていると、冷堂が上目遣いで俺の顔をじっと見てくる。

心臓はまだ忙しなく動いていて音がうるさいが、確かに俺も少し落ち着いた気がする。冷堂の頭に手を添えたまま、俺はゆっくりと冷堂に顔を近づけた。

唇が重なる。異能力が発動し、目の前が真っ暗になった。

時間が、巻き戻る。

七月九日（土曜日）　十三時三十分

戻った地点は前回と同じ、食事を終えた後のラーメン屋の前だった。塩江にこの後の予定を聞かれ、用事があるからと帰る流れを繰り返す。

そうして解散し、俺と冷堂は二人になる。

「…………」

しばらく、無言の間があった。

そりゃそうだ、客観的に自分達を見てしまうと、お前らイチャイチャしすぎだろ！　どんだけチュッチュするんだよ！　ということに気づいてしまうのだから。

「…………さっきのは、いい感じ、でしたね」

冷堂が言葉を絞り出したので、俺は努めて元気よく答えた。

「そ、そうだな！　あんな感じでスッとできると理想的だな！」

「コツは掴みました、この調子でいきましょう」

「次は冷堂の番だしな！」

「頑張ります」

気まずくならないよう、無理にテンションを上げて調査に臨む俺達だった。


さて、次の調査対象は塩江蜜柑(みかん)だ。カルバンと同じく文学研究会の一員である彼女には、冷堂が襲撃された事件について疑いが掛かっている。

俺達は塩江を尾行するために、ラーメン屋の前で解散した後、彼女が向かった方向に行ってみた。

だが、なぜかその姿を見つけることができなかった。しばらく探したが塩江は見つからない。

そんなに時間は経っていないはずなのだが……。

「うーん、見失ってしまってはどうしようもないですね」

「そうだな……」

俺は少し考えて、時間を戻した時のことを思い出す。

確か塩江はみんなに予定を聞いて、冷堂が帰ると言ったことに残念がっているように見えた。

ならば、逆に冷堂から誘えば一緒にどこかに行く流れにできるかもしれない。

「時間を戻して、冷堂が塩江とどこかに行くのはどうだ？　店を出た後に予定を聞かれたよな」

「確かに、そうですね。仮に塩江さんが私を殺した犯人であるなら、一緒に行動すれば言動におかしなところがあるかもしれないですし」

俺の提案に冷堂も納得する。さらりと怖いことを言っているが、割と重要なことだ。

『殺したはずの冷堂が生きている』という状況に、犯人は必ず動揺するはずだ。

「冷堂が塩江といる間、俺は離れて見てることにするよ」

「わかりました。…………それでは」

また時間を逆行しよう、となったところで、冷堂は再び俺の手を握った。

「さっきと同じ、触って慣らしたら落ち着いてできる説、ですから」

バラエティ番組かよ。

それからしばらく手や頭を触れ合って、また俺達はキスをする。

時間が、巻き戻る。

七月九日（土曜日）　十三時三十分

「冷堂さんと天内はどうするの？」

「私は特に予定が無いんですが……、塩江さん、よろしければ一緒にどこか行きますか？」

時間を逆行し意識が戻った瞬間、いつも通り塩江の声が聞こえる。

俺と冷堂はまた同じ時点に戻ってきていた。これは偶然だろうか？

もうすっかり慣れてきた冷堂は、塩江の誘いに即答した。

「ほんと？　やったー！」

塩江は無邪気に喜んで、ぴょんぴょんと飛び跳ねている。

「愛ちゃんも行こうよ！」

「うん、いいよ～。どこ行こっか～？」

同じく予定が無いと言っていた宮川も誘われる。塩江と宮川、二人とやりとりができるのは一石二鳥かもしれない。

二人との行動は冷堂に任せ、俺は帰ったことを装うためにその場から離れる。その後、遠くから三人の様子を見ることにした。

どうやら、この近くにできたカフェに三人で行くことにしたようだ。塩江のスマートフォンでお店の情報を確認した時に、リコッタパンケーキの写真を見て冷堂が快諾していた。

　ラーメン屋であれだけ食べたというのにパンケーキが食べられるのは、やはり驚異的な食欲という他ない。

　冷堂と塩江と宮川は、テラス席のあるオシャレな雰囲気漂うカフェに移動した。冷堂は目的通りリコッタパンケーキを、塩江と宮川はさすがにお腹がいっぱいで食べられないのか、クリームの乗ったコーヒーを頼んでいる。

　俺は気づかれないよう、死角になっている席に座った。まぁ、万が一気づかれたとしても大した問題はない。冷堂とキスをして時間を戻すだけだ。

「ひやどうさん、ほんとにいっぱい食べるんだねぇ～。一人暮らしって言ってたけど、食費とか大丈夫なの～？」

　クリームが山盛りになったリコッタパンケーキに目を輝かせる冷堂に、宮川はコーヒーを混ぜながら質問する。

「まぁ、お金はそれなりにあります。普通に生活する分には困っていないですよ」

「女子高生の台詞とは思えないね！」

　思わず塩江が突っ込む。

　冷堂の場合、食費が「普通」とは程遠い気がするが。

　たしか、冷堂は恩人である外海から今住んでいるマンションを棟ごともらったという話だ。

賃貸住宅として部屋を貸すことで、家賃収入を得て生活費に充てているようだ。

マンションの管理は管理会社が行うので、特に冷堂が何かをすることはない。

ということを冷堂がもぐもぐとパンケーキを食べながら説明すると、宮川と塩江は目を丸くしている。まぁ、不動産で不労所得を得て生活している女子高生なんてそうはいないだろう。

「冷堂さん、一人立ちしててなんかすごいね……！　兄弟とかはいないのかな？」

「いないですね、一人っ子です」

「私と一緒だね！」

塩江が楽しそうに騒ぐ。きゃぴきゃぴした雰囲気の女子高生達の会話を盗み聞きしている俺に、注文したコーヒーを店員が運んできた。変な奴だと思われていないだろうか……。

「じゃあ塩江さんは、ご両親と三人で生活しているんですか？」

「んー、まぁそうなんだけど……あんまり仲良くはないから、早くうちを出ていきたいかなー」

カップに視線を落としつつ言う塩江に、冷堂はあまり触れてほしくない雰囲気を察したようだ。それ以上その話は広げなかった。

カルバンもそうだったが、塩江のことも俺は全然知らないな。一人っ子だというのも初耳だ。

そういえば一年前に初めて旧校舎で会った時、静かなところを探していたと言っていたような気がする。それから文学研究会を作ったわけだが、今にして思えば家庭環境が理由だったのかもしれないな。

「愛ちゃんは可愛い弟がいるよね！」

「そうなんだけど〜、中学生になってあんまり私に構ってくれなくなったんだよね〜」

「ふふ、反抗期かもしれないですね」

へー、宮川って弟がいるんだな。口ぶりからすると、宮川は弟を可愛がっている様子だ。年頃の男の子が姉に冷たくしてしまうのはしょうがない。会ったことは無いけどわかるぞ、弟くんよ。

「ねぇねぇ冷堂さん、せっかくだからパンケーキと写真撮ろうよ！」

「パンケーキと？」

「えっとね、こうしてー」

塩江はフォークとナイフを取り出すと、皿に山盛りになっている生クリームを器用に動かし、切ったパンケーキに乗せる。

「わ〜、可愛いね〜！」

それを見て宮川も気分が上がっている。うーん、女子っぽいな。あんなに大量の生クリームを食べて胸焼けしないいんだろうか。

「それを食べてるところを撮るから！」

塩江がスマートフォンを構え、冷堂が慌ててフォークを手に取る。こういうのは慣れてなさそうだな。

「は、はい、わかりました」

クリームが乗ったパンケーキを、冷堂がフォークに乗せて口に運ぶ。山盛りになっているせいで、大きく口を開かざるを得なくなっている。

大口を開けてパンケーキを運んでいるところで、カシャ、とカメラのシャッター音が塩江のスマートフォンから鳴った。

「おぉー！　冷堂さんめっちゃ可愛く撮れたよー！」

「なんだか恥ずかしいですね」

冷堂が口の周りをクリームで汚しつつ、もぐもぐしながら写真を見る。

……その写真、俺にも送ってほしい。近くで見たい。でも時間を戻したらあの写真はこの世から消えてしまうのか……！

俺が拳（こぶし）を握って一人で震えていると、カフェの店員から白い目で見られてしまった。

「三人でも撮ろうよ～！　ひやどうさんもこっちに寄って寄って～！」

宮川が塩江の右肩に近づき、左肩には冷堂が寄る。塩江が中心になる形で三人をカメラのフレームに収めるために、目一杯密着している。

「……二人に挟まれると圧がすごいんだけど」

「ん～？　どうしたの～？」

「いや、どうって……、愛ちゃんには胸に手を当てて考えてもらいたいね」

「あ、うまいですね」

「冷堂さんも愛ちゃんと同格だからね!?」

うーん、一体何の話をしているんでしょうね、彼女達は。俺にはわからないぜ……。

それからも、三人はそんな感じでとりとめのない談笑を延々と続けていた。

女子高生ってあんなに長い時間、話題を継続させることができてすごいな。俺はすっかりコーヒーを飲み干してしまった。

途中、それぞれ別々のタイミングでお手洗いに立っていたので、塩江と宮川に気付かれないかひやひやした。

パンケーキを食べ終えてからもずっと話していたが、ふと冷堂が胸元に手を添えた。

「……何か、今になって胸焼けがしてきました」

「おおう、生クリームすんごい多かったもんねぇ。そろそろ帰ろっか？」

塩江が壁に掛かっている時計をちらりとみてそう言った。二時間ぐらい話してたな、あの三人……。

「ひやどうさん大丈夫〜？」

胸を押さえる冷堂の背中を、宮川が心配そうに摩っている。大丈夫ですよ、と冷堂が答えた。

「今日はありがとうございました。すごく楽しかったです」

「こちらこそ！　またみんなとどっか遊びに行こうね！」

「はい」

塩江の屈託のない笑顔を見て、冷堂が静かに微笑む。うんうん、青春って感じでいいな。

「私、今度ひやどうさんのおうち遊びに行ってみたいな～」

「別に構いませんよ、いつでもおいでください」

「やった～！」

三人が会計を済ませるのを見届けて、しばらくして俺も店を出る。外で二人と別れた冷堂が、俺のことを待っていた。

「おつかれ」

「天内くんもお疲れ様です。楽しかったです」

俺が声を掛けると、冷堂はツヤツヤの顔で口元を緩ませにこりとそう言った。それは何より。

「なんていうか、女子高生成分を補給できた感じがしましたね」

「お、おう？」

よくわからない概念を口にしている……。パンケーキとガールズトークにいたく満足した様子だ。もう俺の前では、クールだったキャラがだいぶ溶けてきているな。

「俺も話は聞いてたけど、特におかしい様子はなかったよな」

カルバンの時と比べると、調査という程のことにもならなかった。普通にカフェで話をしていただけだ。

「そうですね、特に怪しい言動は感じませんでした」

塩江の尾行ができなかったのは残念だが、あの様子ではこれ以上何も出てこなさそうな気がするな。

さて、残るは……。

「宮川さんの尾行、部員じゃないけど調べる必要はあると思う」

「そうだな、ですか？」

成り行きで宮川もカフェに同行することになったが、もし冷堂が塩江を誘わなかった場合はラーメン屋の前で解散している。その後の宮川の動向を調べてみるのは良いかもしれない。

俺達が知っている限りの情報では、宮川には笹村を殺す動機はしっかりとある。宮川は笹村に言い寄られていたという芦原(あしはら)の情報だ。冷堂を殺す動機についてはわからないが……。

仮に犯人でないとしてもわざわざ彼女の下着を使われているのだから犯人との繋がりや関わりがあっても不思議ではない。

そんなわけで、再び俺と冷堂はキスをした。これでこの日だけで五回目だ。

時間が、巻き戻る。

七月九日（土曜日）　十三時三十分

同じ時刻に逆行し、ラーメン屋の前で塩江に予定を聞かれる。またここか。

皆が解散して俺と冷堂の二人になる恒例の展開。

突然、俺は強烈な眩暈（めまい）に襲われた。

またキスの余韻でもにょもにょしている冷堂の横で、ふらついて壁に手を突く。

「どうしたんですか？」

「いや、なんか頭が……」

猛烈に痛い。じんじんと、脳味噌（のうみそ）が熱を持ってきているような感覚。視界まで歪（ゆが）んできた。

まさか、俺の異能力の副作用なのか？　同じ時間を繰り返しすぎると、脳に負荷が掛かりすぎるといった事象が起こるのだろうか。

中学生の時はこれだけ連続して異能力を使用したことはなかったからか、今回が初めての現象だ。

一緒に時間を戻っている冷堂が平気そうなのは、怪我（けが）も病もすぐ治る不老不死だからか。それは不幸中の幸いだ……。冷堂が相手でよかった。

「辛（つら）そうですね……歩けますか？　今日はもう帰りましょう、家まで送りますから」

「あぁ、悪いな……」

俺は頭を手で押さえながら、冷堂に肩を借りてのそのそと歩く。一人だと歩くのもままならない。油断すると意識を失いそうだ。こんなに頭が痛むのは初めてだった。

額から大量に冷や汗が垂れているのを見て、冷堂がハンカチを取り出して拭いてくれた。ハンカチまでいい匂いがするな、冷堂は。

「あれ、天内とレイドーちゃんじゃん、どした？」

途中でコンビニの横を通った時に、ちょうど店から出てきた芦原が俺達を見つけた。手にアイスクリームを持っている。

「ちょっと体調が悪いみたいで」

冷堂が事情を説明する。

芦原の視点ではつい先ほどまで元気にラーメンを食べていた俺が突然グロッキーになっているため、かなり心配してくれた。

手の甲で俺の頬に触れて、体温の高さに驚いている。

「うわ、すっごい熱じゃん。あーし冷え冷えシート買ってくるね！」

「ありがとうございます」

芦原は再びコンビニに入店し、冷却シートや飲み物を買ってくれた。

そして、二人がかりで俺の家まで送ってくれたのだった。

＊

天内くんの家に到着し、私と芦原さんは彼をベッドまで運んだ。

芦原さんが買ってくれた冷却シートを額に貼ると、幾分マシになったようで汗が引いていく。よかった。

……まさか、異能力の使い過ぎでこんなことになってしまうとは、迂闊だった。私は調査を提案した自分を恥じ、彼に申し訳ないと思った。

「ふぃ～、なんとか連れてこれたね」

天内くんを運び終えた芦原さんは、居室の適当な場所に座り込んだ。

「芦原さん、とても助かりました。ありがとうございます」

「だいじょぶだいじょぶ。レイドーちゃん一人だと大変だったでしょ、タイミングよかったー」

本当に助かった。私一人では、買い物まで済ませる余裕はなかっただろう。

私はベッドの横に腰掛け、天内くんの顔を見る。顔色もだいぶよくなってきたようなので、大事には至らなそうで安心した。

汗で髪が額に張り付いていたので、指で表面を撫でて剝がす。その様子を芦原さんがぽかんとした顔で見ていた。

「やっぱ天内とレイドーちゃんってただならぬカンケーって感じー」

「さて、どうでしょうか」

ただならぬ関係、と言われれば全くその通りだと思う。何度も唇を重ねた異性なのだから。

何となく否定する気になれなくて、私は曖昧な答え方ではぐらかした。

「あーしはあんまり天内のことよく知らんけど、お似合いだと思うよ！」

そう言って私に向かって親指を立てる。何と答えればいいのやら……。

「天内って浮気とかしなさそーだよね」

……それはどうだろう。浮気性だとは思ってはいないが、胸の大きい女性を目で追っていそうな気はする。そんなことで浮気と認定する方が心が狭いのかもしれないが。

って別に彼と私は交際しているわけではない。何度もキスはしたがあくまで事件解決のため。だから浮気も何もない。多分、目の前で他の人にデレデレしてたら苛立つと思うが、嫉妬ではない。これだけははっきりしている。

不老不死の自分が、他人とそういう関係になるわけにはいかない。

「浮気といえば……以前、塩江さんの恋人にお会いしたことがあるんですが、失礼ながらいかにもしそうな人ではないですか？」

「あー奥原のことかー、ひょっとしてレイドーちゃんなんかされた？」

「塩江さんの目の前で、私をナンパしていましたので。塩江さんは何も思わないのでしょうか……」

塩江さんの彼氏である奥原鷲雄とは以前、宮川さんと廊下で話した時に遭遇したことがある。露骨にいやらしい目で見られたのでとても不快だったのを覚えている。

　あの調子では、普段から塩江さん以外の女性に対して頻繁に劣情を抱いていそうだ。

「どうだろうね。あんまり気にしてるっぽい感じはしないかなー。蜜柑ちゃん奥原にメロメロだから」

「はぁ、メロメロですか……」

「めっちゃノロケ話されるよー」

　私は思わず微妙な表情になる。世の中には悪い男性に惹かれる女性もいるというし、好みは人それぞれか。

「そーいえばさっき愛ちゃんとお店でチラッと話したけど、ラーメン屋に行く途中で奥原と会ってすんごいニラまれたらしいよー。もうあーしは心配でしょうがないよ、愛ちゃんは前にも奥原のことで悩んでたことあったから」

　芦原さんはお腹をさすって胃が痛むというジェスチャーをしながら話す。

　今日、塩江さんは更衣室の調査に行ったため、奥原鷲雄は一人で帰っている。その時に遭遇したのだろう。

　前にも悩んでいた、という話が気になり、私は芦原さんに問いかける。

「……前にも、というのは？」

「んーとねぇ……、奥原って中学生の時から、愛ちゃんに何回もコクってたらしいんだよね」

「なんと、まぁ」

……ということは、宮川さんと奥原鷲雄は同じ中学の出身なのだろう。これは私達の知らない情報だ。

あの奥原鷲雄からの告白を宮川さんが受け入れることはなさそうだし、「何回も」ということは、毎回断っているのだろうか。苦労が偲ばれる。廊下で奥原鷲雄と会った時の宮川さんの嫌そうな態度も腑に落ちた。

今日の朝、文学研究会の部室でも宮川さんを疑う発言をしていたが、告白を拒否したことの逆恨みで余計に疑念が膨らんでいるのではないだろうか。

「その……奥原さんが宮川さんに好意を持っていたというのは、塩江さんはご存じなんですか?」

「いやーゴゾンジないと思うよー、愛ちゃんと蜜柑ちゃんは中学違うし、その話はしたことないしねー」

宮川さんの立場からすれば、それを塩江さんに知られるのは避けたいところだろう。親友の恋人が自分に何度も告白していたということを知られてしまうと、気まずくなるのは必至だ。

先ほど芦原さんが言っていた、奥原鷲雄のことで宮川さんが悩んでいた、というのはそういうことか。当の塩江さんから惚気話を聞かされるとは、とても居心地が悪そうだ。

「ま、みんな仲良くできるといいよねー、レイドーちゃんもね!」

「そうですね」

芦原さんは八重歯を覗かせてにかっと笑う。

話した印象では、彼女は友達思いで気遣いもできる。天内くん曰く意外と頭もキレるらしい。

最近のギャルは、すごい。

「そ・ん・な・こ・と・よ・り～」

「は、はい？」

急に距離を詰めてきて、背後から私の肩に両手を乗せる。なんだか嫌な予感がする。

「レイドーちゃんは天内のどこがスキなん？」

……その後、天内くんと私のことで散々いじられる羽目になった。やっぱりギャルってすごい、と思った。

七月十日（日曜日）　十三時

頭の中に熱を持った異物が入り込んでいたような頭痛が徐々に和らいで、やがては完全に消え失せた。

額に冷たい物と、身体には何か温かい物を感じる。意識が覚醒したので目を開くと、俺は自分のベッドで寝ていた。

そして、横には冷堂が寝ていた。

添い寝……というか、冷堂が泣いていたあの夜のように、俺にくっついて匂いを嗅いでいた。

「おおぉい！」

俺は驚きすぎて飛び上がり、壁に背中をぶつけた。

「お、おはようございます……」

どうやら冷堂は寝ていたわけではないらしい。俺が飛び起きると、しまった、という表情で硬直していた。

「あ、あの、これはですね……、天内くんの異能の匂いが私は結構落ち着くので……」

冷堂が慌てて取り繕う。今更だが距離がものすごく縮まってるな……。

「風呂も入ってないしさすがに恥ずかしいんだが」

「……まぁ、それはそれで……」

「うわっ」

「!? うわって、私が変態みたいな反応しないでください」

「ちょ、痛い痛い病み上がり病み上がり」

冷堂は目を不等号のような形にして、ポカポカと俺の背中を叩いてくる。もはや歳上の威厳みたいなものは欠片もなかった。

叩かれながら時計の表示を見ると、今は日曜日の昼だった。どうやら俺は、ほぼ丸一日寝ていたらしい。

　冷堂の格好を見ると、自宅で着ていたジャージとTシャツ姿だ。部屋着になっている。

「ずっと看病してくれてたのか？　悪いな」

「まぁ、さすがに心配で放置できなかったので……、一度帰ってから、着替えや食事の用意をしてきました」

　ということは昨日の夜はまたうちに泊まったのだろうか。まさか一晩中ずっと横で寝てたんじゃないよな……。

「芦原さんも天内くんをここまで運ぶのを手伝ってくれたんですよ。しばらく私と話してから、夜には帰りましたが」

　そういえば、芦原がコンビニから出てきたところをぼんやりと覚えている。助けてくれたんだな。

　机の上を見ると、幕内弁当が置いてあった。俺の分を買ってくれたのだろう。

「体調はどうですか？」

「あぁ、完治したみたいだな。頭もすっきりしてるよ」

　異能力の使いすぎで後遺症が出たらどうしようかと思ったが、一日寝て治るぐらいの症状で良かった。脳は休めるのが大事だな。

　とりあえず、腹が減った。あと風呂も入りたい。

　俺の体調が良くなったのを聞いて、冷堂が背中を反らして伸びをする。

「大丈夫そうなので、私は帰りましょうか」

「ありがとうな、めちゃくちゃ助かったよ」

「いえ、私は全然。芦原さんにもお礼を言っておいてくださいね」

「わかった」

冷堂は手早く手荷物をまとめる。なぜかピザの空箱が大量にあり、それを袋に詰めて持って帰っていた。宅配頼んだんかい。

玄関で靴を履くと、振り返って俺の顔をじっと見る。

「じゃあ、また明日」

「あぁ、学校でな」

ばたん、と冷堂が去って玄関の扉が閉じられる。

俺は居室に戻り、ベッドに腰掛ける。ため息をついて、一昨日からの出来事に思いを馳せた。

学校の部室で血まみれになった冷堂を発見してからさっきまで、俺と冷堂はほぼずっと一緒にいた。時間を巻き戻しているので体感はとても長い。

食事をしたり、一緒に寝たり、お互い恥ずかしがりながら何度もキスしたり。

いやもう本当に、思い返すと、ただのバカップルみたいだな……。

七月十一日（月曜日）　放課後

月曜日。以前の時間軸では、致命傷を負ったはずの冷堂がけろりと登校したことで騒がれたり、俺が奥原に殴られたりといったことがあった日だ。

傷害事件が発生したので学校は休校になるという流れだったが、今回は冷堂の事件が発覚していないので通常通り授業が行われた。

放課後まで時間は進み、午前中に降った雨はすっかり上がっている。

色々と考えてみたが決定的な推理に至ることができず、特に何もない時間が過ぎていった。

カルバンに土曜日の学校で何をしていたのか聞いてみたいと思い、B組の教室に行ってみたものの、今日はなぜか学校に来ていないと宮川が教えてくれた。

「理由は先生も聞いてないみたいだよ～、サボりだね～」

宮川と話していると、芦原も振り向いて俺に声を掛ける。

「蜜柑ちゃんも今日来てないんだよねー、どしたんだろね？」

たしかに、B組の教室には塩江もいない。

前回の時間軸の月曜日は、二人とも登校はしていたはずだ。何かが変わってきている。

二人に何かあったのかもしれないが……今はまだ何もわからない。俺はひとまず、ミオさんから新たな情報が来るのを待つことにした。

本を読もうという気分でもなかったので、この日は俺と冷堂も部室に寄ることなくすぐに学校を出た。

学校から下宿までの徒歩二十分ほどの距離を、俺達はとりとめのない会話をして歩いた。

だいぶ心を開いてくれたのか、冷堂は、好きな映画やドラマについて話してくれた。割と涙腺が緩いようで、感動的な要素が少しでもあると目が潤んでしまうらしい。

逆に、ホラー映画は心臓に悪いから苦手だとか。不老不死の心臓に悪いも何もないと思うが。

彼女は孤児院で八年ほど生活している。引き籠もりがちで退屈だったので、そういった娯楽にのめり込んだ、と言っていた。

やたらドラマについて饒舌に語られた。そういえば以前も、東野圭吾が原作のドラマにハマったみたいなこと言ってたな……。

基本的にクールで無表情だし、作品について語る口調も静かなものだが、時折口角をわずかに上げて笑う。

まだ出会ってから数日しか経ってないのだが、最初の頃とは表情の柔らかさが氷とマシュマロぐらい違っている気がする。

小説は読むが映像はあまり観ない俺は、そんな彼女の話にひたすら相槌を打っていた。

「天内くんは、好きな映画はありますか？」

「映画かぁ……、そんなに見ないけど、親が見ていた影響で記憶に焼き付いて好きになった作品なんかあるかもな。『踊る大包囲網』とか」

「テレビドラマの続編映画ですね。警察内部の様子をリアルかつコミカルに描いていて、見応えがありましたね」

「『封鎖できませぇん』、ってってな」

俺は印象に残っていた台詞を役者の演技まで再現してみた。冷堂がくすくすと笑っている。

実家でリビングに行くと、よく親がレンタルしてきたＤＶＤを再生していたのを思い出す。

そういえば、うちの親も冷堂のようにドラマをよく見ていたな。

「あのドラマの放送が開始した時は、警察のきな臭い部分を描いていた作品は例がなかったので、非常に面白かったです」

「そ、そうなんだ……」

……放送当時と言われても、俺が生まれる前の話なのでなんとも言えなかった。不機嫌になりそうなので言わないでおく。

とはいえ、こうして話していると冷堂はすごく親しみやすい奴だと思った。カルバンにもノリがいいと言われたり、宮川からも面白い人だと気に入られたりしていた。最初に会った時に感じた近寄りがたさはすっかり無くなっている。

意外と泣き虫で、ドラマが好きで、友達と遊ぶことを楽しめる普通の女の子なのだ。

そんなこんな雑談をしていると、あっという間に俺の住んでいる下宿に着いた。

「少し上がっていってもいいですか？」

「別にいいけど、どうかしたか？」

「もう少し天内くんと話したいなと思いまして」

悪戯っぽく笑いながらそう言われて、俺はドキッとしてしまう。徐々に可愛い表情が増えてきた感じがするな。

駐輪場のバイクに悪戯がされてないか横目で確認して、階段を上がって俺の部屋に向かった。

「ただいま」

「お邪魔します」

もう冷堂もすっかり我が家に慣れたものだ。

リビングでお茶を啜りながら、雑談の続きをだらだらとしていた。

「……そういえば、天内くんって読書家の割にお家には本棚が無いんですね」

「嵩張るからなぁ……、本は買うけど、部室の本棚に置くようにしてるんだよ」

これは俺だけではなく、他の部員もそうだ。学校の部費で購入している物もあれば、個人で買った物もある。

ちなみに部室にあるライトノベルは全てカルバンの私物だ。

「なるほど。そういえば、部室の隅のスペースに筋トレ用の器具が色々ありましたけど、あれも持ち込みですか？　ダンベルとかローラーとか……」

「そうだな。竹刀は俺のだけど、後はほとんどカルバンが持ってきたんだよ、あいつ金持ちだから」

「図書室で運動をしようという発想が突飛ですよね」

カルバンははっきり言って変人だからな……。妙な呼び方を徹底するし。

「本って読んでたら肩が凝るからなぁ、体を動かしたくなる気持ちもちょっとわかる」

だから俺もたまに竹刀で素振りをやっている。

竹刀の素振りは素晴らしい。無心で振れば集中できて、精神が統一できる。

「そうなんですか。私って、肩が凝ることもないんですよね」

「……いいなそれ！」

不老不死、傷がすぐ治るということは肩凝りとも無縁らしい。現代社会で働いている中年男性が泣いて欲しがりそうな効果だった。

特に冷堂は、胸がかなり重そうなので、能力がなければ相当肩に負担が掛かっていたことだろう。

「……今、胸のことを考えたでしょう」

あまりに的確な名推理に、「ぎくり」と思わず口に出してしまった。

「視線でバレバレです、ふふふ」

彼女は別段気を悪くしたような素振りはなく、悪戯っぽく笑うだけだった。

「まぁ、宮川さんに聞いてみれば、私にも苦労がわかるかもしれないですね。私と同じかそれ以上かという人に会ったのは初めてですから」

「冷堂、そこに関しては自信満々だな……」

お腹(なか)や脚は気にしているくせにな。

実際は、宮川はIカップ、冷堂は一つ下のHカップということだったはず。どちらも本人が言っていた。

……そういえば、宮川から胸のサイズを聞いた時、タイミングが悪く、冷堂は席を外していた。だから宮川のサイズを知らないのか。

「今はアルファベット上では同じはずですが、肉体に変化が起きない私と違って宮川さんは今後も成長するでしょうね」

「……ん?」

冷堂がお茶に口を付けながら何気なく放った一言だった。だがそれは、俺が知っている情報とは違っている。

「……どうかしましたか?」

「……確認なんだけど、冷堂の胸のサイズって」

「Hですよ」

彼女は両手で自分の胸を持ち上げるようにして、恥じる様子もなくそう言った。うーん、改めて密だ……。ってそうじゃなくて。

念のために今聞いてみたが、Hというのは俺も以前に聞いたから知っている。ということは、冷堂は宮川のサイズを誤認しているのだろうか？

「……宮川のサイズは本人から聞いたのか？」

「いえ、天内くんも一緒にいた時に聞いてみましたが、教えてもらえなかったですね」

「じゃあ、どこで知ったんだ？」

「どこでって……、例の用具室で、被害者が握っていた宮川さんの下着を見た時に確認したんですよ。Hカップ用でしたから。一応本当にそうなのかと思って、宮川さんにしつこく聞いてみたんですけど、口を割ってはもらえませんでしたね」

そうだったのか。どこにサイズが書いてあるかもよく知らないので気が付かなかった。

俺と冷堂と宮川の三人で昼食を食べた時、執拗に胸のサイズを聞いてたのはそういうことだったのか。

不自然なほど興味を示してはいたから不思議に思っていたが、腑に落ちた。

しかしサイズの違いは……どういうことなんだ？　現場にあったのは宮川の物のはずじゃ……。

ふと、スマートフォンが振動していることに気付いた。画面の表示を見ると、ミオさんからの電話だった。

俺は冷堂に断って、画面をタップして通話を開始する。

「もしもし、ミオさん？」

「ハルマくん、少しいいかな？　事件のことで新しい事実がわかったんだけど」

大丈夫、と答えて、俺はミオさんに続きを促した。

「実は、体育館の用具室で殺された被害者が握っていた下着なんだけど、鑑定の結果、妙なことがわかったんだ」

「妙なこと？」

「あれは、宮川愛さんの物ではないみたいなんだ。彼女本人があれは自分の物だと思っていたけれど、見た目が同じ物であって宮川愛さんが着けていた物ではないようだ」

それを聞いた瞬間。頭の中で、落雷が落ちたような音が響いた。衝撃を受けて、俺はゆらりと前のめりになる。

それを支えるように頭に手を当て、衝撃で揺れた脳内を整理する。

バラバラになったパズルのピースをはめ込んでいくように。

これまでの体験が、甦る。記憶を司る前頭葉で、まるで映画のシーンを切り出して再生するように。

……「親友ぐらいにしか話したことないよ～」「二ヶ月ぐらい前にさー」「**どう考えてもお前が一番怪しいだろうが！**」「コイツのことは忘れてくれ」「**み、みみ、見ないでください**」「心臓が潰れようが、首を切ろうが死ぬことはない」「**それって普通に考えたら宮川が怪しいよな**」「**今日はネックレス着けてないんだね**」「**愛ちゃんは前にも奥原のことで悩んでたことあったから**」「**若には大事な用があるので邪魔はさせませんよ**」「肉体に変化が起きない私と違って宮川さんは今後も成長するでしょうね」……

……俺の様子がおかしいことに気づいて、冷堂が声を掛けている。だが、まるでガラス越しに呼びかけられたようにくぐもって聞こえる。

額を冷や汗が伝う。体温が上昇しているのを感じる。

だが逆に、頭は氷でも乗せているかのように、冴え渡る。

全てのピースが、繋がる。

全ての霧が晴れ、事件の全貌が浮かび上がる。

「……そういうことだったのか」

でも、そんな、まさか。

「天内くん？　大丈夫ですか？」

「…………冷堂……」

顔を上げて、冷堂に向き合う。

彼女はとても心配そうな表情で隣に座っていた。そんな彼女を見て、俺は自分を落ち着かせる。スマートフォンから、ミオさんも俺を心配する声を投げている。

これまで俺が得てきた情報と、冷堂が言ったことで、学校で起こった一連の事件の全ての真相に、俺は気づいてしまった。

そして、真相に気付いたということは、当然のことではあるが、

「犯人が、わかった」

犯人も、動機も、方法も。全てが解明できた。

もしこれがミステリ小説であるならば、**『読者への挑戦状』**が挿入できるだろう。

推理に必要な全ての材料は明かされた。犯人は当然、俺の知っている人物だ。
『体育館の密室』は冷堂が暴いている。よって残る謎は

①犯人は誰なのか
②動機は何なのか
③プールの更衣室から宮川愛の下着を消失させた『更衣室の密室盗難』
④冷堂を襲った際に文学研究会の部室を密室にした『文学研究会の密室』

ただし、④の事件は、俺が時間を逆行したことにより発覚していない。
この密室の答えにも俺は辿り着いたが、公に暴かれることはない。
世界で俺と冷堂と犯人以外は知りえない、誰にも解かれることのない究極の密室だ。
ただし、もしこれが……俺が体験していることが小説のように語られ、
それを読んだ人がいるならば、この密室の謎も解明することができるはずだ。

四章　君と最後のキスをする

The Immortal Detective, Momiji Reidou

七月十一日（月曜日）　放課後

今日は学校を休んだ。重要な用事があったからだ。ナイアマから着信があったが、今は無視しておく。

放課後の時間になり、俺は忍び込むように学校の敷地に入る。向かったのは本校舎ではなく、文学研究会の部室がある旧校舎だ。

殺人事件があった影響で活動を自粛している部活動もいくつかあり、いつもは遠くから聞こえる吹奏楽の音や運動部の掛け声は聞こえない。普段から人気のない旧校舎をさらなる静寂が包み込んでいた。階段を上る音が、洞窟の中にいるかのように反響する。

階段を上り終え、廊下を曲がると、部室のガラス窓に人影が見える。

俺はとある人物をこの場所に呼び出していた。どうやら先に到着していたようだ。

「よぉ」

息を呑み、拳を握る。俺は意を決して、部室の扉を開いて声を掛けた。

＊

私はハルマくんこと天内晴麻くんと電話をするため、警察署の屋上に一人で来ていた。周囲には誰もいない。ついでに煙草を吸おうかとも思ったが、事件に協力してくれている彼と電話するというのに失礼かと思い、箱をスーツのポケットにしまいこんだ。

ハルマくんは、私が新しく判明した事実を伝えると、しばらく沈黙してしまった。何度か呼びかけたところで、ようやく応答する。

「……ミオさん。俺、事件の犯人がわかった」

「なんだって⁉」

自分以外誰もいない屋上で、スマートフォンに向かって目を見開いた。

煙草をしまったのは正解だった。口に咥えていたら、開いた口が塞がらず、落としてしまっただろう。

「全部わかったよ……」

どこか興奮を押し殺しているような声で彼は言う。

彼は下宿にいるらしく、直接聞きに行くのもいいと思ったが……、この後のことを考えてこのまま電話で話してもらうことにした。事件の真相を彼の口から聞けば、犯人の確保に動くことになるかもしれない。ひとまずは、警察署にいるのが一番だ。

体育館で起きた密室殺人については、一昨日、現地で冷堂(れいどう)さんに聞いている。あのトリックは、まるでライトなミステリ小説のネタを聞いている気分だった。少し引っ掛かる点がないわけではないが、その時は特に指摘はしなかった。

説明する順番を考えているのか、少し逡巡(しゅんじゅん)してから電話の向こうの彼は語り出す。

更衣室の盗難事件。水泳の授業中に、鍵(かぎ)の掛かった更衣室から女生徒の下着が盗まれた、というものだ。

盗難が発覚した際、生徒の主導によって手荷物検査が行われたが、結局下着が見つかることはなかったということが判明している。

体育館で死体が握っていた下着が宮川愛(みやがわあい)さんの物でないことはわかったが、そうであれば更衣室の盗難はなぜ起こったのか。そして、どうやって盗難を行ったのかは依然として不明のままだ。

彼は、それを説明できると言い、そのまま話を続けた。

「情報があればすごく単純なことだったよ。犯人は、更衣室の窓から下着を投げ捨てたんだ」

それを聞いて、更衣室の窓がどんなものだったかを思い起こす。

換気用の窓は非常に高い位置にあり、開閉は内側に付いている紐(ひも)を引っ張って行うタイプだ。人が通ることは不可能だが、物を投げて通すことは可能だということはわかる。

それに、窓から投げたというならば、芦原伊代さんが行った手荷物検査をスルーしたのも当然だ。手元には盗んだ物はないのだから。

「……けど、窓の外はすぐに用水路が通っていたよね？」

窓に向けて物を投げたなら、それは恐らく用水路に落下するだろう。遠投によって用水路を越え、向かいの道路に落とすには、窓の角度がかなり厳しい。

「だから、犯人はわざと用水路に下着を落としたんだよ。多分、底にしっかりと沈ませるために重りもつけていたんじゃないかな。あそこは住宅街も学校もそばだから、浮かんでしまうと目撃される可能性が高い」

「……なるほど」

「目撃を避けるためには、用水路に沈めた下着は、授業の後とか明るい時間に回収することも難しいはず。犯人は、盗んだブラジャーは用水路に沈めてそのままにしたんだ。体育館の密室に使った下着は、盗んだものとは別の同じ商品を利用して」

沈めた下着は、放っておいてもわざわざ調べられはしないと思うが、万全を期すなら人目がない深夜等に回収するだろう、と彼は補足する。

「……更衣室から宮川さんの下着を盗んだ……というか、消失させた方法についてはわかったよ。でもなんでそんなことをする必要があったんだい？」

ここは見過ごせない疑問点だった。

何せ、仮に冷堂さんが言っていた体育館における密室トリックが事実だとして、使用した下着は盗んだ物ではないのだから、更衣室での盗難を行わなくともトリックは成立する。

宮川愛さんの犯行であると誤認させるのが目的だとすると、かなり杜撰(ずさん)だ。

我々も最初は、本人が主張したために宮川さんのものであると思っていたが、鑑識の結果、彼女のものではないことがわかったのだから。

もしや、更衣室と用具室の事件は別々の犯人によるものだろうか？

「それは、犯人の説明をしたらわかるよ。二つの事件は、同一犯によるものだから」

犯人が知りたくて、少し焦(じ)れてしまう。私は彼に話を続けるように頼んだ。

「……水泳の授業が終わると、犯人は、昼休みの間に体育館の用具室に侵入して宮川の物と同じ下着を使ってトリックを準備した。もちろん、事前に開けておいた地窓からね。そして、手紙で五時限目に笹村を用具室に呼び寄せた。この辺は冷堂の説明したトリックの通りかな」

頭の中で彼が言ったことを反芻(はんすう)すると、犯人の周到な計画性に驚く。

「いや、でもちょっと待ってくれ。犯人は予め、宮川さんが着用していた下着と同じ物を用意していたわけだろう？　彼女がどんな下着を着けてくるかは、犯人には予想できないんじゃないか？　そもそも同じ下着を事前に準備するということも難しいような気がするけど……」

「犯人が宮川がどんな下着を持っているか、ついでに言えばどこで下着を買ったかも把握できる立場の人物なのさ。犯行当日に宮川がどんな下着を着けてくるかはもちろんわからないだろうけど、犯人は逆に、宮川が自分が事前に用意している下着と同じ種類の物を着用してきた日に作戦を決行する予定だったんだと思う。下着の種類が一つだけだと条件が厳しいから、何種類か用意してたんじゃないかな」

「む、むう……」

私が頭の中で内容を整理していることを察したのか、ハルマくんは沈黙している。

事前に準備していた下着と同じ種類の物を着用してきた日……犯人からすれば犯行の条件が整う日に実行するというのはわかる。下着の盗難を行うためには水泳の授業がある日に限られるが、私が確認した時間割では体育は週に数回はあったはずだ。

しかし、そもそもどんな下着を持っているかを把握できる立場とは？

私は、最後に残った重要な謎を、彼に問いかける。

「ハルマくん。犯人は、誰なんだ？」

彼の返答を聞いて、まず私はその人物の自宅に電話を掛けた。

何コールかして、母親らしき人物が電話口に出る。お子さんが家にいないかを訊ねると、先ほど制服を着てどこかに出掛けて行ったのだと気怠そうに答えた。

警察からの連絡だというのに、慌てる様子は全くない。何の興味も示していないように感じた。

制服を着たということは、学校に行ったのだろうか？　私は電話を切り、車の鍵を持って署を出た。

学校までの最も近い道は既に頭に入っているので、クラウンに乗り込み市街を駆ける。

校門前に到着し車を出ると、やや乱暴気味に扉を閉める。夕焼けを背に、私は校門を潜った。

すると、昇降口から一人の生徒がとぼとぼと歩いてきた。周りには誰もおらず、下を向いて歩いている。

「君」

私が声を掛けると、その生徒は一瞬固まった。俯いていてその表情は窺い知れなかったが、顔を上げると作り笑いをこちらに向けた。

「……えっと、刑事さんですか？　何か用ですか」

彼女は、人懐っこい笑顔……のように見える表情を、顔に貼り付けていた。内側に滲む警戒心が隠しきれておらず、目の中は笑っていない。

「君に聞きたいことがあるんだけど、少しいいかな。校門の外に車を停めて……」

私が校門へ顎を向けた瞬間、彼女は倒れ込むように私との距離を詰めた。腹部に、何かが当たったような鈍い衝撃を感じる。

少し遅れて、自分の腹に包丁が刺さっているのを視認して、ようやく痛覚が走る。

「……刑事さんは、『無敵の人』って聞いたことありますかぁ？」

足がよろけ、私は膝から崩れ落ちた。それを見下すような視線で見ながら、彼女は一人で語る。

無敵の人。失う物がなくなり、何にも恐れる必要がなくなった人間が凶行に走る……そんな時に使われる言葉だ。

「身に染みて思ったんですけど、犯行がバレた推理小説の犯人って、そこからどう頑張っても逆転なんてできないわけで、まさに『無敵の人』だと思いませんか？　……なんかもう逆に、最近できたカフェでクリーム山盛りのリコッタパンケーキでも食べに行こうかと思ってたところですよ」

血を吐く私に向かって、彼女は一人で喋り続ける。出血が多く、その場から立ち上がることができない。

そんな私を、塩江蜜柑は、心底つまらなそうな顔で見つめていた。

＊

七月十一日（月曜日）　十八時

今から三十分ほど前。俺は自宅から、ミオさんに電話で事件の真相と犯人を伝えた。隣では、冷堂が俺に並んでベッドに座っている。

……犯人は、文学研究会の部員である塩江蜜柑だった。

まず間違いないと確信があることを伝えると、ミオさんは塩江の自宅に連絡すると言って電話を切った。

通話を切った後は、俺と冷堂は二人とも無言だった。

冷堂が今何を思っているかは知らないが、俺は自分で自分の友達を殺人犯だと明かしたということに、改めて心に重いものを感じていた。

塩江のことを思い出す。

いつも溌剌(はつらつ)としていて、名探偵を自称する明るい彼女を、俺は殺人犯だと断定した。まるで、胃袋の中に鉛の塊が生まれたかのような感覚だった。吐き出すこともできず、ただただ胸を苛(さいな)む。

外は夕日が沈みかけている。照明を点(つ)けていない部屋には、窓の形に赤い光が差し込み、それ以外は徐々に暗くなっていく。

無言の時間がどれくらい経過しただろうか。沈黙を破ったのは、腕を組んで考え込んでいた冷堂だった。

「……天内くんが塩江さんを犯人だと思った理由は、『更衣室の密室盗難』が彼女にしかできないからですよね」

「それも理由の一つだな」

　これは宮川と芦原の証言からも明らかだ。

　プールの授業が始まる前、日直だった芦原は宮川と共に他の生徒が着替え終わるのを更衣室の外で待っていた。そこで最後に出てきたのが塩江だと言った。最後ということは、塩江には更衣室の中で一人になる時間があったということだ。

　その時間に窓から宮川の下着を投げ捨て、用水路に落とせば犯行は完了する。宮川が使用しているロッカーさえわかれば一分も掛からない作業だ。

「理由の一つということは、まだ彼女が犯人である証拠があるんですか？」

「ああ。それは……」

　説明しかけたところで、俺のスマートフォンが振動した。マナーモードが解除されておらず、小刻みに震えている。

　芦原からの着信だった。彼女とはつい先日、初めて話した時に連絡先を交換したばかりだ。

　……芦原は、宮川と塩江の親友だ。そのことを思い出すと、じわりと嫌な汗が出た。

　しかし、逃げるわけにはいかない。自分が出した結論に、責任を持たなくてはならない。覚悟を決めると、画面をタップして通話状態にした。

「もしもし」

「もしもし天内⁉　これ、何が起こってるわけ⁉」

繋がるやいなや、横で聞いている冷堂の耳にも響くほど大きな声で捲し立てられる。ひどく焦っている様子が、電話越しでも十分すぎるほど伝わった。

「芦原、落ち着け。一体どうしたんだ？」

「どうもこうもマジヤバイ……ああ、もう。ごめん、一旦深呼吸するわ」

彼女は苛立っているというより、半ばパニックに近い状態だったようだ。それを自覚したのか、電話は十秒ほど彼女の呼吸音になった。

ようやく落ち着いたのか、芦原はいつもより低い声で話し出す。

「……学校に救急車が来てたから何かあったのかと思って見に行ったら、愛ちゃんとカルバンが、旧校舎の三階で、倒れてて……、カルバンが自分で救急車を呼んだみたいで、搬送されたの。刃物で切りつけられてたみたい……」

「宮川とカルバンが切られた⁉」

横で聞いていた冷堂の肩がびくりと跳ね上がる。

予想を超えた事態に、背中に冷たい汗の塊がどろりと流れる。

ひょっとすると、俺はとんでもない間違いを犯してしまったのかもしれない。

旧校舎の三階は、文学研究会の部室がある場所だ。カルバンは今日、学校には来ていなかったはず。それをやったと思われる塩江もだ。さらに、部員でない宮川が旧校舎にいる理由も不明だ。

俺が意図していない事態が、知らず知らずの内に起こっている。

脳裏に中学時代の記憶が蘇る。時間を逆行し、未来を変えた結果、母親を失った。

それと同じことが起ころうとしているのかもしれない。

心臓がうるさいほど脈を打つ。トラウマが刺激され、体温が上昇したことで冷静さが蒸発していく。

「しかも、昇降口で刑事の人も刺されて運ばれたって。愛ちゃんもその刑事も意識不明の重体だって……」

自分で連絡したというカルバンは、ひとまず意識はあるということだろうか。

芦原の声は、次第に細く消え入りそうな声になる。若干の嗚咽も聞こえる。

「……それで、包丁を持った犯人が捕まったんだけど……それが、蜜柑ちゃんだったって。警察に手錠を掛けられるところを見た人がいて教えてくれた……」

思わず、絶句してしまう。

芦原に何を言ってやればいいのかも思いつかない。彼女は、親友が親友を傷つけ、刑事を刺し、逮捕されたのだ。

「天内、これってどうなってるの？　何が起こってるのかワケわかんないんだけど……」

芦原は壁にもたれてへたり込んだのか、ずりずりと服が擦れる音が聞こえた。

彼女にしてみれば、悪い夢を見ているような気分とはまさにこのことといった心境だろう。膝を抱えて腕に顔を埋める姿が浮かび上がった。

「冷堂。宮川とミオさんが、刺されて意識不明だって……」

「聞こえていました」

冷堂は、スッとベッドから立ち上がった。そのまま振り向き、俺の目の前に立つ。

「天内くん」

両腕で、肩を掴まれた。耳元に持っていたスマートフォンが下ろされ、冷堂が画面をタップして通話を終了させた。

冷堂と、視線が交差する。その顔は、今までになく真剣な表情だった。今まで見てきた彼女のどの表情とも違う。

「まだ助けられます。死亡していないのなら、天内くんの能力で時間を巻き戻せばいいんです」

彼女の言葉を聞いて、俺はハッとした。

俺の異能力は、人の死を認識するとその時間から前には戻れない。逆に言えば、死んでいなければ、時間を戻して無かったことにできる。冷堂が襲われた事件を発覚しないようにしたのと同じだ。

塩江にやられた二人は意識不明の重体だと芦原は言った。つまり、まだ死んだわけではない。

だが…………、母親の死が、頭にこびりついて離れない。

時間を戻し、未来を変える。その結果、誰かを助けると、別の誰かが不幸になってしまう。

その責任が、あまりにも重い。

「…………天内くん」

躊躇する俺の様子を見て、考えていることを察したのだろう。冷堂は、俺の肩を掴んでいた手を離して、ふわりと優しく俺を抱きしめた。

「今起きていることが天内くんのせいかどうかなんて、誰にもわかりません。けれど、確かなことは、皆を助けることができるのは天内くんしかいないということです」

冷堂は俺の手を握った。汗をかき、すっかり熱くなっている俺の手に、彼女の細くて冷たい指を重ねる。

「私もついていますよ。時間を戻す行為が重いというのなら、二人で背負いましょう」

その言葉に、俺の目に熱いものがじわりと溢れ出る。

沈み込むほど重かった胃袋が、すっと軽くなったような気がした。

「…………冷堂、頼む！」

「はい」

すぐに俺は、彼女の肩を抱き返す。少し強引な調子で、顔の前へ引き寄せる。

今までここまで前向きに接吻（せっぷん）はしたことがない。冷堂も、肩を掴んだ両腕を俺の首に回し、唇を自ら持ってきてくれた。

……こうやって、冷堂とキスをするのは何度目になるだろうか。

塩江にこれ以上、人を傷つけさせはしない。犠牲はもう一人も増やさない。これで終わりにしよう。

これで悲劇は最後にすると、このキスに誓う。

この事件で、君と最後のキスをする。

七月十一日（月曜日）　十八時　↓　七月十一日（月曜日）　十七時三十分

一瞬途切れた意識が、ぶつ切りの映像のように繋がる。時間が巻き戻ったのだ。

だが、今いるのは先ほどまでと同じ俺の部屋だった。部屋の中を見渡すと、冷堂がちょこんと座っている。

外を見ると、まだ明るいがオレンジ色の光が景色を染めている。これは、先ほどまでの時刻とほぼ変わっていないということだった。

どうやら、時間が戻るポイントが三十分ほど前の時点になっているらしい。

……なんてことだ。最悪のタイミングだ。

冷堂が、俺の右手を指で差した。

「天内くん、電話」

そう言われて右手を見ると、俺は自分のスマートフォンを握っている。しかも、どうやら通話中の状態だ。画面の表示を見ると、相手はミオさんだ。

「もしもし？　ハルマくん？」

「……あ、あぁごめん、ちょっとぼーっとしちゃって」

慌てて取り繕うと、ミオさんは俺に話の続きを促した。これは恐らく、事件の全容を解説している最中のようだ。

……脳内で状況を整理する。

ミオさんはこの電話の後、塩江の自宅に連絡をすると言って電話を切る。そして、昇降口で塩江に刺されるということだった。

ミオさんが学校に向かうということは、恐らく自宅に電話をすると塩江は学校に行ったということを教えられるのだろう。

詳しい状況はわからないが、宮川とカルバンはミオさんの到着より先に、塩江の凶刃に襲われているのかもしれない。

つまり、今から俺が電話で説明して、ミオさんが学校に急行しても間に合わない可能性があるということだ。

冷堂も同じことを考えていたのか、俺達は目を合わせて頷き合った。皆を助けるには、あまりに時間がない。

事は一刻を争う。俺は電話に向かって、早口で端的に状況を説明した。

「……ミオさん、犯人はうちの生徒の塩江蜜柑だ！　今は学校にいる！　刃物を持ってて、今から生徒を襲うかもしれないんだ！」

「なんだって!?」

「詳しい話は後でするから、急いで学校に行ってくれ！」

「わかった！」

俺が電話口に叫ぶと、ミオさんはすぐさま快諾してくれた。

「あ、待って……ミオさん」

すぐに動き出そうと電話を切りかけるミオさんを呼び止める。俺は、一つ前の時間軸でミオさんが塩江に刺されたことを思い出した。

「……今の塩江は、躊躇せず人を刺すと思う。できる限り武装していった方がいい」

「了解、気を付けるよ」

電話が切れる。

……ミオさんがいる警察署から学校まで、どれほどかかるだろうか？　正確なルートを思い出せず、すぐには割り出せない。

　俺はいてもたってもいられず、居室を飛び出して玄関に置いてあるヘルメットを手に取った。

「まだ塩江が止められるかもしれない。俺も学校に行ってくる！」

　警察車両も相当の速さとは思うが、うちからバイクで学校に向かえば五分ほどで到着するはずだ。二輪車は、渋滞に巻き込まれる心配もない。

　玄関を出ようとすると、冷堂が俺の服の裾を摑んだ。

「私も行きます。二人乗り、できるんですよね？」

　予備のヘルメットを被り、彼女は得意げな笑顔でそう言った。

「……急ぐからな、事故っても知らないぞ」

「大丈夫です、私、不死身ですから」

　さすが不老不死！　と言って、俺達はエリミネーターに乗り込んだ。

　エンジンを点火し、アクセルを回す。マフラーから排気ガスが噴出され、大きく唸りを上げる。冷堂が、俺の腰に固くしがみついた。

　ここが晴れ舞台とばかりに、自動二輪は黒い馬のように走り出す。

　カーブミラーに目をやり、対向車が来ていないことを確認してから、ほとんど減速せずに曲がり角を進行する。ペダルを擦って火花を上げながらコーナリングをすると、アクセルを回してさらに速度を上げた。グオン！　とエンジンが唸る。

スピードが上がったのを感じて、冷堂の腰に回した腕の力も強くなる。俺はそれに応えるように腹筋に力を込めた。

大通りに出ると、ちょうど帰宅ラッシュと重なったせいか、自動車の往来が非常に多くなっていた。このあたりは公共交通機関がさほど充実していないせいで、ほとんどの家庭が移動に車を使っているのだ。

この調子では、やはりミオさんは渋滞に苦戦しているかもしれない。

俺達は、自動車と自動車の間をするするとすり抜けてどんどん前に進む。

「……あの車は」

そこで俺は、見覚えのある車を見つけた。

*

七月十一日（月曜日）　十七時三十分

俺は旧校舎の部室にノエシオを呼び出していた。

ほぼ犯人であるという確信を持っていたからだ。あいつに直接それを問い質すために、こうして真っ向から向き合っている。

部室に入ると、ノエシオはぼーっと天井についている窓を眺めていた。オレンジがかった夕陽が差し込んでいる。

「お、カルバン。急に呼び出してどうしたの？」

ノエシオは俺に気づくと、いつもと変わらない様子でそう言った。

「悪ぃな、お前が今日休んでるって知らなくてよ」

俺はノエシオに見えないように、後ろ手に腰を触り、そこに差している物を確かめる。

拳銃だ。まぁ、改造したモデルガンなんだが。

「……体育館でムラササが殺された件についてなんだがよ」

「へぇー？」

俺は、事件についての話を切り出す。

犯人に気づいたきっかけや、体育館の殺人をどのようにして行ったのか。そして、なぜ俺が犯人を絞り込むことができたのか。

それらを俺が説明している間、塩江は部室の中をふらふらとし、時にはうんうんと頷いたり、余裕ぶった態度を取っている。

そして最後に、俺はこう言った。

「お前が犯人なんじゃねえのか？　ノエシオ」

「ほぉおー」

部室の中をうろうろしていたノエシオが立ち止まる。

「こりゃ予想外だったよー、天内のことは警戒してたんだけど、まさかカルバンに気づかれるなんてさ。私もだいぶ甘かったね」

「……言っとくが、ハラアシもお前を疑ってたぞ」

「マジで？　それは悲しいなー」

ノエシオは目を丸くしていた。親友から疑いを掛けられるとは微塵も思っていなかったようだ。

「甘く見たな、ハラアシ結構頭いいぞ」

「はぁ……」

大きいため息をつくと、ノエシオはつかつかと俺に近づいてきた。

あまりに自然な接近に、俺は腰の拳銃に手を掛けたまま抜くかどうかを迷う。そして、

「名探偵蜜柑ちゃんも、もう全部終わりだよ」

眼前までノエシオが迫った瞬間、腹部に重く鋭い衝撃を感じた。

＊

俺と冷堂を乗せたエリミネーターが街中を駆ける。するすると車の間を縫って、渋滞も構わ

ず最短の距離を進んでいく。

「天内くん、お聞きしたいことがあるのですが！」

後ろに座る冷堂が、エンジンの音に負けないように珍しく声を張っている。

「私が犯人に襲われた時のことです。犯人は塩江さんだったんですよね！」

「ああ！」

「では、あの密室はどのように作られたのでしょうか！」

……そのことか。

文学研究会の部室で、冷堂が血まみれで倒れていた事件、『文学研究会の密室』。

部室の鍵は俺が持っていたため、中に入ることすらできないはずの部屋で起こった密室殺人だ。

冷堂との一度目のキスで時間を逆行したことで事件は発覚しておらず、彼女の不死が周囲に知られてしまった事実は無くなった。

あの事件のことを知っているのは、俺と冷堂と犯人の塩江だけだ。そのためミオさんに説明することはなかったわけだが……。

「あの密室は……冷堂」

「はい」

「お前が不老不死だから成立してしまったんだ」

「え……？」

あの密室に関する俺の推理は、ほぼ推測で成り立っている。実際のところは犯人である塩江に聞かないと不明だが、様々な情報から恐らくこうだろうと推理した。

俺は、バイクを飛ばしながら冷堂に説明を始める。

あまりにショッキングで、結果的に完璧（かんぺき）な密室となってしまった事件を。


「まず、塩江は旧校舎の入り口を内側から施錠した！」

旧校舎は鍵を紛失しているため、内側から入り口を施錠すると、扉や窓を壊さない限り誰も入ることができなくなる。

実際、俺はあの時、芦原から話を聞いた後に旧校舎に向かい、中に入ることができず右往左往していた。

「そして、部室の前で待っていた冷堂を背後から殴って気絶させる」

塩江は、直前に宮川と冷堂に会っている。その時、冷堂が部室で俺と待ち合わせしているということを聞いている。

そして恐らく塩江は、冷堂が部室の中に入れないという状況から、鍵を持っているのが俺だと推理し、この部室で密室殺人を成立させれば俺が疑われると思ったのだろう。

そこで塩江が実行した策は、部室の天窓から冷堂の体を室内に落とすことだった。

だが、俺達が確認した通り、天窓は非常に狭いため冷堂の体は入らない。

「塩江は……冷堂の手足を鉈で切ったんだ！」

入らないのなら、入るようにすればいい。

塩江は、冷堂の体をバラバラに分割して天窓から部室の中に落としたのだ。

恐らく、実行した場所は宿直室にあるシャワー室だ。そこなら返り血を浴びても流せる。後ほど冷堂も血を流すために使ったのだから皮肉な話だが。

あの時、冷堂の服は切られていてお腹が丸見えになっていた。服の切れ具合から察するに、恐らく首、両腕と両足をそれぞれ切り、お腹のあたりを切って胸部と臀部に分けたのだろう。

「バラバラにした体を屋上に持っていって、天窓から室内に落とした！　最後に、鉈を天窓から落としたんだ！」

あたかも部室の中で切り刻んだように見せるため、天窓から鉈を落としたのだろう。それがたまたま、冷堂の心臓の部分に突き刺さったのだ。

かなり大胆な犯行だが、旧校舎は内側から施錠されると、窓を割らない限りは誰も立ち入れない空間と化す。誰も入ってこないことがわかっていたからこそ、ここまで大がかりなことができたのだろう。

相当な体力を要する作業だが、塩江なら問題ない。部室の運動スペースを頻繁に利用するほど、体力は有り余っている人間だ。

作業を終えた塩江は、旧校舎から出る時に周辺に俺がいたことに気が付いたはずだ。俺は中に誰かがいるのかと思って声を掛けながら歩いていたからだ。

俺に目撃されないために塩江は旧校舎の窓から脱出した。その後、物音を聞いた俺が見つけた窓は、塩江が旧校舎を出る時に開いた窓だったということだ。

「ちょ、ちょっと待ってください。でも確か、天窓は施錠されていましたよね？　そこも含めて密室でした」

「……あの窓なら正直やり方はいくらでもありそうだが、現場の状況から考えるに、塩江が窓を閉めた方法はこうだと思う」

あの窓は、内側に付いている金属の輪を下に引っ張ることで施錠されるようになっている。見た目では鍵が開いてるかどうかはわからないし、普段はわざわざそこを確認したりはしていない。だから塩江はどこかのタイミングで鍵を予め開けておいた。

そこから刻んだ冷堂の身体を落とし、最後に首を残す。

……現場には、冷堂のネックレスが、紐が切れた状態で落ちていた。あれを利用したのだろう。

冷堂の首にネックレスを巻きつけ、窓を施錠する金属の輪に通す。

冷堂の長い髪を手に持ちつつ窓をギリギリまで閉め、髪を手から離した瞬間に窓を閉める。

そうすると、輪に通したネックレスは冷堂の生首の重さで下に引っ張られ、内側から鍵が掛かる。

　そして、生首の重さによる負荷に耐え切れなかった紐が切れ、首と共に床に落ちる。こうすれば天窓の施錠は完了だ。

　確認した時には気にしなかったが、あの天窓は掃除されて綺麗(きれい)な状態になっていた。刻んだ身体を放ったり、生首を使ったトリックを使えばさすがに血で汚れてしまうから、塩江が掃除したのだろう。

　そして、ここから先は塩江も想像していないことが起こる。

「塩江が去った後、冷堂の不老不死の異能力が発動して、バラバラになった身体が元に戻ったんじゃないか！」

「…………！」

　冷堂の顔は見えないが、俺の言葉を聞いて、体を震わせて反応したのがわかった。

　くっつくのか生えてくるのか、どのようになるかは知らないが、以前冷堂が過去のことを話した時、「首を切られても死なない」と言っていた。つまり、身体が二つ以上に分かれても治るということだ。

　結果、冷堂は本来侵入できないはずの部室で倒れており、密室が完成した。

　冷堂の探知によって犯人は異能力者ではないことがわかっていた。つまり一般的な推理で答えにたどり着けるものとばかり思っていたが、被害者の冷堂が異能力者であるという点が特殊だったのだ。

　こんな密室は、常識では考えられない。異能力が関与して生まれた、誰にも解けない究極の密室殺人になってしまったのだ。

「……まさか、気を失っている間にバラバラにされていたなんて……」

　説明を終えると、冷堂はそう呟（つぶや）いた。後ろに座っているため、表情は見えない。

　俺が同じ立場であれば、背筋が凍るような話だと思う。気絶していたため、身を切られる苦痛を感じていないことが不幸中の幸いだろうか。

「言ってしまえば、今回の事件は『不死の密室』だったわけですね。……でも、どうして塩江さんはそんなことを？　笹村さんや私を殺す動機って……」

「うぉわぁ！」

　冷堂が言い終わる前に、俺は叫びながら急ブレーキを踏んだ。

　近道を行くために右折したのだが、車が死角から飛び出てきたのだ。

　地面に跡が残るほどタイヤが強く摩擦し、スキール音が響く。飛び出してきた車とぶつかりそうになったが、あと数センチというところで停止できた。

　あわや大事故だ。死ぬかと思った……！

　俺は車の運転手に謝罪を言って、アクセルを回してエンジンを吹かす。クラッチを放すと、堰を切ったようにタイヤに力が加わり、一気に加速する。

「悪い、喋ってる余裕がなくなってきた！」

そして、正面で問題が発生したことに気づく。直線上にある虹色橋と呼ばれている橋が、徐々に迫り上がっているのだ。

まずいな……。虹色橋はいわゆる可動橋で、船などが通る際に中心で二つに割れ、徐々に垂直に立つようになっているのだ。

船の往来は非常に不定期で、見られれば逆に幸運と言われているのだが、今となっては最悪の事象でしかない。

ここで回り込むのは大きなタイムロスになってしまう。迷っている間に、虹色橋はどんどん封鎖されていく。

どうする？　腹の中でチリチリと、導火線の火花が散るような感覚を覚えた。

……時間がない、覚悟を決めるしかない。

アクセルを握る手にさらに力を込め、これまでにないほどスロットルを回す。エンジンの振動と音が合わさり、足腰にびりびりと響いてくる。

「冷堂、しっかり捕まってろ！」

「え、ちょっと」

既に三十度ほど傾いた虹色橋に、正面から猪突猛進する。

カタパルトのように、車体は斜めになり空に向かって走るような形になった。

少しでも手を緩めたら終わりだ。手の色が変わるほどハンドルを強く握りしめる。

そして、割れた橋の中心に、エリミネーターは飛び込んだ。黒い鉄の塊が、まるで弾丸のように宙を駆ける。ゴォォ！　と空を切る音が耳に響く。

飛距離はギリギリだった。細かい計算をしたわけではないので、もしかするとこのまま川に落下するかもしれない。

心臓に冷たく鋭い風がひゅんっと流れた。

高さが頂点に達した瞬間、まるで時間が止まったかのような錯覚があった。今まで見たことのない高さで、普段歩いている道が見える。

そして、前方の橋にみるみる近づいていき、ついには到達した。

ズン！　と、逆側の橋に着地した瞬間、重い荷物をいきなり載せられたような衝撃が足腰に走る。

限界寸前のスピードが功を奏し、エリミネーターは空を渡ることに成功した。

下り斜面になった橋を勢いよく下ると、学校の校舎が見えてきた。ここまでは五分と掛かっておらず、想像のタイムを大幅に更新した。

「……さすがにヒヤヒヤしました……」

アクロバティックな体験をした冷堂が、率直な感想を述べた。

……と、一息つく暇もなく、さらなる問題が発生する。

前方で乗用車が交通事故を起こしており、狭い道路を完全に塞いでしまっているのだ。歩道はなく、道路の脇には塀が聳え立っている。

俺のバイクはかなりのスピードが出ており、このまま進めば事故は必至だ。かといって、ここで遠回りをして時間を喰うのはカルバンと宮川が心配だ。とにかく俺は、一秒でも早く学校に着きたい。

「ちょ、ちょっと天内くん、車が」

「大丈夫だ、吹っ飛ばされるなよ冷堂！」

進むべき道を確認し、唇を舐める。

……なんだか、楽しくなってきている自分がいる。脳内でアドレナリンが分泌されているのだろうか。

俺はアクセルを緩めることなく、さらにエンジンを加速させた。速度の限界が近く、車体がはちきれそうに揺れる！

猛スピードで突っ込まんとするバイクの姿を見て、乗用車の周囲にいた人達が退くのが見えた。それを見ながら、ハンドルを動かして道路の端に寄る。

そして、ハンドルに覆いかぶさるような姿勢になった後、背筋を伸ばして思い切り後ろにのけぞった。

体重移動によりバイクの前輪が上がり、ウィリー走行の状態になる。

「嘘(うそ)でしょう⁉」

冷堂が聞いたこともないほど高い声で驚いていた。

俺はそれを意に介さず、上がった前輪を道端の塀に接触させた。

ハンドルを切ったことによる遠心力でバイクは塀に張り付くように走る！

本当に一瞬の出来事だが、俺のバイクは垂直の壁を走り、乗用車と接触することなく道を抜けた。壁から地面に着地し、またも全身にズン！　と重力が掛かる。

ここまで来れば、学校は目と鼻の先だ。きっと間に合うはずだ。

「天内くん、バイクに乗ると人が変わるタイプだったんですね……」


カルバンと宮川が刺された場所は、旧校舎の三階であると芦原が言っていた。

旧校舎は、校門を表とするならその逆の裏側に建っている。校門からは侵入せず、バイクで裏側に回り込んで停車した。

エンジンがチリチリと鳴いている。脱いだヘルメットをバイクに引っ掛け、俺達は一目散に走った。

旧校舎一階の入り口を勢いよく開ける。文学研究会以外は誰も使わないため、いつも通り人の気配は微塵も感じない。

「三階だ！」

冷堂に言って、脇目も振らず階段を駆け上がった。バイクの危険な運転による精神と身体の疲労に階段昇降が重なり、息が苦しくなってくる。

チラリと冷堂を見たが、息は切らしていないようだ。不老不死は疲れ知らずか。

二階を素通りし、その上の踊り場をUターン。ついに、三階にたどり着く。

部室の扉が開いていたので中に入ると、カルバンが腹から血を流して壁にもたれかかっていた。

「カルバン！　大丈夫か！」

「ナイアマか……帰ったんじゃなかったのか」

どうやら意識はあるようだ。脇腹にハンカチを押し当てて、自力で止血している。

そういえば、芦原からの電話でも、カルバンは自分で救急車を呼んだと言っていた。思ったより傷は深くないのだろうか。

とりあえずカルバンを床に寝させて、圧迫止血を試みる。体重を掛けて、ハンカチを傷口に押し当てていく。

「しくったぜ……犯人の目の前で油断して、情けねぇ」

「塩江さんが犯人だと疑っていたんですか？」

冷堂が聞くと、そうだ、とカルバンは答えた。

「更衣室を調査した時、ノエシオなら可能だと思ってよ……。もし体育館でムラササが握っていた下着がガワミヤの物じゃないなら、犯人の可能性が高いんじゃねえかってな」

下着を消失させるには更衣室の窓から捨てればいいということ、そしてそれが可能だったのは塩江だということにカルバンはすぐに気づいたらしい。

俺よりも握っている情報は少ないにも拘わらず、そこまで真相に近づいていたのか。

「……カルバン……お前は……」

俺は、これまでのカルバンについての事柄を思い返す。

所持していた拳銃、スモークの張られた黒塗りのメルセデス、戦闘力の高そうなメイド、そして若と呼ばれていたこと……。

俺はこれらの情報から、カルバンの家についてある程度の推察がついていた。と言っても、単純に連想したイメージでしかないのだが。

カルバンの家は恐らく、

「お前の家は、極道かなんかなのか?」

「おぉ、バレてたのかよ。ナイアマにはかなわねぇな」

カルバンはニヤリと笑った。やはりそうだったか……。

となれば、拳銃を所持していた理由もある程度は察せられる。殺人事件が起こった学校に通うのだから、護身用に持たされたのだろう。

「うちの親がうるさくってな、なんなら俺が事件を解決してやろうと思って動いてたんだが」

その結果、塩江が犯人であると断定しているのだから、カルバンもなかなか探偵だ。

「仲間を疑うなんてひでぇと思ったし、もし外れてたら最悪だからよ……ノエシオとサシで話そうと思って呼び出したんだが……」

塩江も、呼び出された時点で自分が疑われているのだと気づいたのだろう。この部室で問い詰めたところを、刺されたのだという。

「ナイアマ……俺はもう大丈夫だからよ……ガワミヤを守ってやってくれ」

自分で腹を押さえると、息を切らしながらそう言った。力強い目の光が、命に別状はないということを語っていた。

「あぁ、わかった！　宮川はどこにいるんだ？」

「わからねえが……ノエシオはガワミヤを許さねえつってここを出て行ったんだ……あれはまずいぜ」

時間を逆行する前に芦原から電話で聞いた話では、宮川もカルバンと同じくこの旧校舎で刺されたということだった。ということは、この部室に来ていたのか？

だが、この場には宮川がいる様子はない。

「天内くん、いました！」

後ろから冷堂の声が聞こえて振り向くと、彼女は窓際に立っていた。その窓は旧校舎の裏側に面している。先ほど俺達が通った所だ。

慌てて俺も駆け寄り、窓に張り付いて下を覗き込む。そこで、とぼとぼと地面を一人歩いている宮川を発見した。

なぜ、宮川が外にいるのだろう？　ひょっとすると、俺が前回の時間軸とは違う行動をしたせいだろうか。

急いで窓の錠を上げ、少しガタついていたサッシを思い切り引いて、開けた。

「宮が……」

名前を呼ぼうとして、思わず固まる。視界の端に小さな影を捉えたからだ。

目を細めてその影をよく見ると、背中を汗がどろりと流れた。

薄手のパーカーを着た少女が、ゾンビのようなおぼつかない足取りで歩いている。

塩江だった。

笹村を殺し、今まで俺が渡ってきた時間軸で、冷堂を切り刻み、カルバンと宮川とミオさんを刺した犯人だ。

顔は地面に向いているが、視線は宮川に向けているのか、真っ直ぐに彼女に向かって歩いている。

パーカーの内側にしまいこんだ手が、刃物を握っていることは明白だった。

旧校舎に文学研究会以外の生徒が近づくことはないので、建物の裏となれば他に人気は一切ない。誰かに助けを求めることは難しそうだ。

「宮川、逃げろ！」

「……え、天内くん～？　バイクの音が聞こえたからこっちにいるのかと思ったよ～！」

彼女は俺に気づいたが、呑気に三階に向かって会話をしている。

そうか、やはり宮川は文学研究会を訪ねてきていたんだ。だが、俺がバイクに乗っていることをラーメン屋で知ったから、その音に導かれて違う行動を取っている。

これがバタフライエフェクトという奴か。思い通りにいかないことに苛立ちを覚えたが、今はそれどころではない。

「宮川！　そこから早く逃げろ！　そいつは……塩江は、笹村を殺した犯人なんだ！」

「……え？」

宮川はようやく、自分の後ろに迫っている塩江の存在に気づいた。いつの間にか、包丁を握った手が露わになっている。

「え……蜜柑ちゃん……？」

「……愛ちゃん」

塩江と相対した宮川は、包丁を見るとその場にへたり込んでしまった。

もはや彼女が逃げおおせるのは不可能だ。これは、まずい……！

今から階段を降りても、とても間に合わない。もしここで宮川が殺されてしまうと、本当に取り返しがつかなくなる。

今にも宮川が襲われんとする数秒間で、できうる限り考えを巡らせるが、俺には手立てが思い浮かばなかった。

こうなったら、また時間を逆行してやり直すしかない。そう思い、踵を返して後ろにいるはずの冷堂の方へ向いた。

だが、いつの間にか冷堂は、どこから持ってきたのか清掃用のモップを手にしてこちらに走っていた。

俺は何事かと思い身を硬直させる。固まった俺の横を、冷堂は颯爽と通り過ぎた。

彼女は助走を付け、思い切り窓から身を投げた。

宙を舞う冷堂。重力に置いていかれた長い髪が舞い上がる。そして、ものすごい速度で地面へと落ちていった。

「なっ……⁉」

突如、飛来してきた人間を目の当たりにして、塩江は驚愕の表情を見せる。

着地すると同時、冷堂は手に持っていたモップを両手で構えると、まるで竹刀で小手を攻めるかの如く、塩江の手を払い、包丁を地面に落とさせた。こんな事態でなければ口笛を吹きたくなる早業だ。

飛び降りても死ぬことはない、不老不死ならではのショートカットだった。実際、三階から落ちて死ぬかどうかは打ちどころに依るので五分五分といったところだ。

　手を打たれた塩江が叫ぶ。

「いったぁ！」

「観念しなさい」

　モップを手に持ち、宮川を背にしてまるでナイトのように立ちはだかる。

　塩江は打たれた腕を押さえて、憎悪の全てを詰め込んだような目線を向けている。

　二人が睨み合っている今がチャンスだと思い、俺も急いで階段を駆け降りた。

「はぁ……はぁ……、やっぱりお前が犯人だったんだな……、塩江！」

「天内……」

　裏口から出ると、冷堂も塩江も膠着状態のままだった。俺は息を切らして、全身を汗でびしょびしょにしながら、塩江の前に立った。

「……天内もやっぱりその子を庇うの？　そんなに愛ちゃんがいいのかなー」

「塩江……」

　やっぱりか、と。俺は彼女に若干の憐れみを覚える。

「……お前は……、宮川が憎かったんだな……。だから、笹村殺しの犯人が宮川だと思わせたかったんだ」

「……え、蜜柑ちゃんが……？」

後ろで、冷堂の背に隠れている宮川が困惑の声を上げた。この状況をすぐ理解できないのは無理もないことだった。

俺の言葉を聞いて、塩江はギリギリと歯を軋らせる。すり減りそうなほど力を込めているようだ。

「はぁ、なに言ってん……」

「宮川と同じ下着を利用したトリックは全部そのためだ。……現場に宮川の下着があると、客観的には嫌でも疑いの目が向くからな。特に……奥原はどうも、短絡的な考え方しかできないみたいだからな」

恋人への侮辱を聞いて、塩江のこめかみに血管が浮き出るのが見えた。ついでに、切れる音まで聞こえそうだ。

「お前は、奥原が宮川に対してまた好意を抱くんじゃないかと不安になって、宮川を恨んだ。そして、奥原の友人である笹村を殺した犯人だと思い込ませることで、不信感を持たせて好意をかき消すように仕向けたんだ」

警察の鑑識が調査したことであの下着は宮川のものでないことは判明している。

しかし、一般人である奥原には、その情報が流れるわけもない。大した証拠もなく犯人だと思ってしまう、奥原の思考を利用した計画だったということだ。

そもそも今にして思えば、芦原やカルバンが知らなかった、笹村が下着を握って死亡していたという情報を奥原が知っていたのもおかしい。塩江が奥原に伝えたのだろう。

……芦原が言っていた、「奥原は中学時代、宮川に何度も告白していた」という話を思い出す。恐らく塩江は、どこかでその話を知ったのではないだろうか。

自分が惚気話をしていた相手が自分の恋人の好きな人物だった、という事実が、塩江に歪んだ嫉妬心を抱かせたのではないか……と、俺は考えた。

そして、ミオさんに説明した「犯人は宮川がどんな下着を持っているか知っている立場」だというのは、わかってしまえばなんのことはない。彼女らは一緒に買いに行ったからだ。だから、品物も売っている店も把握できていて当然だ。

「ううう、うううぅ……！」

塩江は、喉をガラガラにしながら獣のような唸り声を上げている。まるで、肥大化した憎悪を必死に抑えつけているかのようだった。

「……けど、残念だったな。お前は、一つだけ大きなミスを犯している。そのおかげで、俺はお前が犯人であることに気づけたんだ」

「…………ふ、うふふ、あははは」

唸っていたかと思いきや、塩江は唐突に笑い出した。

それはもう、全てが馬鹿らしいとでも言うように、両手を広げ天を仰いでいる。

「まるで名探偵みたいだね天内！　私がどんなミスを犯したっていうのさ！」

「……下着のサイズだよ」

何かを誤魔化すかのようにハイテンションになった彼女に、俺は冷や水を掛けるが如く、冷静に言葉を投げつける。

「お前は、宮川の胸のサイズを間違った。現場で笹村に握らせたのは、同じ商品のサイズ違いだ」

「……は？　そんなわけ……ついこの間、一緒に買い物に行った時に聞いたよ……」

それは俺も芦原から聞いている。買い物に行ったのは二ヶ月ほど前、と彼女は言っていただろうか。

ただ……残念ながら、塩江には信じがたいことが起きている。故に、見落としていることがあるのだ。

「……成長したんだよ、宮川は。お前に教えた二ヶ月前から」

そう、人間は成長する。宮川の胸のサイズは、ＨからＩに成長していたのだ。

俺が塩江の誤認に気づけたのは、冷堂も宮川の胸のサイズを誤って認識していたからだ。

笹村が握っていた下着が宮川のものでないと判明し、『更衣室の密室盗難』のトリックにも気付いた。

窓の外に下着を捨てる犯行が可能だったのは、最後に一人で更衣室から出てきた塩江しかいない。そして、宮川が自分の胸のサイズを打ち明けたのは芦原と塩江だけ。この事実から、俺は犯人が塩江であると確信を得たのだ。

冷堂も俺の後ろで意外そうな表情をしている。そういえば、さっき俺の家にいる時に伝えようとしたが、芦原から電話があって言えずじまいだったか。

「ははは……アホらしい……」

心が砂漠になったかのように、乾いた笑いだった。

アホらしい。本当にそうだと思う。こんなことで犯人が明らかになる展開なんて、もしそんな小説が存在していたとしたら作者はとんでもないド変態に違いない。

目の前に立つ塩江の様子は、まるで情緒のタガが壊れてしまったかのような振る舞いだ。

それを見て俺はやはり、彼女の心が壊れていたのだと悟る。

「塩江……、お前は……」

そんな彼女に、同情の視線を送ってしまう。

殺人犯を擁護することはできないが、……塩江にも彼女なりの葛藤があったに違いない。それは、彼女の行ったトリックが物語っている。

「……笹村が死んだことで、何かが壊れたんじゃないか。お前が体育館で行ったトリックでは、い、い、い、い、い、い、い、い、笹村を絶対に殺せるとは限らない」

これは『体育館の密室』について、冷堂の推理を聞いた時から思っていた。この点についてはミオさんも引っ掛かっていたようだが、気を遣ったのかその場では言及していなかった。

笹村が死亡した時に使われているのは、偶然の要素が強いトリックだ。

ダンベルが当たる箇所によっては、笹村は怪我だけで済んだ可能性もある。

怪我で済んだとしても「奥原が宮川のことを疑う」という目的は完遂される。無論、死ぬ可能性も考えないではなかったのだろうが、彼女は止まらなかった。

結果、笹村が死亡した際に塩江は何を思ったのか。

一人になった冷堂を襲撃し、肉体をバラバラにするという凶行。そして、一足早く真相に気付いたカルバンを刺したのは、彼女の中で何かが壊れた結果に違いない。

彼女のやったことは同情に値するものではないが、それでも結果が違えばやり直せたのではないだろうかと思うと、やりきれない。

……塩江は、俺の言葉に答えない。

天を仰いで笑ったかと思いきや、前屈のように前のめりになって地面に顔を向ける。

乱れていた俺の呼吸が少しずつ落ち着くと、風に乗って微かにサイレンの音が聞こえた。ミオさんがこっちに向かっているのだろう。

……もう少し、時間を稼がなくてはいけない。

「…………はぁーぁ！　すごいや、完全に正解されちゃった」

降参しました、と塩江は両腕を上にあげた。

「本当は冷堂さんも殺したくてしょうがなかったんだけどねー、夢の中で殺してバラバラに切り刻むぐらいには」

「恨まれたものですね……私は何もしていないのですが」

塩江が冷堂を切り刻んだのは現実にあったことだ。しかし、冷堂は生きており、事件は発覚しなかった。それに対して塩江がどう思ったのかは不明だが……。

夢だと思っているのなら、不老不死がバレないので、こちらとしては好都合な勘違いだ。

「まぁでも、私が捕まった後に愛ちゃんや冷堂さんに鷲雄くんを取られるのは絶対嫌だし、ここで殺しておくのが一番だよね」

「み、蜜柑ちゃん？」

ただならぬ様子に、宮川が後退る。

塩江はぶつぶつ言いながら、まるで刀を抜くように、背中に隠し持っていた何かを取り出した。

手に持っていたのは、鉈だ。冷堂を切り刻む際に使用していたものは俺が隠したはずだから、また新たにどこかから持ち込んだのか。

「誰も取ったりしませんが……。塩江蜜柑、とんだウルトラバイオレンスですね」

「言ってる場合か！」

無表情で言い放つ冷堂を腕で押して、宮川と共に後ろに下がらせる。刃物の鈍い光が俺に向けられ、委縮して金縛りに遭ったように体が固くなっていく。

「どかないと、天内も殺すよ」

恐ろしい台詞を零す塩江は右腕で鉈を振り上げると、俺に向かって走りながら振り下ろしてきた。

このまま頭に喰らえば確実に致命傷だ。俺は死を間近に感じ、慌てて後退る。が、足がうまく動かせずにすっころんでしまった。

振り下ろされた鉈が重い音を立てながら、股の間の地面に刺さる。

戦慄しながらなんとか立ち上がり距離を取る。塩江は鉈が重いのか、ゆっくりと地面から引き抜いて構えを取った。病んでしまったような濁った目で俺を真っ直ぐ見ている。

サイレンの音は少しずつ大きくなっている。ミオさんの到着はまだだろうか。

それまでになんとか身を守りたいが、いかんせんこの場には武器も何もない。塩江は俺より体力もあるし、武器を持った彼女を素手で制圧するのは無理だ。

「蜜柑ちゃん、もうやめようよ～！」

「愛ちゃんは黙ってて！」

宮川が叫ぶが、塩江は切っ先を俺に向けた鉈をより強く握る。よほど宮川が憎いのか、彼女の声に怒りを露わにしている。

直後、低い声が旧校舎裏に突然響いた。

「ナイアマァ！」

声がしたのは三階。見ると、カルバンが上半身を乗り出して俺を呼んでいる。傷が痛むのか、顔色は悪い。

「受け取れぇ！」

出血する腹を手で押さえつつ、カルバンは渾身の力でこちらに棒状の物体を投げた。

それは、竹刀だった。読書をしていると肩が凝るからと、部室の筋トレスペースで素振りをするために俺が置いていた物だ。

俺は咄嗟に手を伸ばし、回転しながら飛来してくる竹刀の柄をしっかりと掴んだ。

「カルバン……！」

腹を刺され、動くのも苦しかったに違いない。なのにこちらのピンチを察して武器を寄越してくれるなんて……、
まったく、粋なことをしてくれる！

俺は受け取った竹刀の柄を両手で持ち、中段に構える。塩江の鉈と剣先が交差した。

「ナイアマ、気をつけろ、そいつは……っぐ」

喋ることも難しくなってきたのか、カルバンが何かを言いかけたが声が小さくなり聞こえなくなる。蹲ったのか、こちらからは姿が見えなくなった。

俺に竹刀を向けられた塩江が挑発気味に笑う。

「私とチャンバラでもする？」

「探偵は殺陣もできないとな」

俺が答えると、塩江が動き出した。

鉈を両手で振り上げ、体重を掛けて袈裟斬りに振り下ろす。

俺は竹刀を横に払い、刃の側面を叩いて軌道をズラし、右側にステップを踏んで回避した。

カーボン製の竹刀と言えど、鉈の刃に受け太刀をすれば折れてしまう。真正面から防御せず、受け流すように躱さなければならない。

俺は横に動いたことで塩江の左斜め前に立っている。袈裟斬りが外れ、前のめりの体勢になった塩江の手を狙い、竹刀を当てにいく。

手を叩いて鉈から離させようと思ったのだが、それに気づいた塩江は鉈から左手を離し、体を右側に捻った。

「うぉっ……!?」

そのまま体を一回転させ、右手に持った鉈を横薙ぎに切り払う。達人のような動きに俺は思わず唸った。

俺は咄嗟に屈みこみ、体を低くする。頭の上で空を切った鉈の音がして、切れた髪の毛の先が何本か落ちた。

予想外のアクロバティックな攻撃。反応が遅れていれば首が飛んでいた。本気でやばかった。

汗で残像を描きながら俺は体勢を戻して後ろに下がり、塩江と間合いを取る。

深呼吸をして酸素を取り込み、少しでも冷静さを取り戻す。

竹刀を持っているとはいえ、塩江の頭や体をバシバシ叩いて戦闘不能にするようなことはなるべくしたくない。

無力化できればいいのだから、塩江が持っている鉈をなんとかできればいい。手を叩けば落とすかと思ったのだが、なかなか隙(すき)を見せない。

ちらりと冷堂の方を見ると、宮川を護衛するように立っている。もしも塩江が宮川を狙いに行った時は、冷堂に守ってもらわなければならない。今はあのポジションでいてもらおう。

「なんか段々面白(おもしろ)くなってきたね！」

非日常な戦いにハイになってきたのか、塩江は楽しそうに鉈で俺に切りかかる。

先ほどと同じように、刃の側面を叩いて回避に徹し、俺はチャンスを見極めた。中途半端(ちゅうとはんぱ)なところで攻めれば、先ほどのように反撃を受ける恐れがある。

俺達は時代劇の決闘のように、何度も竹刀と鉈を交差させた。校舎裏に、砂を蹴(け)る音や竹刀で刃を叩く音が鳴り響く。

鉈の重さを制御できなかったのか、攻撃を回避された塩江が一瞬よろける。それを好機と、俺は剣道の小手を叩くように塩江の手元に竹刀をぶつけた。

生身の手を叩いた、硬いような柔らかいようななんとも言えない感覚が腕に走る。

「っったぁ！」

咄嗟に、叩かれた右手を左手で覆いながら塩江が痛がる。手に当てはしたものの、強く握った鉈の柄を離すことはなかった。

「女の子の手を叩くなんて、天内ってサイテー」

痛がったのは一瞬だけだった。柄を両手で持ち直し、塩江は軽口を叩いてくる。

「刃物で殺しにかかってる奴に言われたくないもんだな」

俺は苦笑して答えつつ考える。どうしたものか、と。

塩江はこの状況にアドレナリンでも出ているのか、手や腕を叩いてもなかなか効かなそうだ。なんとかして鉈から手を離す方法を……、と思案して、俺はいつだったか塩江が言っていたことを唐突に思い出した。

天内が竹刀なんて振ったら、ぽーんってすっぽ抜けて飛んでいきそうだよね
確かこれは、冷堂を初めて部室に案内した時の塩江との会話だ。

俺は思わず口の端を上げてにやりと笑った。皮肉なことに、今思い出したのは目の前で俺を殺そうとしている人物の言葉なのだから。

静かに息を吐き、改めて竹刀を中段に構える。

精神を研ぎ澄まし、切っ先に意識を集中させる。

「ほら、いくよ！」

塩江は両手で持った鉈を、俺の頭に叩き込むために持ち上げる。

俺は全神経を尖らせ、鉈を振り上げたことによって露わになった一点を睨む。

そして、渾身の突きを繰り出した。空気を切る音まで聞こえてくるような鋭さで、塩江が持つ鉈の柄尻を貫く！

針の穴に通すようなその技は、塩江には予想外の行動だったようで、気づいた時にはその手から鉈はすっぽ抜けて後方に飛んでいた。

「うわっ」

手から鉈が離れたことに気付き、塩江が目を見開いた。

がらんがらんと金属音を立てて鉈が地面を転がっていく。すぐさま冷堂がその鉈に駆け寄って拾い上げた。

これで終わり……俺がそう思った次の瞬間、塩江は咄嗟に、懐に手を入れる。

「やるじゃん天内……じゃあこれはどうするの？」

戦いを楽しむように笑っていた顔から一転して真剣な表情になった塩江が、懐から取り出した黒い塊を俺に向ける。

「なっ……」

黒く鈍い光を放つ、手に収まる凶器。拳銃だ。

あれはカルバンが所持していたものだ。いつの間にか奪っていたのか。

そういえば、先ほどカルバンは俺に向けて何かを言いかけていた。恐らく拳銃が無くなっていたことに気付いて伝えようとしていたのだろう。

「これ、さっきカルバンを刺した時に腰から落ちたんだよね。まぁ、持ってても私に撃つ度胸はなかったみたいだけど」

俺の顔に真っ直ぐ伸びる銃口。射貫(いぬ)かれたように体が動かなくなる。

「でも、私は撃てるよ」

塩江は躊躇することなく安全装置を外し、引き金に掛けた指に力を込めた。

その瞬間、パチン、という小気味の良い音が響いた。

「……え？　あれ？　今、撃ったはず……」

塩江が銃身を確かめるように見て困惑している。彼女の中では銃を撃ったことになっているようだ。

この音、この現象。俺は振り返り、自分の背後を見た。

「最近のＪＫは怖いですねぇ、ハジキぶっ放すなんてマンガの読みすぎですよ。まぁ、この三鷹(みたか)ソラがいる限りあんたはもう何もできません。頭を撃ちぬくなんて、痛々しいもん見せないでくださいよ」

――『時の破壊(ブレイクアックス)』――！

そこに立っていたのは、鳴らした指を塩江に向けた、クラシカルなメイド服を着た黒髪の女性だった。

「だ、誰……？」

いきなり隣に現れたメイドに宮川も驚いている。

異能力を持つカルバンのメイド。今の名乗りで初めて知ったが、三鷹ソラという名前らしい。

体の硬直が解けた俺は、塩江に向かって突進するように走る。彼女を押し倒して地面に組み伏せ、拳銃を持つ腕を掴み上げる。

「放して……、放せ！　もう！　なんで撃ってるのに撃てないの！」

塩江は再び引き金を引こうとするが、背後から三鷹が指を鳴らす音が響き、拳銃は発砲されない。

どういう異能力なのかさっぱりわからないが、今は感謝させてもらおう。

暴れる塩江の腕を押さえ、俺は叫ぶ。

「お前の負けだ、塩江！」

「…………はぁ……っ、っくっ」

徐々に塩江の腕から力が抜けてゆく。

拳銃を握る手が放り出され、鈍い音をさせながら地面に落ちた。

「う……っ……」

目から涙が溢れ、嗚咽をし始める。ようやく観念したようだった。自分の顔を手で覆ってすすり泣いている。

遠くに聞こえていたパトカーのサイレンがすぐ近くになり、どたどたとミオさんと警察の職員達が走ってきた。

カルバンが呼んだであろう救急車の音も聞こえる。

塩江の傍まで来ると、ミオさんは手錠を取り出した。

「午後五時四十五分、塩江蜜柑、殺人未遂の容疑で逮捕する」

腕時計を見て時間を確認し、ミオさんによって塩江の腕には手錠が掛けられた。ぶらりと垂れ下がる腕を見て、すごく重そうだと思った。

「……っと、回収回収。で、若はどこですかね」

近くに落ちていた拳銃を、警察に見つからない内に三鷹が拾い上げる。元々はカルバンの所持していた物だし、三鷹に渡すのは問題ないだろう。

「三階だよ」

「若ー！」

俺が答えるなり、三階に向けて思い切り叫び出す。心なしか声が高くなっている。相手が主人だからだろうか。

「ラーソー……、何やってんだ……？」

三階の窓からカルバンが、刺されて痛む腹を押さえながら青い顔で出てきた。

下の名前がソラだから、ラーソーか。

「この子が若がヤバいって言ってたのでー、来てみましたー！」

三鷹が三階に向けて叫ぶ。

……そう、俺と冷堂がバイクに乗って自宅を出た後、たまたま三鷹の運転するメルセデスを見つけたのだ。Ｓクラスを運転するメイドは渋滞でもすごく目立っていた。

この時間軸で俺と三鷹が会うのはそれが初めてだったが、カルバンの友人であることを伝え、「学校でカルバンが刺されるかもしれない」という話をするとすんなりと受け入れてくれた。

元々、学校で殺人事件が発生していることや、護身用に拳銃を持たせているという背景から考えて、そう言われればカルバンが心配になるのだろう。

三鷹には旧校舎まで来てもらうように頼んだが、渋滞のせいで車はバイクより時間が掛かってしまい、到着が今になったというわけだ。

かつて俺達の行く手を阻んだ時は恐ろしい相手だったが、味方につけばこれほど頼もしい人物もいない。三鷹は俺が知る限り最強のメイドだ。

カルバンを迎えに行くために旧校舎の中に入っていく三鷹を見送り、連行されていく塩江を、パトカーが見えなくなるまで俺はずっと見つめていた。

カルバンが担架で救急車に運ばれ、警察の職員が現場を忙(せわ)しなく動いている。俺は脱力して地面に座ったまま、それをぼんやりと眺めていた。

「若ー！　大丈夫ですかー！」

「痛ぇ、くっつくな！」

救急車の車内で横になったカルバンに三鷹が抱き着く。当然そんなことをしたら刺された腹が痛むので、カルバンは悶絶(もんぜつ)していた。何やってるんだか。

「お疲れ様でした」

「あぁ……」

気が付くと、冷堂が座り込んでいる俺の横に立っていた。

「本当に事件を解決してしまいましたね」

「……まぁ、なんとかな。でも、俺一人じゃ無理だったよ」

俺は空を見上げて、そう呟く。

時間を戻す俺の異能力は、キスをしないと発動しない厄介な能力だ。それはつまり、一人では何もできなかったということに他ならない。相手がいないと成立しないのだ。

冷堂がいたからこそ、事件を解決に導くことができたのだ。時間を逆行しなければ、カルバンや宮川も助けられなかったしな。

……この数日の、冷堂とのキスを思い返す。

俺はこの異能力に、ある種のトラウマを抱えていた。この異能力に頼ってしまったばかりに起きた、母親の死があったからだ。

だが、今の心境は、意外なほどに晴れやかだ。

冷堂が俺に発破を掛けた、この事件での最後のキス。時間を逆行したおかげで、俺はミオさんや宮川を助けることができた（カルバンは刺されたけど）。

異能力で、誰かを救うことができたからだろうか。自分を許せたような、不思議な気分だ。

「…………冷堂」

「？　どうかしましたか？」

相変わらず人形のように綺麗な顔をじっと見つめると、彼女は不思議そうに小首を傾げる。

「あーなんていうか……、ありがとうな」

冷堂に伝えたい言葉が、うまく出てこなかった。

俺は彼女と出会えたおかげで、自分のトラウマと向き合うことができた。今回のことは、冷堂が隣にいてくれたから成し遂げられたようなものだ。

冷堂は、俺にとって、

「冷堂は、俺の…………相棒みたいな存在だな」

「…………相棒って、なんだかドラマみたいですね」

そりゃ、刑事モノだろう。

「探偵なら助手、というのが定番じゃないですか？」

「冷堂はワトソンって柄じゃないだろ……、それに」

『体育館の密室』。あの謎を解いたのは冷堂だ。

俺達にはどちらかが探偵で、どちらかが助手といった上下関係は似合わない。

だから、相棒なのだ。

「冷堂がいてくれて本当によかったよ。これからも仲良くしてくれ」

そう言うと、冷堂はふっと笑って、座り込んでいる俺に手を差し伸べた。

「私も、天内くんに助けてもらえてよかったです」

俺はその手を摑んで立ち上がりながら、冷堂が望んでいたものについて考える。

冷堂が欲しかったのは、恩人である外海（とのがい）の遺言でもある、学校での満たされた生活だ。

不老不死のことが周囲にバレてしまったあの時間軸では、得ることはできなかっただろう。

……よかった、と素直に思う。

孤児院で育ち、両親のいない冷堂は、ここでは孤独な身の上だ。そんな彼女が享受するべき幸福を、守ることができた。

「天内くんなら、父の密室殺人も、いつか解いてくれるかもしれないですね。期待が高まりました」

そういえばそうだった。冷堂は、俺にそれを期待して事件を解決するように差し向けたんだったか。

「まぁ、冷堂がそうしてほしいなら頑張ってみるよ」

それで彼女が過去を乗り越えることができるなら、助けることは惜しまない。

相棒として、な。

「天内くん」

ふと、冷堂が顔を近づけて、耳打ちしてきた。


「お礼に、キスでもしましょうか」

「……勘弁してくれ」

「ふふふっ」


俺と冷堂は軽口を叩きながら、校舎裏に停まっている救急車に近づいた。中では、三鷹にじゃれつかれて困った様子のカルバンがいる。

「よう、結構元気そうだな」

「おおナイアマ。このぐらいじゃくたばらねぇよ」

俺が声を掛けると、カルバンは快活に笑ってそう言った。タフな奴だ。

「竹刀、ありがとうな」

　寝ているカルバンの横に立ち、俺はふっと笑いながらお礼を告げる。あれがなければ、銃を持った塩江に立ち向かうことなんてできなかった。

「まぁ、私が来なかったら、あんたはハジキで頭ブチ抜かれてましたけどね〜」

　俺を煽るように、肩の位置で両手を広げてあっけらかんと三鷹が言う。

　今更だけど、口が悪いメイドだな。カルバン以外への態度もヤンキーみたいだし。

「ラーソーも、わざわざ来てくれてありがとよ」

「！！！！！！」

　カルバンがお礼を告げると、俺を馬鹿にしていた三鷹の態度が急変した。赤面し、救急車の外に顔を向けながらもじもじと髪を指先でいじっている。

「ま、まぁ若に何かあったら私がどやされるので」

「ナイアマのことも助けてくれたじゃねえか、よくやってくれたな」

「そりゃ若のご友人ですし……ってもー！　そんな私を褒めないでください！」

「いってぇ！」

　照れ隠しなのか、三鷹がカルバンをバシバシ叩く。傷口に響いてすごく痛そうだ。救急車で何やってるんだ、こいつら。

　俺と冷堂はその光景を無表情で眺めていた。カルバンと三鷹ソラ。よくわからない奴らだった。

車の外に出てみると、宮川が旧校舎の壁に背を預け、膝を抱えて座っているのが見えた。思案にふけっているのか、ぼーっと空を見上げている。

その隣に、一人の女生徒が近づいた。この騒ぎを聞いて駆け付けたのだろう、息を整えながら宮川に話しかけている。

「愛ちゃん、だいじょぶ?」

彼女の親友、芦原伊代だった。

芦原は宮川に声を掛けると、同じように隣に座る。二人が顔を見合わせた。

「伊代ちゃんは、聞いた?」

「うん、あーしも聞いたよー」

「そっか～……、伊代ちゃんこそ大丈夫?」

「んん、そうだねぇ……」

芦原が困ったような表情で頭を掻く。

「……ぶっちゃけ、あーしも思ってたんだよね。ひょっとしたら蜜柑ちゃんなんじゃないかって」

「そうだったんだ～、私は全然気づかなかったよ～」

宮川の声のトーンが落ち、視線も地面に向いた。

下に傾けた顔から涙が落ち、ぽつぽつと地面に染みを作る。ぼーっとしていたように見えて、宮川なりに色々と溜め込んでいたのだろうか。

一度溢れ出すと止まらなくなったのか、涙の粒がどんどん大きくなり、宮川の頬を濡らしていく。

「ずっと蜜柑ちゃんと友達でいたいって、思ってたのに、こんな風になるなんて」

……尾行のためにタイムリープを繰り返して俺が倒れてしまった時、芦原は話していた。奥原が宮川に何度も告白していたという事実を塩江には隠していると。

結局、どこかから塩江に伝わっていたようだが……。宮川からすれば、塩江がこうなってしまったのは自分のせい、という罪悪感を抱いてしまうのかもしれない。

そうでなくとも、親友に殺されかけたのだから大きなショックを受けて当然だろう。

聡い芦原のことだから、宮川のその気持ちは察しているだろう。頭を抱え込むように、芦原は宮川を抱擁した。

「……愛ちゃんのせいじゃないから、絶対。あーしが止めてあげられればよかったんだけどね」

芦原は声を震わせながら語り掛ける。宮川の前だからか、泣くのを堪えているように見える。

塩江が凶行に走る動機になったのは、奥原の宮川に対する好意だ。芦原はそのことを疑っていたのだろう。

芦原には、気づくのがもう少し早ければ止められていたかもしれないという後悔があるのだろうか。

「あーしは、ずっと愛ちゃんの親友だからね……。これからも守ったげるぜ」

ぎゅっと抱擁する腕に力を込め、芦原は潤(うる)んだ声で告げる。宮川は鼻を啜(すす)って、涙を煌(きら)めかせながら笑って答える。

「えへへ、じゃ、守ってもらお～」

……親友の塩江が、自分のせいで起こしてしまった事件。それを目の当たりにした宮川のメンタルが心配だったが、芦原がいれば大丈夫そうだ。

手を繋ぎ、目を潤ませながら笑っている二人を見ながら、これで全部終わったのだと、俺は安堵(あんど)した。

こうして、青崎(あおさき)高校で起きた一連の事件は幕を閉じた。

塩江は逮捕され、それ以降、俺達と顔を合わせることはなかった。

私立高校で起きた、生徒による殺人事件はニュースでも取り上げられたが、しばらくするとあっという間に風化した。

腹を刺されたカルバンは入院したが、すぐに元気になって戻ってきた。さすがだ。

今回の事件がきっかけになったかはわからないが、宮川はバレーボール部を退部した。

そしてなんと、文学研究会に入部届を出していた。そもそも、前の時間軸で塩江に刺された宮川が旧校舎に来ていた理由は、入部のことで塩江と話したかったかららしい。それで刺されてしまうことになったのは、皮肉な話だ。

それからは芦原もよく部室に遊びに来るようになり、無くなった物を埋めるかのように、俺達は俺達で、それなりに楽しい日常を過ごしている。

七月十二日（火曜日）　塩江蜜柑

真っ暗になっていた視界が徐々に明るくなっていく。気を失っていたわけではないが、無意識に動いていた体の感覚が戻り始めている。

私は、学校内での殺人未遂、及び笹村殺害の重要参考人として拘置所に収監されていた。

鮮明になった視界で天井をぼんやりと眺めながら、一人で呟く。

「駄目だったかぁ……。終わりだなぁ……」

左手の薬指を見ると、冷堂さんから取り戻したはずの指輪は無くなっていた。

警察に押収されたのか、……指輪を拾われたがために冷堂さんの身体を切断したというのは、私の錯乱した精神が見せた夢だったのだろうか？

うっすらと指輪の跡が残る薬指を口に当てると、これまでの思い出が蘇ったような気がした。

私の家族は、はっきり言って私に興味がない。

父は無口で何も喋(しゃべ)らず、仕事に行って帰って寝るだけ。家で顔を合わせることすらない。

母は母で、お金を稼ぐことへの執着がすごかった。昼間は外で仕事をして、家に帰ればパソコンとにらめっこ。

家の中はそんな状態だったので、父と母、私の三人家族は、家の中では自室に籠(こ)もってバラバラな生活だった。

会話もないので、もう声すら思い出せない。私は自分の生活音を聞かれることすら嫌だった。

家の外では楽しいこともあった。

高校に入りたてで独(ひと)りぼっちだった時、静かなところを探して旧校舎に行って、そこにあった図書室で天内とカルバンに会った。そこは居心地がよくて、文学研究会という部活を作って部室にすることにした。

その後、同じクラスになった宮川愛ちゃん、芦原伊代ちゃんと親友になれた。

そして、奥原鷲雄くんと出会った。

きっかけは街中でナンパされたことだ。愛ちゃんと伊代ちゃんはそれぞれ属性は違うが、どちらも容姿が優れているので一緒にいると本当にナンパが多かった。そんな中で、普段よりかなりしつこい男に困っていた時に、たまたま通りがかった鷲雄くんが撃退してくれたのだ。

その瞬間、私は恋に落ちた。思い返せば自分でも単純すぎると思うが、悪い奴をやっつける王子様のような、そんな存在に見えたのだ。

あまり素行が良いとは言えない彼だが、そんな所もアウトローで素敵だと感じる。性格も明るく、誰とでも仲良く接しているのをよく見る。そんな所も私にとっては羨望の対象だ。なんだかもう、彼の全てを肯定してしまう。

私は思い切って、人生で初めての一世一代の告白を鷲雄くんにした。フラれてもやむなしと重い覚悟をして臨んだのだが、彼はあっさりと承諾してくれた。

そこからの私の人生は明るかった。親友がいて、恋人がいる。家に帰っても寂しくない、一人でいるのが怖くない。鷲雄くんがいてくれるから。好き。

付き合って半年ほど経つと、彼は私にペアリングを買ってくれた。大好き。

私はそれが嬉しくて、愛ちゃんや伊代ちゃんに同じような惚気話を何度もした。二人とも嫌な顔せずそれを聞いてくれた。みんな好き。

鷲雄くんはいつか、この狭い自室の中から私を連れ出してくれそうな気がした。いや、いつか必ずそうなる。私は早くここを出ていきたい。

早く大人になりたい。

「知ってるか？　奥原って中学生の時、宮川に何度も告って振られてるんだぜ」

そんな時だった。鷲雄くんの友達の笹村が、たまたま私と二人になったタイミングで、ニタニタといやらしい笑みを浮かべながら私にそんなことを言ったのだ。

「……何度もって……それ本当？」

「そりゃもう、数えきれないぐらいだな。中学の頃から宮川ってすごかったからなぁ～」

私の心の中に、ぴしりとヒビが入るような音がした。

「ま、もう奥原には塩江がいるし、宮川には俺がアタックしようかな～、とか言って」

その後も笹村がごちゃごちゃと言っていたが、もう私には聞こえてなかった。

心の中にあった綺麗なものが、ぐにゃりと歪む。


鷲雄くんに数えきれないぐらい告白されてたって、そんなこと言ってなかったよね？

愛ちゃん。

どうして私には教えてくれなかったのかな。

……そういえば、鷲雄くんに初めて助けてもらった時も愛ちゃんいたもんね。ひょっとして愛ちゃんにかっこいい所を見せたかったのかな？

あれ？　ってことは、鷲雄くんは高校に入っても愛ちゃんのことが好きだったんだよね。

……え？


これまでに感じたことのない不安が胸中を襲った。

大切にしているものが、実は内側から徐々に削れていて、いつかバラバラに崩壊してしまうのではないか。考えてしまうと気管がきゅっと細くなって、呼吸が苦しくなった。

鷲雄くんの愛ちゃんへの気持ちが戻ってしまったら、私はどうなるの？

そんなことになったら、鷲雄くんとも愛ちゃんとも一緒にいられない。嫌だ。

……私は、目の前にいる笹村を睨んだ。

この男は、私が知りたくなかったことを、大した理由もなくわざわざ告げた。

心の中で黒い粒子が渦巻いて、笹村への憎悪がはっきりと形になる。『私達』を苦しめるこの男が、許せない。

そして私は、笹村が鷲雄くんと仲が良いこと、そして愛ちゃんのことが好きなことを利用して、鷲雄くんの愛ちゃんに対する感情を消してしまうトリックを考えた。成功すれば、きっと愛ちゃんとも鷲雄くんともこれまで通りにやっていけるはずだ。

人気が無く凶器に使える物がある場所を探していく内に、体育館の用具室にある、物に隠れて見えなくなっている地窓に気付いた。考えたトリックを使うには絶好の場所だ。

計画は順調だった。

最悪の誤算が起きたのは、昼休みだ。体育館の用具室に笹村を引っかける罠を仕掛けた後、鷲雄くんからもらった指輪を落としてしまった。用具室で争いがあったように見せかけるために中を散らかしてきたので、汗で滑りやすくなっていたようだ。

慌てて取りに戻ると、先に冷堂さんがそれを発見してしまっていた。計画を実行した直後だった私は、その場で冷堂さんに声を掛けることができなかった。

その後、部活に行くと天内が冷堂さんを連れてきて、文学研究会に入部することになった。

私は焦った。天内は私の指輪を何度も見ているから、冷堂さんが拾った物を見れば私の物であると感づいてしまうかもしれない。

あの日、私の体育の授業は水泳だったため、本来は体育館に私が行く理由は特にない。体育館の前で私の指輪を拾うというのは矛盾するのだ。もちろん理由をでっちあげることはいくらでもできるが、天内にそのことに気付かれてしまうのはまずいと思った。

天内は賢い。推理小説をよく読む天内は、こういった事件に対して頭が回りそうな印象だ。

それに、警察に知り合いがいるようだ。

鷺雄くんからもらったペアリングは、一秒でも早く取り戻したい。あれは私の大切な彼との絆(きずな)だ。

そう思って、私は、冷堂さんを殺した。

はずだった。

部室に向かうと言っていたのを聞いて、後をつける。鍵を開けられず、部室の前で待ちぼうけしている彼女を鉈の峰で殴って気絶させた。

冷堂さんは制服のポケットに指輪を入れていたので、それを回収する。それから、旧校舎にあった鉈で身体をバラバラに刻んで天窓から落とし、犯行現場が部室の中だと思わせるために、指紋を拭きとった鉈も落とす。落とした鉈は冷堂さんの胸の部分に刺さった。

最後に、彼女が着けていたネックレスを利用したトリックで、天窓を施錠して密室を作った。一見すれば不可能犯罪だ。鍵を持っている天内に疑いが向くはず。

我ながらグロテスクなことをしたと、その晩は食事が喉を通らなかった。

しかし翌日、天内に呼ばれて部室に行ってみると、冷堂さんはピンピンしていたのだ。意味不明だった。私が血で汚した部室の中も綺麗に元通りになっている。

私が冷堂さんに対してやったことは夢だったのかもしれないと一瞬考えたが、私の指には彼女から取り戻した指輪がある。それは彼女を殺したという確かな証拠だ。

状況は呑み込めないが、冷堂さん自身も私が彼女を殺したことは把握していないように見えた。後ろから殴って気絶させたので、顔を見られてはいなかったのだろうか。とはいえ、冷堂さんは私の指輪を拾っていたため、その指輪が私の物だと気づかれるのはまずい。

とにかく私は、指輪が冷堂さんの視界に入らないように気を付けることにした。彼女の前では、左手を隠し続けた。

私は左利きだが、左手でお箸を持つと指輪は丸見えになってしまう。利き腕を使えないから、ラーメン屋では右手でも食べられる肉まんを食べた。

指輪をつけてこないという選択肢もあったが、指輪を外した左手を天内や伊代ちゃんに見られたら不審がられてしまうかもしないと考え、私はなんとか指輪を付けたまま乗り切ったのだった。

それに、指輪を付けていないまま鷲雄くんに会うと、私は嫌われてしまうかもしれない。

……本当に冷堂さんは不気味だった。彼女や皆と話しながら、私は様々な可能性を考えた。

瓜二つの姉妹？　彼女に姉妹はいるか聞いてみようか。

ひょっとして幽霊？　幽霊なら、写真を撮れば映らないんだろうか。

そうでもないなら不死身？　彼女の食べ物に毒でも盛ればわかるだろうか。

私はそれを確かめるために彼女に予定を聞いてみたが、どうも用事があるようだった。

なら、彼女を尾行してみよう。そう思って、ラーメン屋を出てから後をつけると、天内が具合が悪くなったようで、伊代ちゃんと共に天内の家らしきアパートに入っていった。

ずっとアパートの前で突っ立っているわけにもいかない。私はそこで尾行を諦めた。

結局、私が殺した冷堂さんは何だったんだろう。

まぁいいか、そんなことは。もう全部終わりだしね。

＊

七月八日（金曜日）～　七月十一日（月曜日）　カルバン・クレイン

ムラササが体育館で死んだということを俺が知ったのは、死体が発見された翌日の七月八日、金曜日の話だ。

それを聞いた時は驚いたしショックも受けた。ムラササとは数ヶ月前、俺が読んでいたライトノベルを貶されたことで喧嘩になり、互いに停学になった。

それが明けてからは話すことも無く微妙な仲になっていたのだが、だからと言って死んでいいとは思っていなかった。

その日、親父は俺に電話を掛けてきた。どこからか学校で起きた事件のことを聞いたらしい。

親父は極道をやっていて、顔を合わせることも少ないし会話することもほとんどない。

そんな親父からの電話は、そんな学校に通うのはやめておけ、という話だった。

俺は今の生活をそれなりに気に入っている。学校を離れるなんてまっぴらごめんだった。

入学当初は見た目のせいで周囲からビビられてたが、今となってはクラスメートは普通に接してくれるようになった。

ナイアマやノエシオと一緒に作った文学研究会もある。旧校舎で一人で筋トレをしていた時に、図書室の本を物色しに来たナイアマとたまたま遭遇して、図書室を部室にしようということで始まった部活だ。

俺は親父から学校には行かないよう言われたが拒否し続けた結果、口論になってしまった。最終的には護身用の道具を俺に持たせるということで話が落ち着いた。

その電話を切った時、ヌーの大群が走ったみたいな音がして、廊下にドーレーがいた。ひょっとすると話を聞かれてたかもな。

放課後、俺は部活を休んで親父の元へ向かい、そこでモデルガンを改造した拳銃を受け取った。

銃刀法違反スレスレ。発射するのはゴム弾だが、当たれば悶絶する程度には痛いらしい。物騒なモンだが、これを持っておかないと親父が危ないとうるさいのだ。

そこで俺は、学校で起きた事件の犯人を挙げて解決すれば、親父も口うるさく言うことはなくなるだろうと考えた。

そうと決まれば、月曜日にでもナイアマに相談しよう。こういう状況なら、あいつは必ず推理したがるだろう。校舎裏にでも呼び出して、事件についてどう考えているかを聞いてみよう。

と思っていたのだが、そのナイアマから土曜日に学校に集まるように連絡があった。行ってみると、事件について調査を行うらしい。

やはりだ。ナイアマは事件を解決しようと思っている。俺はそれに快く協力することにした。

プールの授業中に更衣室でガワミヤの下着が盗難に遭ったという話を聞いて、俺はノエシオとハラアシと共に現場を調査した。


調査してみると、少なくともノエシオには下着を窓の外に放り投げるチャンスがあると思い当たった。

その後、ドーレーから体育館の密室トリックを聞く。

ノエシオに下着を窓から放るチャンスがあったとしても、その下着を回収して体育館で利用するのは難しい。俺の推理は外れているのだろうか、と思った。

そこで俺は、念のため体育館の調査も行おうと考えた。

その時の俺は、ノエシオが犯人の可能性を疑っていたが、そんなことを仲間には言えない。

だからラーメンを食べてナイアマ達と別れた後、知り合いの刑事、ミヤユノを呼んで手伝ってもらった。

ドーレーの言ったトリックを現場で実践し、ミヤユノに死体があった当時の現場の写真を見せてもらった。

調査を終えて家に帰った俺は、一晩中、ぐるぐると事件について考えていた。

次の日に閃（ひらめ）いたのは、ムラササが握っていた下着が見た目が同じだけで別の物なのではないかという事だ。

俺はすぐにミヤユノに連絡をして、鑑識に調べてもらうように進言した。

その結果を待っている間、俺は更衣室の調査をした時に聞いておいたハラアシの連絡先に電話を掛けた。

ミヤユノからもらった、ムラササが握っていた下着の写真を見せてガワミヤがどの店でこの下着を買ったのか知らないかと聞いた。

ガワミヤはハラアシとノエシオと一緒に買い物に行った時に下着を買ったらしい。だから、ハラアシは店を知っていた。

「……やっぱり、蜜柑ちゃん……」

俺がノエシオについて聞いた時、ハラアシはそう呟（つぶや）いていた。同じく、ノエシオのことを疑っているらしい。

自分の推理が徐々に核心に近づいているような感覚を覚えながら、俺はミヤユノにその店の記録を調べてもらった。

次の日、俺は学校を休み、監視カメラの記録を待った。夕方、店から送られてきた映像を見て、ムラササが握っていた下着と同じ商品を購入した人物を探す。

そこで俺は、ノエシオを見つけてしまった。変装して顔を隠してはいるものの、背格好は一致する上、左手の薬指に着けている指輪に見覚えがある。

全てがわかった月曜日の放課後、俺はノエシオを文学研究会の部室に呼び出した。

拳銃を持っていたくせに、情けないことに俺は刺されてしまった。

けど、全部ナイアマとドーレーがなんとかしてくれた。本当に頼りになる奴だ。

結局、俺には犯人がわかっても、ノエシオがなんでこんなことをしたのか、最後まで動機がわからなかった。

＊

七月七日（木曜日）～　七月十一日（月曜日）　芦原伊代

学校で事件が起こった時、あーしは真っ先(まさき)に愛ちゃんを心配した。

この手の事件は、明らかに自殺なら自殺って言う。そうじゃないということは他殺の可能性があるってことだよね。

笹村は愛ちゃんに強引に迫ってたから、愛ちゃんには動機があるって周りに訝(いぶか)しがられるかもしれない。

しかもその日は、なぜか愛ちゃんの下着が授業中に盗まれるっていう事件もあった。意味不明だけど、笹村の件と繋(つな)がってたらなんか怖い。

次の日、別のクラスの天内って男子があーしに話を聞きに来た。どうも、事件のことを調べているらしい。

話した感じ、悪いヤツではなさそうだった。あーしに対しての気遣いもあった。

あーしは天内を信用して、愛ちゃんの下着が盗まれた件について詳細を話した。事件を解決してくれることを期待して、連絡先も交換した。

またその次の日、早速天内から連絡が来た。更衣室を調査したいから、水泳部のあーしに手伝ってほしいってことだった。

あーしは二つ返事で了解して、旧校舎に向かった。ブンガクケンキューカイっていうよくわからない部活があるらしい。

そこには天内、レイドーちゃん、蜜柑ちゃん、カルバンがいた。

レイドーちゃんとは初めて話したけど、やばいくらい美人でびっくりした。睫毛(まつげ)を分けて欲しい。

部室で事件について話していると、蜜柑ちゃんの彼氏の奥原が乱入してきた。どうやら、愛ちゃんを疑っているらしい。


そこであーしは、気づいてしまった。

奥原がそう考えるのは、蜜柑ちゃんにとって都合がいいってことに。

事件を起こす動機が、蜜柑ちゃんにもある。そう考えてしまった。


友達を疑うのは最悪の気分だった。だから、顔に出ないように必死に取り繕(つくろ)って、胃が痛くなる思いだった。

そんな気持ちでみんなとラーメンを食べた後、天内が体調を崩したみたいで、レイドーちゃんが介抱しているのを見つけた。

それを手伝って天内の家に行って、あーしはレイドーちゃんに愛ちゃんと蜜柑ちゃんと奥原の関係について話した。

正直、ずるいことをしたと思う。心のどこかで、自分が疑うのが嫌だから、天内と事件を調査してるレイドーちゃんに話して、気づいてほしいって考えてたような気がする。


それから二日経った月曜日の放課後、蜜柑ちゃんは逮捕された。

後から聞いた話では、やっぱり動機はあーしが考えていた通りだったみたい。

天内とレイドーちゃんは、あーしが期待した通りに事件を解決してくれた。本当にすごいと思う。

結局、あーしには動機がわかっても、蜜柑ちゃんがどうやって密室を作ったのか、トリックを解明することはできなかった。

＊

七月七日（木曜日）～七月十一日（月曜日）　宮川愛

水泳の授業があった日、水着から着替えようとしたら下着がなくなっててすごく困った～。

伊代ちゃんが手伝ってくれたけど結局見つからなくて、何も着けずに過ごすことになっちゃった～。

体育館に行ったら、絵美ちゃんが笹村くんの死体を見つけたって聞いてびっくりした～。

私は怖くて用具室の中は見なかったけど、刑事さんから事情聴取を受けた時に笹村くんが握ってた下着の写真を見て、私のだったからもっとびっくりした～。

何がどうなってそうなったのかさっぱりわからないけど、そんなこともあるんだね～。

次の日、何となく一人でぼーっとしたくなって、お昼休みに中庭にいたら天内くんに話しかけられて、一緒にお昼食べないかって誘われた。

あんまり天内くんのこと知らないから迷ったけど、別にまぁいっか～と思ってついていったら、ひやどうさんっていう美人の転入生さんも一緒だった。

妙に私の胸について聞かれて困ったけど、結構楽しかった～。


放課後、またひやどうさんに話しかけられて、今度は私の下着が無くなった時のことについて聞かれた。

う～ん、なんでそんなこと聞くんだろう？　不思議～。

蜜柑ちゃんと奥原くんが来たけど、奥原くんはちょっと苦手だから困ったな～。

奥原くんとは中学が同じで、何回も付き合ってほしいって告白されて断ってたから、話すのは気まずい。いつも私の胸ばっかり見てるし怖いよ～。

それに何より、蜜柑ちゃんにそのことを知られると仲良しじゃいられなくなっちゃうかもしれないから、やっぱりそれは嫌かな～……。


土曜日、大好きなラーメンを食べに行こうとしたら、途中でまた奥原くんと会った。

なんだかいつもとは違う様子で、睨まれて怖かった～。どうしたんだろう。

ラーメン屋で天内くん達とばったり会って、一緒に食べるの楽しかった〜。

それにしても、ひやどうさんって面白い。天内くんや蜜柑ちゃんと同じ部活に入ってるって聞いて、ちょっと気になってきた〜。

私ってバレーボールあんまり向いてないんだよね〜。

今回の事件でしばらくバレー部は休みだし部活変えてみようかな〜、本を読むのも楽しそう〜。

月曜日の放課後に、旧校舎に行ってみよ〜っと。

蜜柑ちゃんが、包丁を持って私のことを憎そうに見ていた。

やっぱり奥原くんのことを黙ってたのがよくなかったのかな。

ごめんね、蜜柑ちゃん。

＊

七月三十一日（日曜日）十五時　天内晴麻と冷堂紅葉

「あの、ちょっと聞きたいことがあるんですが」

「ん？　なんだ？」

がたんごとん、と揺れる電車の中で、ボックス席に向かい合って座る俺に冷堂がそう言った。

電車の中は空いていて、俺達以外には数名の乗客しかいない。

「天内くんは、塩江さんの動機に気付いていたじゃないですか。それって、私と芦原さんが話してたのを聞いてたんですか？」

「あぁ、うん。そうだよ」

今になって何を言うのかと思ったら、そんなことか。

あの時、俺は異能力を使いすぎた反動で熱を出し、冷堂と芦原に家まで運んでもらった。

そこでベッドに寝たわけだが、頭の痛みで寝付けず意識はまだあったので、二人の会話はずっと聞いていた。

「さ、最後まで聞いてたんですか？」

「あ～……」

確か冷堂は芦原に、俺のどこが好きかみたいなことを聞かれてひたすらいじられていたな。

ぶっちゃけると、全部聞いていた。

「聞いてたような、聞いてないような」

「その言い方は、聞いてますよね。…………死にます」

いや死ねないだろ、冷堂は。

恥ずかしさで両手で顔を覆って隠している冷堂から視線を外して、俺は電車の車窓から外を見た。

電車に二時間ほど揺られ、駅からバスに乗って三十分。バスを降りてしばらく歩くと、鼠(ねずみ)色の石がいくつも並んでいるのが見えてくる。

ここに来るのは久々だ。場所を思い出しながらうろうろして、天内家の墓を見つけた。

近くにあったバケツで水を汲み、柄杓(ひしゃく)で掬(すく)って墓に打つ。懐から取り出した線香に火を付けて台座に挿(さ)し、合掌する。

目を閉じて、これまで来られなかったことを母に詫(わ)びた。

後ろを振り返ると、冷堂も同じようにお参りをしている。

「ありがとな、ついてきてくれて」

「いえ、特に予定はなかったので大丈夫ですよ」

今回の事件で……異能力に絡(から)んだ、過去の出来事に折り合いをつけることができた俺は、何となく思い立って母親の墓参りに来ていた。

冷堂は、何となく行こうと思う、と話したら当然のように同行してくれた。

線香から上る煙が、夏の青空に消えていく。それを見ながら、俺は冷堂に呟いた。

「……なんか、ずっと怖かったんだよな。母さんが死んだのって、俺のせいだと思ってるからさ。ここに来る資格なんかあるのかってな」

俺の母親は、異能力を使って時間を逆行し、運命を変えたことで死んでいる。その時俺は、とある女の子を助けるために必死になっていた。

俺が助けなければ、死んでいたのはその子だった。

「天内くんが会いに来ない方が、寂しかったと思いますよ」

「はは、そうかもな」

冷堂の優しい言葉に、俺は笑って返す。

俺はもう、人を助けたことを後悔するのは止めにしようと思った。

今まで考えもしなかったが、俺の母親は、異能力で誰かを救ったことを知れば素直に称賛してくれるだろう。むしろ、できることをやらないでいたままでは尻を叩かれそうな気すらする。

「母さんに幻滅されないように頑張らないとな、っと」

合掌していた手を解き、立ち上がる。来た時よりも身体が軽くなったような気がした。

「天内くん、母親に甘えたくなったら私に甘えてもいいですよ」

風が吹いて、冷堂の髪が靡く。それを手で押さえて微笑む姿は、確かに母性を感じた。

……まぁそんなこと、口に出しては言わないんだけど。

「いや、なんだよそれ」

「ふふふ」

墓参りを終えると、そのままバスに乗り込んで帰路に就いた。

この分だと、家に着く頃には夕方になっていそうだ。冷堂にはお礼も兼ねて食べたいものでも作ってやろうかな。

長時間の移動で二人とも疲れていたので、座席に横並びで座り、会話もなくただ揺られていた。ぼーっとしていると、規則的な振動が眠気を誘う。他の乗客がいないので、本当に静かだった。

うとうとしていると、右肩に何かが当たった。目を動かすと冷堂のつむじが見える。

どうやら冷堂は寝てしまったらしい。俺に寄りかかって、肩に頭を乗せている。

一体どこから発しているのか、花のような香りがする。どきどきして、こっちの眠気は飛んでしまった。

それからしばらく起こさないように気を遣っていると、冷堂が寝言を呟いた。

「ん……おとうさん……」

……どうやら、父親の夢を見ているらしい。冷堂が十六歳の時、不老不死の異能力を引き継がせて密室で亡くなったのだという。

彼女がそれを語った時の涙を思い出して、俺は少し神妙な気持ちになった。

それと同時に、冷堂が芦原と俺の部屋で話していた時のことを思い出した。

俺のどこが好きか、ということを執拗に聞かれ、もう芦原の詰問から逃げられないと悟った冷堂の答えは、

『……私が泣いていた時に、父親みたいに慰めてくれたので……』

だった。これを聞かれていた冷堂が恥ずかしくて死にたくなるのも頷ける。

思い出すと俺も照れてしまうが、辛い思いをした冷堂を救えたのなら何よりだと思った。

冷堂が肩から落ちないように気を付けつつ腕を動かして、彼女の頭に触れる。指を少し動かして撫でると、くすぐったそうに微笑んでいた。

「……甘えたくなってるのはどっちだよ」

聞こえるのは電車の振動音と、時折流れる車掌の声だけ。オレンジ色に近づく陽光に照らされ、俺と冷堂だけの時間がゆっくりと流れていった。

そろそろ降りる駅に着くだろう。そうすれば、またいつも通りの生活が待っている。

時間逆行者と不老不死。奇妙な探偵二人の謎めいた日常は、これからも続いていく。

あとがき

初めまして、零雫(れいしずく)と申します。本作で作家デビューとなりました。

この度は『不死探偵(ふしたんてい)・冷堂紅葉(れいどうもみじ)』をお手に取っていただき、誠にありがとうございます。

さて、本作は「ライトノベルで本格ミステリを書こう！」という志で執筆に臨みました。

どちらかの要素が中途半端になり、「ラノベらしくない」「ミステリじゃない」という作品にならないように頑張りました。

ラノベが好き、ミステリが好き、エンタメが好きという色々な方に読んでもらえたら嬉しいです。

この作品には過去の名作ミステリの他、様々な小説・漫画・映画・ドラマ等の小ネタが随所に隠れているので、二周目を読まれる方は探してみると面白いかもしれません。

もしよければSNS等で感想を投稿していただけると嬉しいです。ツイッターであれば私も見にいきます。

ここからは謝辞になります。

まずは美和野らぐ様。美しく可愛く、繊細かつ大胆な透明感の溢れるイラストで本作を彩っていただきありがとうございました。いつも胸を盛る注文ばかりでごめんなさい。

発売前から冷堂が可愛いというお声をいただけたのは他ならぬ美和野先生のおかげです。作者の私から見ても可愛すぎる…！

担当編集いちご様。いつも軽快なやりとりで、的確かつセンスあるディレクションでまとめていただきました。とても尊敬しています。

ＧＡ文庫編集部の皆様。本作を第十五回ＧＡ文庫大賞に選出していただきましたこと、心から感謝を申し上げます。讃岐うどんを贈った際に予想以上に喜んでもらえてよかったです。

校正様やデザイナー様、応援コメントをいただいた作家様など、ライトノベルは様々な人が関わって作られています。皆様に御礼を伝えたいです。

そして本作を読んでくださった皆様。本当に、本当にありがとうございます。

二巻では、推理もアクションもよりパワーアップした内容をお送りできるよう頑張ります。

今後とも何卒よろしくお願い申し上げます！

零雫

「『喫茶店の密室』か……」

「私の一番好きなアーティスト」

「アメイジング・グレイス」

「死ぬ、かも」

「死ぬまで冷堂と一緒にいる」

「私は死なないし、私だけはずっとこのままだから」

「首を吊っていたのが発見された」

「かっこいい……天内きゅん……!!!!」

「こんな異能力じゃお金は稼げない」

「あの絵画の名前は『希望』」

「ギャル風な紅葉も見たいからこれで！」

「俺は、とんでもない思い違いをしていたのかもしれない」

『今日はひやどうさんとられちゃったんだね～(*'ω'*)』

「爆発のタイムリミットまで、おとなくしてもらおうか」

「完璧に狂ったね」

秋ごろ発売予定——

不死探偵・冷堂紅葉
第2巻——2023年

ファンレター、作品の
ご感想をお待ちしています

〈あて先〉

〒106－0032
東京都港区六本木2－4－5
SBクリエイティブ（株）
GA文庫編集部 気付

「零 雫先生」係
「美和野らぐ先生」係

本書に関するご意見・ご感想は
右のQRコードよりお寄せください。

※アクセスの際や登録時に発生する通信費等はご負担ください。

https://ga.sbcr.jp/

不死探偵・冷堂紅葉　01. 君とのキスは密室で

発　行　　2023年7月31日　初版第一刷発行

著　者　　零雫
発行人　　小川　淳

発行所　　SBクリエイティブ株式会社
〒106－0032
東京都港区六本木2－4－5
電話　03－5549－1201
03－5549－1167（編集）

装　丁　　AFTERGLOW

印刷・製本　中央精版印刷株式会社

ISBN978-4-8156-2149-0
Printed in Japan　　GA文庫